Thomas Lang

Goldbergs Formel

Thomas Lang
wurde 1968 im Kraichgau geboren. Nach Kindheit, Schule und Lehre bei einer landwirtschaftlichen Genossenschaft im Kraichgau studierte er in Tübingen Jura. Seit 15 Jahren arbeitet er als Anwalt in Stuttgart. Daneben ist er Autor und Ensemblemitglied beim Stuttgarter Juristenkabarett. Er schreibt regelmäßig im Stuttgartmagazin LIFT die kleine und feine Kolumne »Schräggastro – wir gehen dahin, wo Sie sich nicht hintrauen«. Er ist verheiratet und hat vier Kinder.

Thomas Lang

Goldbergs Formel

Minkins zweiter Zufall

Oertel+Spörer

Postfach 16 42 · 72706 Reutlingen

Titelbild: fotolia © piexelot
Gestaltung: PMP Agentur für Kommunikation, Reutlingen
Satz: Uhl + Massopust, Aalen
Druck und Bindung: Longo AG, I-Bozen
Printed in Italy
ISBN 978-3-88627-696-7

»Und die Alltäglichkeit,
die man uns jederzeit
aus vollen Fässern zapft,
macht uns nicht mehr betrunken,
sondern vielmehr bewusst,
dass das Unglück überall
zurückgeschlagen werden muss.«

Tocotronic

»Ist klar. Ein Schnelles geht noch, oder?«

Minkin

Alles schon mal da gewesen

»Wenn Sie mehr über die Formel erfahren wollen, müssen Sie nach Pilsen. In das Restaurace U Salzmannu. Fragen Sie nach Vaclav Culle.«

Er nun wieder. Goldberg.

»Wer sagt Ihnen, dass ich den Job haben will?«

»Was sollten Sie sonst tun?«

Gutes Argument.

»Warum ich?«

»Wen sollen wir schicken? Bruce? Sie wissen es, Minkin, das ist lächerlich.«

Das war es definitiv. Bruce war am Ende. Erst die bescheuerte Veltins-Werbung, dann »Stirb langsam 5«. Eine Tragik mit dem Mann.

Seit seinem letzten Zufall hatte sich einiges getan. Na ja, es war eigentlich wenig. Eine Reputation begann sich zu festigen. Gegründet auf falschen Voraussetzungen. Goldberg hatte ihn engagiert. Sollte eine Liste finden. Gelang mehr schlecht als recht. Ein Brauer musste sterben, sein Freund Caesar ging drauf, der WM-Titel 2010 blieb zu allem Überfluss bei den Spaniern. Beschissene Bilanz war das.

»Um was geht es?«

»Die Formel.«

»Eine Formel?«

»Die Formel, Minkin.«

Sag was drauf. Die Formel, klar.

»Fragen Sie nach Vaclav Culle. Er wird helfen, wenn er noch am Leben ist.«

Goldberg hatte diese subtile Art, Minkin unter Druck zu setzen. War nicht so, dass sich Minkin davon antreiben ließ. Dass es etwas ändern würde. Schön war es trotzdem nicht.

Goldberg legte den braunen Umschlag auf den Tisch.

»Wir haben uns erlaubt ein Zimmer für Sie zu reservieren, im Salzmannu, Sie kennen es.«

Sicher, das Salzmannu. Minkin kannte es. Alte böhmische Bierhalle. In der Art, die Pilsen berühmt gemacht hatte. Modernisiert zwar, aber ohne ins Groteske zu übertreiben. Holzvertäfelt, kathedralenhaft. Mittelschiff. Zwei Seitenschiffe. Immer voll. Ganz der Gast.

»Wann?«

»Jetzt.«

»Geht's noch?«

»Minkin, Ihre Entscheidung ...«

»Will ich meinen.«

»... ob Sie Vaclav Culle finden.«

Pause. Rhetorischer Natur. Dem zweiten Halbsatz mehr Gewicht verleihend.

»... oder ob es die anderen tun.«

Das war es, was Minkin an Goldberg hasste. Schon deshalb würde sich Minkin Zeit lassen. Zumindest glaubte er das.

»Der frühe Vogel fängt den Wurm, Minkin.«

Ganz tief aus der Motivationskiste, Goldberg. Wie lahm war das denn? Drei Pils fürs Phrasenschwein.

»Die zweite Maus bekommt den Käse, Goldberg.«

Nicht minder lahm, Minkin? Ein Klospruch. Mehr war

es nicht. Geschwätz auf Kneipenniveau, Abschweifungen, Sarkasmus, das war es, was Minkin drauf hatte. Traf die Kritikerin seines ersten Zufalls genau ins Schwarze. Für den öffentlichen Bibliotheksdienst ungeeignet. Mehr war es nicht, was Minkin in der Auslage hatte. Immerhin konnte er sich den Klospruch merken. Eingeritzt in die Metalltür der Kackzelle. Gab Minkin etwas von der Schlagfertigkeit, die ihn nicht auszeichnete. Hatte Minkin aus der Toilette im Erdgeschoss der Neuen Aula der Tübinger Uni mitgenommen. Eine der wenigen Sachen, die er heute noch brauchen konnte.

Goldberg ließ den Spruch mit der Maus stehen. Entschied sich nicht mal für ein Grinsen. So gut war es auch nicht. Minkin verehrte Woody Allen, Josef Hader. Humor, der nahezu verschwunden war. Böhmermann schien das Genre gerade neu zu erfinden. Betrieb Satire um der Wirkung willen. Besser als nichts. Minkin war das zu wenig. Wie beim ersten Zufall legte Goldberg die Scheine auf den Tisch. Bargeld lachte.

Minkin zählte nach. Tausend Euro. Nicht üppig. Sicher, Minkin war kein Topermittler. Kein Dengler, kein Taylor, kein Bourne. Vermutlich war der Betrag genau angemessen.

»Eine Anzahlung. Bringen Sie die Formel, verzehnfachen wir den Betrag.«

»Verzehnfachen?«

»Ja.«

»Das wären dann ja, so an die …«

»Zehntausend Euro.«

»Hübsches Sümmchen, Wackelohr.«

»Bitte?«

»Vergessen Sie es.«

»Vergessen Sie es nicht, Minkin.«

Goldberg verschwand, wie er gekommen war. Unscheinbar.

Immerhin ließ er einen Namen da. Vaclav Culle. Mehr als beim letzten Mal. Vaclav Culle. Der Name war ihm nicht komplett ungeläufig. Das war es dann aber schon. Ging also wieder los. Alles auf Anfang.

»Es war an der Zeit, die Köpfe hochzukrempeln.«

Um es mit dem kölschen Teilzeitphilosophen Lukas Podolski zu sagen.

Generation Irgendwas?

Minkin hatte sich das nicht ausgesucht. Es kam auf ihn zu. Er sprang nicht zur Seite. Minkin hatte kein überbordendes Talent. Nichts, was ihn herausragen ließ, ihn besonders machte. Minkin torkelte. Im Großen und Ganzen. Generation X. Minkin hatte sich vor vielen Jahren dieses Buch von Douglas Coupland gekauft. Dachte, das sei er. Er war es nicht. Die Protagonisten waren cool. Minkin war nicht cool.

»I wish that I could be like the cool kids.« Echosmith. Ein Song aus 2014. Das war es, was sich Minkin damals wünschte. Wünschen sich die Kids immer noch. Minkin kam nie so weit. Er war einfach da. Unauffällig. Atmete, reduzierte sich auf das Nötigste. War Geld da, investierte er es in Hopfen, war weniger da, fand sich ein Weg. Minkin war keinen Deckel schuldig geblieben. Verzug ja, Forderungsausfall nein. Frag nach in der Waldklause. Ansonsten war Minkin von der reduzierten Sorte. Konsumtechnisch gesehen. Ihn schauderte bei der Vorstellung, Shoppingmalls betreten zu müssen, um dort Waren von globalisierten Filialisten zu konsumieren, die ihren Billigdreck allein deshalb für Centbeträge verschleudern konnten, weil Kinder und Sklaven den Abfall unter menschenverachtenden Bedingungen zusammentackerten.

Minkin war kein Freund des modernen Konsums. Würde er nicht mehr werden. Nicht in diesem Leben. Seit ein paar Jahren war im Land ein neues Proletariat entstanden. Konsumveredler. Saßen im Sprinter. Fuhren tagein tagaus Pakete von A nach B. Immer auf dem Bock. Immer unter Strom. Paar Monate später kamen orangefarbene Autos und holten den Dreck wieder ab. Dann ging das Ganze von vorne los. Hielt die Wirtschaft am Laufen. Machte nebenbei ein paar Menschen platt. Arbeiter in asiatischen Fabriken, auf südamerikanischen Farmen. Konsumare Kollateralschäden. Immer wenn eine Sauerei raus kam, wollte es keiner gewusst haben. Die globalen Warenverteiler legten Zertifikate vor. Aus Bangladesch, aus dem Kongo, aus Costa Rica. Stand schwarz auf weiß. Geht alles mit rechten Dingen zu. Zahlen Mindestlöhne, halten den Arbeitsschutz für die Sklaven ein. Der ganze Kreislauf war komplett aus den Fugen geraten. Wer würde ihn anhalten? Am wenigsten diejenigen, die es propagierten? Um es mit Conor Oberst zu sagen. »You can't get out of this circle, if you never knew you are in.«

Gaststätte Hörz

Minkin traf den Saarländer für gewöhnlich im Bier-Eck. Die erste Adresse am Olga-Eck. Reduzierte Karte. Korea drauf. Wer wollte, konnte dort die Longdrink-Preziose degustieren.

Sonntags hatte das Bier-Eck geschlossen. Zumindest zu der Uhrzeit. Deshalb traf sich Minkin mit dem Saarländer in der Gaststätte Hörz. Gaststätte weckt die falschen Erwartungen. Zieht die falschen Leute an. Hier saßen die richtigen. Keine, die zum Speisen kamen. Das Kommando wird auf einem Bierdeckel ausgegeben. Hängt gedruckt hinterm Tresen.

»Wir müssen endlich aufhören, weniger zu TRINKEN.«

Sag was dagegen. Nirgends dürfte der Imperativ überflüssiger sein als in der Gaststätte Hörz. Die Gaststätte ist die klassische Bierstube, die dem Gentrifizierungseifer des nahe gelegenen Marienplatzes gerade eben noch von der Naturholzschippe gesprungen ist. Mag auch an Frau Hörz liegen, der mittlerweile 86-jährigen Eigentümerin der Immobilie. Hat offensichtlich was übrig für Schräggastro. Mit Cranberrysirup rot eingefärbter Wodka ist das Getränk des Sonntags. Warum nicht, kann man sich gut zu einem Stück Käsekuchen vorstellen, das der Wirt mit Anzug und Krawatte serviert. Dazu bietet er betreutes Trinken an. Ein weiblicher Stammgast am Tresen schwächelt.

»Goht's dir guat?«

»Ja. Wieso? I han do nur oi Bier ghet.«

»Die zehn Jacky?«

Mittellanges Nachdenken.

»Hauptsache, der VfB hot mal wieder gwonne.«

Das ist mal schlüssig begründet.

Minkin saß neben dem Saarländer und lauschte dem Trinkerdialog. Minkin war nicht mehr weit davon entfernt, zum Chronisten der Ereignislosigkeit zu werden.

»Würden dann auch noch so einen Cranberry auf die Roten nehmen, Herr Wirt.«

»Gute Wahl, die Herren. Geht runter wie der Heimsieg gegen die Lilien.«

»Nicht schön.«

»Hauptsache drei Punkte.«

Damit war der Floskelvorrat für heute aber mal so was von aufgebraucht. Der Verein aus Bad Cannstatt bot danach in der Saison nicht mehr viele Gelegenheiten.

Hauptsache drei Punkte. So war es auch mit der Cranberry-Plörre. Hauptsache, es knallte.

Die Gaststätte Hörz befindet sich in der Böblinger Straße. Im Süden. Arbeiterbezirk, falls es die in der klassischen Form überhaupt noch gab, die Arbeiterbezirke. Die Arbeiter. Andererseits, irgendjemand musste den Dreck ja wegmachen, den die Stadt und ihre Bewohner jeden Tag ausspien. Wenn, dann gehörte diese Ecke der Stadt in jedem Fall in die Kategorie. Das hier war der Süden, das war Heslach. Gab Leute, die erzählten, Heslach entstamme dem altdeutschen Wort hässlich, vom Wortstamm hassen. Das waren böse Menschen. Menschen, die Smoothies und vegane Wraps mit Avocadodip für Errungenschaften hielten. Einen Yoga-Space im Keller hatten. Sicher, Craftbeer war vielleicht auch nicht die Lösung. Kam dem aber nahe. Näher als der andere Rotz.

Der Saarländer war eine Art stiller Teilhaber geworden. Minkin hatte keinen Partner. Deshalb weihte er den Saarländer ein. Eine Tradition hatte sich ausgebildet. Ging mitunter schnell. Einer sollte Bescheid wissen. Einer, dem er trauen könnte. Das war beim Saarländer der Fall. Soweit dies eben bei einem Saarländer der Fall sein konnte. Beispiele gefällig? Walter Ulbricht hatte eine Mauer gebaut, obwohl niemand die Absicht hatte, eine Mauer zu bauen. Oskar Lafontaine hatte die SPD auf dem Gewissen. Sein Herz schlägt links. Unsinn. Sein Schwanz fickt vielleicht links. Falls da noch was geht.

»Wohin?«

»Pilsen.«

»Aha.«

Der Saarländer heuchelte Interesse. Mehr war es nicht.

»Schon mal da gewesen?«

»Nein. Du?«

»Gelegentlich. Pokalausflug. Mit den Tresenkickern.«

»Aha.«

Interesse erlahmte.

»Ist weniger als vierhundert Kilometer entfernt. Trotzdem eine Tagesreise mit der Bahn.«

»An Zeit dürfte es dir kaum fehlen.«

Das von einem Lehrer. Wog doppelt schwer. Warum dachten immer alle, er habe Zeit im Überfluss zur Verfügung? Weil es so war.

»Ja.«

»Was suchst du dieses Mal?«

»Eine Formel.«

»Mehr weißt du nicht?«

»Einen Namen habe ich, Culle. Vaclav Culle.«

»Culle?«

»Ähnlich wie das Bier.«

»Hab es verstanden. Sagt dir der Name was, Minkin?«

»Hab ich mich auch gefragt.«

»Antwort?«

»Es sollte mir was sagen, aber ich komm nicht drauf, was.«

Damit wusste der Saarländer Bescheid. Nützen würde es kaum etwas.

»We should stare at the stars, not just at the screens.«

Passenger. Hat gut singen. Der Remmler traf es eher. Keine Sterne in Athen, stattdessen Schnaps in Sankt Kathrein. Wie beschissen ist das denn? Den kleinen Trio-Schlagzeuger mit den traurigen Augen hatte es inzwischen erwischt. Bowie, Prince, Lemmy von Motörhead, der Trio-Schlagzeuger. Keine gute Zeit für alternde Musiker. Sterne in Stuttgart waren eine Seltenheit geworden. Hatten die mit ihrer Mischung aus Lichtverschmutzung und Smog gut hinbekommen. Minkin hatte von dieser Idee gehört. Luftqualität im Kessel verbessern. Wollten eine Frischluftpipeline bauen. Schwarzwaldluft in den Kessel blasen. Zutrauen konnte man das denen. Die Luft in der Stadt wurde immer beschissener. Hatten hier ein Abo drauf. Um den Bahnhof herum kam der ganze Baustellenstaub dazu. Der Kauf einer Zugfahrkarte im Stuttgarter Hauptbahnhof war kein Kinderspiel. Nichts für Weicheier. Wer aus der Richtung Innenstadt kam, durchquerte in der Regel die unterirdische Klettpassage. Wie sollte man das beschreiben? Die Topografie traf den Zustand. Das Gegenteil von Win-Win-Situation. Die Klettpassage warb auf Plakaten immer noch mit attraktivem Erlebnisshopping. Erlebnisshopping? Eine Stadt, die mit so was punkten wollte, ernsthaft jetzt, die hatte sich im Grunde aufgegeben. Stuttgart hatte viel misslungene Plätze. Der Arnulf-Klett-Platz war ganz vorne mit dabei.

»Ich habe den Heiland gesehen. Hört ihr, ich habe ihn gesehen.« War ein magerer, kahl geschorener Krishnatyp, der das die Rolltreppe hinunter brüllte. »Ich habe ihn gesehen, im Mediamarkt.«

Der Mann brachte einiges durcheinander. Fürchte, der Heiland hat dich gesehen, dachte Minkin. Deshalb war der Heiland erst mal abgetaucht für eine Weile. Auch schon wieder zweitausend Jahre her.

Minkin war jedes Mal froh, wenn er aus dem Walfischbauch wieder draußen war. Back to Ninive. Seit sie den Bahnhof geopfert hatten, war es oben nicht besser als unten. Internationale Steuerflüchtlinge, die nebenbei Kaffeeersatzprodukte in Wegwerfgeschirr zu horrenden Tarifen an naive Markenfetischisten veräußerten, hatten den Bahnhof vollends zugestellt. Zahlten nicht nur keine Steuern, taten auch ihr Übriges für die Vermüllung der Landschaft. Danke auch dafür. Nehmt euren Dreck mit, dahin, wo ihr herkommt. Woher das ist? Direkt aus der Hölle.

Immerhin wurde das Reisezentrum noch von der Bahn betrieben. War vermutlich eine Frage der Zeit, bis sie auch das »outsourcten«, wie der Berater sagte. Es gab im Reisezentrum Fahrkartenschalter, die gesplittet waren. Schalter für den einfachen Reisenden, Schalter für den gehobenen Reisenden. Insgesamt gab es zu wenige davon. Man musste Nummern ziehen. Vor den wenigen Schaltern, die offen waren, standen immer Schlangen. An den geschlossenen Schaltern unterhielten sich Bahnmitarbeiter über die Erlebnisse des zurückliegenden Wochenendes. Bahnmitarbeiter erlebten einiges in ihrer Freizeit. Dann gab es noch Automaten. Und Menschen, die einem die Automaten erklärten. Immerhin etwas. Obschon Minkin es nicht mit Automaten hatte.

Minkin wartete circa achtzehn Minuten. Eine Bahnfahrt nach Pilsen war für die Frau am Schalter eine Herausforderung. Die Frau war Anfang zwanzig. Sie hatte wenig Ahnung, dafür ein bezauberndes Lächeln. Ein guter Tausch. Dauerte weitere zehn Minuten, bis sie die Reisemöglichkeiten herausgefunden hatte. Gab Strecken über Nürnberg oder München. Kaum 400 Kilometer, aber doch ein Tagwerk. Als ob der Eiserne Vorhang nie gelüftet worden wäre. Die Bahn hatte andere Prioritäten gesetzt als Stuttgart – Pilsen. Paris – Bratislava. Die Reisezeit nach Pilsen war exakt dieselbe wie vor der Implosion des Ostblocks, dem EU-Beitritt Tschechiens, vor Schengen. Es war Slow Travel. Im Grunde kam Minkin das entgegen.

Minkin entschied sich für die Strecke über Nürnberg. München hatte schon genug Aufmerksamkeit.

Anbei zur Erläuterung die Bahnverbindung Stuttgart – Pilsen.

Minkin zahlte die Fahrkarte in bar und ging.

»Ihre Fahrkarte.«

Die Frau rief ihm hinterher.

»Richtig.«

Minkin ging zurück zum Schalter.

»Danke.«

Sie lächelte immer noch. Was war los mit ihr?

Stuttgart Hbf	ab 10:43	16	**RE 19911**	Regional-Express Richtung: Nürnberg Hbf Fahrradmitnahme begrenzt möglich
Nürnberg Hbf	an 13:25	18		
Umsteigezeit 18 Min.				**Umsteigezeit anpassen**
Nürnberg Hbf	ab 13:43	17	**RE 3561**	Regional-Express Richtung: Schwandorf Fahrradmitnahme begrenzt möglich, Klimaanlage
Schwandorf	an 14:48	5		
Umsteigezeit 19 Min.				**Umsteigezeit anpassen**
Schwandorf	ab 15:07	1	**ALX 355** **EC 355**	alex – Länderbahn und Vogtlandbahn-GmbH Richtung: Praha hl.n. Fahrradmitnahme begrenzt möglich, Fahrkarten im Zug erhältlich, Bordbistro, Rollstuhlstellplatz, Fahrzeuggebundene Einstiegshilfe vorhanden, Kleinkind-abteil Verkehrt als ALX 355 bis Furth i Wald, danach als EC 355
Plzen hl.n.	an 16:57			

Hinweise

fährt Mo - Fr, nicht 25., 28. März, 5., 16. Mai, 18. bis 27. Mai 2016, 3. Okt, 1. Nov

Übg.: Furth i Wald (Gr)

»Soll ich Ihnen die Verbindung ausdrucken, damit Sie wissen, wo Sie umsteigen müssen.«

»Das würden Sie tun?«

»Sehr gerne.«

Keine Ahnung warum das so war, aber manchmal reichte die Freundlichkeit einer Servicekraft aus, um den täglichen Hass, den Unbill in die Schranken zu weisen. Den Tag erträglicher zu machen. Die Frau am Schalter konnte nicht nur bezaubernd lächeln, sondern konnte auch den Drucker bedienen. Konnte Minkin von sich nur bedingt behaupten. Langsam war er geworden. Vergesslich. Älter. Nicht viel älter, aber merklich. Paar graue Haare waren gekommen. Mark Forster würde da sicher einen Song drüber machen. Belanglos wie das übrige Programm. Die grauen Zellen hatten diametral abgenommen. Diametral zu was? Minkin fiel nichts ein, was zugenommen hatte. Minkin hatte das vierzigste Jahr erreicht. Was mehr geworden war, das war die Zerstreutheit. Der Mangel an Konzentration. Frappant. Kam vor, dass Minkin im Laden stand, in der Apotheke, bezahlte und das Zeugs an der Kasse liegen ließ. Bei Pillen mag man sagen: »Gut. Ist gesünder, nicht so viel zu schlucken.« Eben erst war Minkin das Malheur beim Getränkedienst unterlaufen. Kaufte zwei Sixpacks. Im Rausgehen rief ihm der Getränkediensthabende hinterher.

»Das Bier wollen Sie stehen lassen?«

Dieses Phänomen war alarmierend. Echt jetzt. Woran lag es?

Überforderung? Kaum. Beruflich oder privat gehörte Minkin nicht zu den übermäßig herausgeforderten Menschen. Minkin schob es auf die modernen Medien. Smartphone, Tablet, Internet, YouTube und so weiter. Minkin nutzte all das nicht. Besaß keine Applegeräte. Bestellte nicht bei Amazon. Er war ein Internetöko. Im digitalen Widerstand. Die Strahlen mussten es sein, die ihn zerstörten, Handymasten, Funknetze und der ganze Dreck. Der Tag würde kommen, an dem der ganze Mist zusammenbricht. Oder Terroristen alles lahm legten. »Stirb langsam 4.0«. Würden die machen. War sich Minkin sicher. War der letzte halbwegs ordentliche Bruce Willis. Ratzfatz würden die Lichter ausgehen. Kein Funknetz, kein Tablet, kein Handy. Wie vor zwanzig Jahren. Oder wie in einem abgelegenen Seitental der Fränkischen Schweiz. In der Schlehenmühle. Und siehe, es würde gut sein.

Boys don't cry The Cure

Minkin saß im Interregio Richtung Nordosten. Unterwegs in die Tschechische Republik. Der Fahrplan? War wie immer nicht mehr gewesen als eine unverbindliche Abfahrtsempfehlung für die Reisenden. Mit Gleisvorschlag. Der Zug hatte gut eine Viertelstunde Abweichung von der Empfehlung. Es war ordentlich trüb draußen. Schien die richtige Jahreszeit für den Ostblock. Sonne war selten. Kein Nachteil. Minkins Augen reagierten zunehmend empfindlicher auf gleißendes Sonnenlicht. Damit war in Pilsen nicht zu rechnen. Im Gepäck hatte Minkin einen Namen. Vaclav Culle. Minkin war auf der Suche nach einer Formel. Der Formel. Das war es, was er wusste. Wenig genug. Kurz hinter Crailsheim kam der Zug zum Stehen. Kühe auf dem

Gleis. Minkin kam mit über einer Stunde Verspätung und komplett durchgefroren in Nürnberg an.

Minkin war gelegentlich mit Zügen unterwegs. Egal welche Baureihe, die Besitzer schafften es immer, den Zug im Winter komplett runterzukühlen. Sollte den Jahreszeiten angemessen temperiert sein. Ähnlich der Speisekarte im Bordbistro. Hatte ihm ein Zugbegleiter erklärt. Wenn es draußen kalt sei, dann wäre es völliger Wahnsinn aus einem überhitzten Zug zu steigen. Entsprechendes würde im Sommer gelten. Nur umgekehrt. Draußen Hitze, niemals in einen kühlen Zug steigen. Ginge voll auf die Bronchien, die Atemwege. Den Kreislauf. Der Zugbegleiter war rhetorisch allererste Sahne. War ja vielleicht tatsächlich was dran. Tieferer Sinn dahinter. Musste man so hinnehmen. Der Zug nach Schwandorf über Furth im Wald war jedenfalls erst mal weg. Aufenthalt in Nürnberg. Gelegenheiten können auch Chancen sein. Würde Rolf Miller anmerken. Alles andere war primär. Um es mit Hans Krankl zu sagen. Minkin nahm die Ausführungen der Bahn zur Kenntnis.

Minkin hatte den Vorsatz, das erste Hopfengetränk des Tages im Salzmannu in Pilsen zu stürzen. Der Plan war futsch. Minkin nahm ein Zirndofer Landbier im Bahnhofsgebäude in Nürnberg. Aus der bauchigen Flasche. Schöner Zeitvertreib bis zur Weiterfahrt in knapp einer Stunde. Minkin saß in einem Dönergrill. Ging doch, Alkohol und Islam, dachte Minkin. Nicht alle so dogmatisch. Der Dönergrill war noch das gemütlichste Teil in der Imbissversammlung im Nürnberger Hauptbahnhof. In Stuttgart würden sie das ganze Food-Lounge nennen. Die Servicekräfte würden bunte Schürzen und Mützen tragen und so tun, als ob sie freundlich sein wollten. Gelang ihnen selten.

Im Nürnberger Bahnhof waren es einfach nur Imbisse. Mäßiges Essen zu mäßigen Preisen mit Personal, das nicht grüßte. Minkin hielt sich ans Zirndorfer aus der Flasche. Konnte man wenig falsch machen. Zirndofer war jetzt mal eben keine Hausbrauerei. Kein Craftbeer. Trotz einer gewissen Größe der Brauerei war es ein willkommenes Stöffchen geblieben.

»Hier noch frei?«

Kam einigermaßen überraschend für Minkin. Pulte gerade das Etikett von der Flasche ab. Hatte er sich irgendwann angewöhnt. Sicher zwanzig Jahre her. War ihm geblieben aus der Zeit. Erforderte höchste Konzentration. »Högschte Konzentration«, wie der Espresso-Jogi zu sagen pflegte. Machte seit Jahren Werbung für Nivea Bodylotion. Seit der EM-Vorrunde wissen wir jetzt auch, welche Körperteile er damit einschmiert. Danke auch dafür.

»Sicher.«

Auf den freien Imbissbudenhocker an seinem Bistrotisch setzte sich eine Frau. Nicht alt, jung. In den Zwanzigern vielleicht. In den frühen allerdings. Arabisch, orientalisch. Irgendwas in der Art. Mit einem Tattoo am Hals abwärts. Einem Feuerdrachen. Minkin wollte nicht hinstarren. Von wegen Sexismusdebatte und so. Tat es trotzdem.

»Noch nie ein Tattoo gesehen?« Kam rotzig daher.

»Doch. Klar, schon.« Minkin fühlte sich ertappt.

»Warum starrst du mich dann so an?«

Mein Gott, ging es noch frontaler. Hatte er den Scheiß hier angefangen? Nein. Hier sitzen wollte er. Ein, zwei Zirndorfer stürzen. Dann weiter nach Pilsen. Mit dem unfiltrierten Pilsner Urquell weiterarbeiten. Mehr wollte er heute nicht erreichen. Jetzt saß er hier im Inferno. Im Auge des Drachens. Warum er? Gab so viele Imbisse hier.

»Nein. Tut mir leid. Keine Ahnung. Fällt halt auf das Tattoo. Ich meine, deshalb hast du es dir doch vermutlich stechen lassen. Dass man hinschaut.«

Das Mädchen holte kurz Luft. Keine Luft, eher Feuer.

»Du Vollidiot. Hab ich je was Dämlicheres gehört?«

Wenn Sie Krawall haben wollte, gerne. Verbal war Minkin durchaus zum Gegenschlag fähig. »Warum dann?«

»Spirit. Aura. Energien, Mann.«

Energie hatte das Mädchen. Das war amtlich. Schien zu funktionieren, das mit dem Tattoo.

Minkin wollte die Situation entschärfen.

»Auch ein Bier?«

»Ja. Und glotz woanders hin. Bist eh nicht mein Typ.«

Da hab ich ja noch mal Glück gehabt, dachte Minkin. Er nahm ein Zirndorfer aus dem Kühlschrank und gab dem Mann am Grill zwei Euro.

»Hier.«

Dank hatte Minkin von dem Drachenmädchen nicht erwartet.

»Minkin.«

»Gabriella.«

»Schöner Name.«

Mehr fiel Minkin nicht ein. Plump war das. Manchmal war das Einfache das Richtige. Minkin hatte oft genug den Umweg genommen. Mit fatalem Ergebnis.

»Hör auf, mich vollzuschleimen. Du könntest mein Vater sein.«

Minkin hielt sich im Großen und Ganzen für einen mäßig gelaunten Misanthropen. Das Mädchen hier steckte ihn locker in die Tasche.

»Hab das ernst gemeint mit dem Namen. Meine Großmutter hieß Gabriella.«

Das Mädchen blickte ihn mit kalten Augen an.

»So ziemlich das einzig Brauchbare, was mir meine Eltern mitgegeben haben.«

So viel Bekenntnis, so wenig Alkohol. Werd einer schlau daraus. Erst jetzt sah Minkin genauer hin. Gabriella war keine Schönheit. Hager bis zum Anschlag, schwarzes kurzes Haar. Eher klein geraten. Blass geschminkt. Erinnerte Minkin an den jungen Robert Smith von The Cure. Den ganz jungen. Falls das hier noch jemand was sagt. Boys don't cry. Gelegenheiten hätten sie.

»Was machst du hier?«

»Du stellst Fragen, Mann. Warte auf den Zug.«

»Wohin geht's?«

»Tschechien. Böhmen. Klatovy.«

An Klatovy hatte Minkin Erinnerungen. Schwach waren sie geworden. Immerhin. Er hatte sie noch.

»Was gibt es dort?«

»Mumien.«

»Die Schrumpfmönche?«

»Hast du davon gehört?«

»Ich habe sie besucht.«

Gab wenig Reiseerlebnisse, mit denen Minkin punkten konnte. Australien, New York, Vietnam. Nirgends war Minkin gewesen. Nicht mal Barcelona hatte er geschafft. Würde wohl auch nichts mehr werden. Flugangst, Panikattacken. Schon mal gehört, dass so was im Alter besser werden sollte? Eben!

»Verarschst du mich?«

»Zweimal. Das erste Mal waren die Schrumpfmönche frei zugänglich. Lagen einfach so herum. Konntest du anfassen. Circa drei Dutzend gab es davon noch. Inzwischen ist das alles museal aufbereitet. Hinter Glas und so.«

Gabriella schien so etwas wie Vertrauen zu fassen.

»Bist ein schräger Vogel, Minkin.«

Minkin nahm das als Kompliment. Kam von einem nicht minder seltsamen Fang.

»Danke. Was willst du dort, Gabriella?«

»Wissenschaft. Geschichte. Mache eine Arbeit drüber. Herausfinden, wie sie das damals vor dreihundert Jahren gemacht haben. Mit dem Konservieren der Leichname. Nicht wie die Ägypter mit Einbalsamieren. Der Böhme hatte eine andere Formel gefunden.«

»Wie willst du das herausfinden?«

»Zeitzeugen befragen.«

»Zeitzeugen? Dein Ernst?«

»Sag mal Minkin, bist du eigentlich so bescheuert oder tust du nur so? Natürlich nicht. Zunächst werde ich mir die Mumien anschauen. Vielleicht kann ich eine Probe ziehen. Ins Labor mitnehmen. In Archiven stöbern. Mich umhören bei den Alten. Volkskunde betreiben.«

»Ist das spannend?«

»Weniger spannend, als man glaubt.«

»Und du?«

»Pilsen.«

»Ernsthaft?«

»Ja.«

»Ein Zufall.«

»Nun ja, Zufälle sind selten.«

»Was willst du in Pilsen?«

Minkin wollt nicht gleich mit der vollen Geschichte ins Haus fallen. »Einen Freund treffen. Besser gesagt den Freund eines Freundes. Vaclav Culle.«

Gabriella blieb ungerührt. Tat gerade so, als ob sie den Namen nicht kannte. Wenn dem mal so war.

Minkin hatte sein zweites Zirndorfer geleert.

»Müssen langsam los, wenn wir den nächsten Zug Richtung Grenze kriegen wollen.«

»Bis Pilsen haben wir die gleiche Strecke. Ich muss dann weiter Richtung Süden.«

Minkin und Gabriella schafften die Bahn. Schlichen mit der Eisenbahn durch den Böhmerwald. Vorbei an Tannenzapfen und jeder Menge Rotwild, das auf den Feldern graste. Bis Pilsen saßen die beiden in einem Abteil, ohne ein weiteres Wort miteinander zu wechseln. Was daran lag, dass Minkin im Zug sofort einschlief. Bier am Nachmittag hatte generell eine Schlaf fördernde Wirkung. Bei Minkin insbesondere.

»Minkin, aufwachen. Wir sind da. Unsere Wege trennen sich.«

Gabriella rüttelte an Minkins Schulter. Kein sanftes Rütteln. Das Mädchen hatte Kraft. Mehr als der hagere Körperbau vermuten ließ.

»Unsere Wege trennen sich.«

»Ja.«

»Wolltest du noch was loswerden?«

»Ich?«

Minkin wüsste nicht was. Kurz nach dem Aufwachen. Ernsthaft jetzt. Was sollte man da loswerden wollen außer Blasendruck.

»Ja. Wie lange bist du in Pilsen, Minkin?«

»Keine Ahnung. Drei bis vier Tage.«

»Schätze mal, ich werde mindestens eine Woche brauchen. Wenn mir langweilig ist, treffe ich dich, Minkin.«

»Gut, ja. Wo?«

»Im Salzmannu.«

»Von mir aus.«

Gesprächig war Minkin selten. Erst recht nicht nach dem Aufwachen. Dass er das U Salzmannu erwähnt hatte, war ihm im Schlaf entwichen. Wenn er es erwähnt hatte.

Gabriella wechselte das Gleis und verschwand in einem roten Schienenbus Richtung Klatovy ohne sich umzudrehen. Minkin schnappte seinen Rucksack und trottete durch den Pilsener Hauptbahnhof Richtung Ausgang. Pilsen putzte sich heraus. Wollte als Kulturhauptstadt beeindrucken. Am Hauptbahnhof ging der ganze Glanz spurlos vorüber. Das war die gute Nachricht.

Ansonsten hatten sie die westböhmische Kapitale aufgehübscht. Wenn man es genau nimmt, hatten sie das Brauereiareal angepinselt und die Americka saniert. Für den Tschechen muss das eine ziemliche Anstrengung gewesen sein. Auffallen würde das Engagement dem Pilsennovizen kaum.

U Salzmannu

Hatte er das hier vermisst? Hatte er. Minkin war schon das eine oder andere Mal hier. Privat. Mit den Tresenkickern. Pokalausflüge. Bescheidene Jahreshöhepunkte des kleinen Mannes. Diesmal war der Aufenthalt amtlich. Wenn man so wollte. Dienstlich. Es war früher Abend. Ein trüber Tag. Die Bierhalle rammelvoll. Komplett zugequalmt. Das war das alte Europa. War nicht alles schlecht. Minkin orderte direkt am Ausschank das Unfiltrierte. Minkin hatte etliche Brauerzeugnisse durchprobiert. Aber hiergegen war nicht anzukommen. Das war der perfekte Sud. Gibt diese tschechische Version der Schöpfungsgeschichte. Hatte ihm ein Tresenhocker bei einem der Pilsenbesuche erzählt. Sechs Tage lang hatte der Herrgott in seiner Werkstatt die Sachen zusammengeklopft. Erde, Pflanzen, Tiere, Mann, Frau und so weiter. Am Ende des sechsten Tages hatte er eine Schaffenskrise. Burn-out. Lagerkoller. Wollte sich ordentlich einen reinlöten. War aber nix da. Kühlschrank war leer. Dann fing er mit dem Brauen an. So kam das Pilsner Urquell auf die Welt.

Nachdem Minkin das Unfiltrierte getestet hatte, war klar, dass an der Geschichte was dran sein musste. Der Tresenhocker hatte ihm auch gleich noch die Variante des tschechischen Adventskalenders mitgegeben. Die tschechischen Männer treffen sich in der Adventszeit mit ihren Freunden jeden Abend in einer anderen Pivnice. Öffnen quasi jeden Tag ein anderes Kneipentürchen. Sollte meinen, dass das die Scheidungsraten in die Höhe treibt. Das Gegenteil ist der Fall. Sind vier Wochen, in denen die Ehefrauen Zeit haben für Sachen, die richtig Spaß machen. Gleichgewicht der Kräfte.

Nach dem zweiten Krug machte sich Minkin daran einzuchecken. Hatte die Treppen als ziemlich steil in Erinnerung. Besser mal früher den Ballast abwerfen. Am Schalter hatte Pavel Dienst. Auf seinem Namensschild stand Pavel Dienstbier. Ernsthaft! Pavel Dienstbier schob den Dienst hier. Wie lyrisch war das denn? Robert Gernhardt würde sich im Grabe umdrehen.

»Verwandt mit Jiří Dienstbier?«

»Leider nein.«

Minkin wusste nicht allzu viel über die tschechische Geschichte, die oft auch eine deutsche Geschichte war. Er wusste immerhin, dass der erste Außenminister der Tschechoslowakei nach dem Fall des Eisernen Vorhangs Jiří Dienstbier hieß. Schnitt damals gemeinsam mit dem verstorbenen Hans Dietrich Genscher den Grenzzaun durch. Ein Land, das seine Politiker Dienstbier nennt, kann nicht komplett im Arsch sein. Gesegnet das Land, das überhaupt ein Dienstbier kennt. Was kennen unsere Beamten? Filterkaffee, WMF-Plörre. Wenn es hochkommt, Mariacron.

Minkin war nicht eben der Vorsichtigste. Schnell zu vereinnahmen. Zutraulich. Und zu allem taktisch unbeschlagen. Weshalb er gleich mal einstieg.

»Arbeitet Vaclav heute?«

Pavel Dienstbier versuchte seine Überraschung zu unterdrücken. Gelang ihm nicht.

»Vaclav?«

Stellte eine Gegenfrage. Wollte Zeit gewinnen. Machte Minkin genauso. Pavel strich über sein Smartphone.

»Ja, Vaclav Culle, der Krautkoch.«

Lächeln. Gequält. Maximal.

»Der Vaclav.« Pause. Rhetorischer Natur.

»Der arbeitet nicht mehr hier. Ist in Rente.«

»Seit wann?«

»Kann ich nicht sagen. Länger her.«

»Schade, ein Freund schickt mich, hatte ihn gerne getroffen. Grüße überbracht.«

»Welcher Freund?«

»Das würde ich ihm gerne selber sagen. Wenn Sie ihn sehen, ich bin die nächsten Tage hier. Ich warte.«

Minkin nahm die steilen Stufen. Mühsamer als gedacht. Oben drehte er sich um. Pavel Dienstbier telefonierte. Minkin sollte bald erfahren mit wem.

Just Blood. No sugar. No sex. No magic.
Red Hot Chili Peppers

Könnte meine Bio sein. Oder auf meinem Grabstein stehen, dachte Minkin.

Sie hatten die Suite gebucht für Minkin, die mit zwei Zimmern. Mit Sekretär. Allerdings zur Straße raus. Minkin hatte die Straßenbahn in unguter Erinnerung. Würde er einiges an Betäubern brauchen, um dagegen anzukommen. Besser früh anfangen mit der Medizin. Der frühe Vogel fängt den Wurm. Hat aber auch Ärger mit dem Kater.

Minkin warf seinen Rucksack auf das Doppelbett und saß kurz darauf an einem der hohen Tische im Schankraum. Jetzt galt es zu warten. Eine der wenigen Stärken, die Minkin hatte. Warterqualitäten, das hatte er. Und latenten Hunger, das hatte er auch. Er orderte die Gulaschsuppe. Kam im Brotlaib daher. Mächtig. Danach die Knödelvariationen. Mit Soße, Soße, Soße. Satt war er noch immer nicht. Zum Dessert den Palatschinken. Mit Kirschen und Sahne. Endlich. Minkin war voll. War kurz vor elf Uhr. Guter Zeitpunkt für ein Nickerchen.

Minkin wollte zahlen, hatte aber leichte Mühe dies verbal gegenüber der Servicekraft zum Ausdruck zu bringen. Zumal Aufmerksamkeit nicht eben das herausragende Merkmal der Servicekraft war. Aber wo war es das schon? Gab genau einen Ort. Das Il Pomodoro der Familie Reim am Stuttgarter Wilhelmsplatz. Hatten einige Jahre das gleichnamige italienische Lokal in der Silberburgstraße betrieben. Sind umgezogen an den Wilhelmsplatz. Hatten ihre Menschenfreundlichkeit mitgenommen. Nach einer kurzen halben Stunde kam die Fachkraft im Salzmannu.

»Kann ich zahlen?«

»Ist schon.«

Minkin hatte Mühe.

»Habe ich schon?«

»Nicht er.«

»Wer dann?«

Die Fachkraft deutete im Kopfnicken Richtung Hinterausgang. Dort ging es zum Biergarten und zum Parkplatz für die Hausgäste. Minkin war angeschossen, aber nicht so sehr angeschossen, als dass ihn nicht interessieren würde, wer ihm Gutes tat.

Minkin hatte den Hinterausgang erreicht. Es war spät. Draußen war es stockfinster, sofern man das bei dem Nebel erkennen konnte.

»Hallo?«

Minkin fiel nix Originelleres ein. Und der Tscheche konnte bisweilen gut deutsch.

»Hallo? Wollte mich bedanken für …«

»Für was?«

Mit der Frage kam ein Schlag ins Gesicht. Minkin taumelte rückwärts. Wurde aufgefangen von zwei Armen. Nicht in guter Absicht. Der nächste Schlag traf ihn in den Magen. Tat höllisch weh. Minkins Magen hielt der Attacke nicht stand. Er erbrach Palatschinken, Knödelvariationen und Gulasch. In der Reihenfolge. Schade drum.

»Scheiße, du Arschloch, meine Schuhe.«

Immerhin, das hatte Minkin hingekriegt.

»Verdammt. Dieser Penner hat mir auf die Schuhe gekotzt.«

»Was willst du von Vaclav Culle?«

Das wollten sie wissen? Musste man deshalb ausfällig werden?

Minkin wusste es nicht. Selbst wenn, würde er es für sich behalten. Nicht so. So nicht.

Vom Parkplatz näherten sich Stimmen.

»Lass uns abhauen.«

»Minkin, lass die Finger von Culle. Hörst du?«

Klar hörte Minkin das. Würde er sich daran halten? Das Gegenteil würde er tun.

Die Schläger verschwanden im Nebel. Die Hausgäste vom Parkplatz hatten ihn erreicht.

»Wieder ein Penner, der zu viel gesoffen hat. Dass die Leute sich nicht im Griff haben!«

Machten einen Bogen um ihn herum. Mitleid ging anders.

Minkin spürte Blut in seinem Mund. Der Magen tat weh. Er konnte aufstehen. Hielt sich am Türgriff fest. Zog sich die steile Treppe hoch. Fiel aufs Bett und schlief ein mit dem Gedanken, dass er dem Schläger immerhin die Schuhe vollgekotzt hatte. Schöner Nachtgedanke war das.

Als Minkin aufwachte, war es später Vormittag. War lange weg gewesen. Zehn, zwölf Stunden. Ordentliche Bilanz. Seine Bude stank wie ein Pumakäfig. Beim Aufstehen meldete sich das Ereignis des gestrigen Abends zurück. War kein schöner Gruß aus der Küche. Minkins Lippe war geschwollen, in der Magengegend ein blauer Fleck, der höllisch wehtat. Das Bettlaken war blutverschmiert. War ihm peinlich. Minkin ging ins Bad. Versuchte sich zurechtzumachen. Gelang ihm nicht. Unansehnlich war er meistens. Warum das heute ändern? Er ging zur Rezeption und fragte, ob man seine Bettsachen wechseln könne.

»Sorry, ich bräuchte ein neues Laken?«

»Warum?«

»Hatte Nasenbluten.«

»Wollen Sie noch bleiben?«

Wie erwähnt, Service, Freundlichkeit war jetzt nicht das hervorstechende Merkmal der tschechischen Hotellerie. Seit er Vaclav Culle erwähnt hatte, war aus Gleichgültigkeit pure Feindseligkeit geworden.

»Das Zimmer ist doch bezahlt für den Rest der Woche, oder?«

»Sicher, meinte nur, nachdem, was gestern Abend vorgefallen ist.«

»Was ist denn vorgefallen?«

»Nun, Sie seien unglücklich gestürzt, sagt man.«

»Gestürzt, richtig. Mehr war es nicht.«

Minkin dachte nach. Lasse ich mir davon meinen Jahresurlaub kaputtmachen?

»Wäre doch schade. Es ist trüb draußen, ich bin in Pilsen, es wird kaum hell, ihr habt das Naturtrübe im Ausschank. Wäre doch ein Jammer, oder?«

»Wie Sie meinen.«

»Geht das mit dem Laken?«

»Macht zweihundert Kronen.«

»Ist es mir wert.«

»Ich müsste gleich kassieren.«

»Haben Sie Angst, dass ich abhaue?«

»Nicht direkt.«

»Hier sind die zweihundert Kronen.« Waren umgerechnet circa acht Euro. Kulturhauptstadttarife.

»Frühstück gibt es hier wohl keines mehr.«

»Nein.«

»Einen Tipp?«

»Leider nein.«

»Schönen Tag noch, Pavel.«

Pavel wollte das nicht erwidern.

Minkin trat vor das U Salzmannu. Hatte Mühe einer vorbeifahrenden Straßenbahn auszuweichen, die hier anscheinend im Minutentakt vorbeifuhren. Schwer genug war das. Minkin ging in Richtung des Hauptplatzes, dem *Namesti Republiky*. Stand eine fette Kirche drauf. Ansonsten war das Ding komplett zubetoniert. Kein übertriebenes Grün, keine Bäume. Nix dergleichen. Die Raum-Platz-Wirkung war beeindruckend. Minkin hatte Hunger. Schöne Betonlandschaften allein machen nicht satt. Am Marktplatz hatten in den vergangenen Jahren tatsächlich ein, zwei Kaffeebars nach westlichem Vorbild aufgemacht. Dort gab es Croissants, Eis, Fruchtsalat. Wollte man das tatsächlich haben? Hier? Tagestouristen aus der Oberpfalz oder aus Sachsen. Die möchten das vielleicht, dachte Minkin. Hatten lange nichts gehabt. Obst. Französische Hörnchen. Minkin stand der Sinn nach Spiegeleiern. Bisschen Schinken, Hermelinkäse, Pilze drauf. Was in der Richtung eben. Gab da noch diese andere Pivnice, von der Minkin gehört hatte. Neben dem Salzmannu die amtliche Pivnice in Pilsen. Hatte Minkin bisher nie geschafft. Immer zu wenig Zeit.

Minkin steuerte das U Senku an. War ordentlich spröde. Erinnerte an das Vesuvio in Feuerbach. Ein gutes Zeichen. Dunkler Raum. Alte Holztische, Tischdecken, die noch in Kombinaten gehäkelt worden waren. Brechend voll um kurz vor zwölf Uhr. Alle, ausnahmslos alle, Männer, Frauen, Heranwachsende hatten ein Mittagsbier vor sich stehen. Für Minkin einer der Gründe, warum der Tscheche, der Böhme in den letzten Jahrhunderten wenig an Angriffskriegen geführt hatte. Bier sediert. Minkin fand einen freien Hocker am Tresen.

»Ahoj.« Die tschechische Universalbegrüßung.

Der Mann am Tresen nickte Minkin zu und stellte ihm ungefragt eine Halbe hin.

»Essen?«

Warum unnötig Worte machen? Der Kerl erinnerte an einen Darsteller aus einem Aki-Kaurismäki-Film. Groß gewachsen, nicht eben schlank, fettiger Seitenscheitel, hängende Tränensäcke, speckiges Hemd, das einmal weiß gewesen sein musste. In einem anderen Jahrhundert.

»Gibt es Eier?«

»Mit?«

»Bisschen Schinken, Pilze, Käse?«

Der Kerl brüllte etwas in die Küche, was Minkin nicht verstand.

Dauerte eine Weile, bis das Essen kam. Derweil sah Minkin dem Kerl beim Bauen unzähliger Halben zu. Tat es mit der Präzision eines Feinmechanikers der benachbarten Skodawerke. Der Kerl hinterm Tresen mochte ein abweisender Zeitgenosse sein, Bier zapfen konnte er.

Zwischendurch brüllte er Bestellungen in die Küche, rauchte und kratzte sich an Stellen, an denen man sich in der Öffentlichkeit nicht kratzen sollte. Juckte es den Kerl? Ja, das tat es. Sonst würde er sich kaum kratzen. Der Kerl stellte ihm einen Teller mit einem dampfenden Haufen vor sich hin. An schlechten Tagen erinnerte der Haufen an frisch Erbrochenes in einer kalten Winternacht. Heute war ein guter Tag. Heute war es einfach ein perfekt zubereitetes tschechisches Rührei. Ordentlich ölig. Pressschinken aus Massenaufzucht. Verstrahlte Pilze aus dem Böhmerwald. Eingeweide, was wollt ihr mehr?

»Einen Kaffee, Herr Ober.«

Der Kerl lachte. Zeigte seine gelben Zähne.

»Besser nicht.«

Stellte ihm eine zweite Halbe hin. Ungefragt. Er muss es wissen, dachte Minkin. Minkin verschlang das Frühstück mit der Gier, die neuerdings von den Laptop-Trainern bei jeder Gelegenheit öffentlich eingefordert wurde.

»Wir brauchen mehr Gier auf dem Platz.«

Gier allein würde es in der VfB-Innenverteidigung wohl auch in der neuen Saison nicht richten.

Das U Senku leerte sich. Die Leute gingen wieder zurück an die Arbeit. Das, was sie dafür hielten. Oder sie gingen eine Runde pennen.

Minkin hatte den Teller restlos leergeputzt. Dem Mann am Tresen gefiel es. Er genehmigte sich ein großes Glas.

»Urlaub in Pilsen?«

»Ja, schön hier.«

Schien ihn nicht zu überzeugen.

»Gerade zu der Jahreszeit«, legte Minkin nach. »Weniger Touristen hier.«

Unsinn war das. Zu keiner Jahreszeit war Pilsen in dieser Hinsicht gefährdet. Sieht man mal vom Reisebustourismus zur Urquell-Brauerei ab. Pilsen im Winter war im Grunde der perfekte Ort, um einer Winterdepression zu begegnen. Auf Augenhöhe. Gab hier noch weniger Sonnenlicht als im Smogkessel seiner Heimatstadt. Der Körper schüttete unentwegt das Schlafhormon Melatonin aus. Auch Menschen, die Schwierigkeiten mit einem ordentlichen Mittagsschlaf hatten, kamen hier zum Zug. Zwei, drei Pilsener oder Gambrinus in einer dunklen Bierhalle draufschütten. Konnte man nahtlos die breite Brücke bis zum Nachtgulasch mit einem Schläfchen überqueren.

»Jiří.«

»Minkin.«

»Wo übernachtest du?«

»U Salzmannu.«

»Hm.«

»Heißt das?«

»Gefällt es dir?«

»Im Grunde schon. Bin nicht zum ersten Mal dort.«

»Nichts aufgefallen?«

»Nein.«

»Dann ist ja gut.«

Minkin überlegte, ob er Jiří erzählen sollte, warum er im Salzmannu war. Gab die winzige Aussicht, dass er wieder was aufs Maul bekommen würde. Müsste man riskieren. Jiří schien ein Guter zu sein.

»Bin in der Hauptsache dort, um einen Freund zu treffen, der dort mal gearbeitet hat. Vaclav Culle. Kennst du ihn?«

Jiří zuckte nur kurz. Musterte Minkin.

»Hältst dich nicht lange auf, Minkin.«

»Warum auch.«

»Vaclav ist das alte Pilsen.«

»Du kennst ihn?«

»Länger als du auf der Welt bist, Minkin.«

»Man hat mir gesagt, er arbeitet als Krautkoch im Salzmannu.«

»Hat er? Bis die kamen.«

Verstehe das, wer will.

»Verstehe ich nicht.«

»Kommt noch.«

»Wer sind die?«

»Du willst es nicht wissen.«

Das hier artete in Katz und Maus um den heißen Brei herum aus. So ähnlich jedenfalls.

»Hör zu Jiří, entweder du plauderst aus, was du weißt,

oder du lässt die kryptischen Andeutungen bleiben.« Klang härter als gemeint.

Jiří musterte Minkin. Entschied sich fürs Plaudern.

»Die, das sind die andern. Halten sich nicht mehr an die alten Regeln.«

Das war ja mal eine handfeste Info.

Minkin musste sich damit zufriedengeben. Fürs Erste.

»Ein Rat von mir, halt dich da raus.«

»Wenn du das sagst Jiří, werde es versuchen.«

»Was ist mit Vaclav?«

»Untergetaucht.«

»Kannst du mich zu ihm bringen?«

»Kann ich.«

»Tust du es?«

Jiří zögerte.

»Wer schickt dich?«

»Goldberg.«

»Goldberg?«

»Ja.«

»Mehr hast du nicht?«

»Nein.«

Was sollte Minkin auch anderes darauf sagen.

»Ich werde deine Quelle prüfen. Ist sie sauber, bringe ich dich zu Vaclav. Ist sie vergiftet, bist du es auch.«

Unschöne Ansage.

»Eins noch, dann gehst du.«

Wenn Jiří das sagte.

Mumified by hops

Minkin hatte nichts vor an diesem Tag. Es war kurz vor vier. Zeit, dem Tag ein wenig von seiner Bedrohlichkeit zu nehmen. Minkin suchte sein Zimmer im U Salzmannu auf. Die Bettwäsche hatte man gewechselt. Frisch war sie nicht. Minkin fiel in Klamotten aufs Bett. War sofort weg.

Fühlte sich an wie Minuten, waren tatsächlich fast drei Stunden. Minkin erwachte, als es an seiner Tür klopfte.

Klopf, klopf.

»Moment. Muss mich erst anziehen.«

Erst jetzt registrierte Minkin, dass er sich vorm Mittagsschläfchen nicht entkleidet hatte. Praktisch war das in diesem Moment. Er stand auf, stolperte zur Tür und öffnete.

»Scheiße siehst du aus, Minkin.«

»Gabriella?«

»Mann, Mann, was hast du denn gemacht? Selbst die mumifizierten Schrumpfmönche in Klatovy wirken vitaler.«

Was keine Riesensache war.

»Wurde gestern Abend verprügelt. Hier hinterm Haus.«

»Hast du einer Tschechin zu tief ins Tattoo geglotzt?«

Minkin hatte zu wenig Energie, um sich mit Gabriella ein Gefecht zu liefern.

»Ja, genauso war es.«

Gabriella war enttäuscht über die Antwort. Hätte gerne nachgetreten.

»Warst du mit deiner Wunde beim Arzt?«

Minkins Oberlippe war geschwollen und an einer Stelle aufgeplatzt.

»Ne.«

»Warte mal.«

Gabriella zog eine Tube aus der Tasche ihres Ledermantels. Drückte einen Klecks davon auf ihren Zeigefinger.

»Halt mal still.«

Sie verteilte mit ihren kalten, knochigen Fingern die Salbe auf Minkins Wunde.

Kann sein, dass es sich nach Erotik anfühlt, wenn eine junge Frau einem älteren Typen mit dem Finger über die Lippe streicht. Das hier war maximal Erotik, wie sie zwischen Zombies stattfinden könnte. Kalt, aber gruselig.

»Ja, äh, danke.«

»Kannst mich mal.«

Was hatte Minkin erwartet von Gabriella auf seine Höflichkeit? Was, abgesehen von Spott?

»Hunger, Gabriella?«

»Durst.« War auch eine Antwort.

»Gut.«

Die beiden gingen runter. Vorbei an der Rezeption. Pavel Dienstbier tat kein Dienst hier.

»Hier eins nehmen?«

Minkin sah sich um. Nach dem gestrigen Ausfall hatte Minkin die Lust am U Salzmannu verloren.

»Lass mal, kenne was Besseres. Gleich um die Ecke.«

Kurz darauf nahm er mit Gabriella im U Senku am Tresen Platz.

Jiří zapfte in Höchstform.

»Minkin«

»Jiří.«

»Schon Freunde gefunden, Minkin?«

»Freunde, ja. Oder er vergiftet mich. Wird sich noch rausstellen.«

Jiří stellte ungefragt zwei Halbe auf den Tresen.

»Was hast du mir da eigentlich auf die Lippe geschmiert. Brennt überhaupt nicht mehr?«

»Im Wesentlichen das, was du da im Glas hast.«

»Was genau?«

»Hopfensalbe. Hab mit einem alten Apotheker gesprochen. Hatte früher die Einhornapotheke in Klatovy. Hat mir die Salbe mitgegeben. Meinte, das sei das Geheimnis der Mumien im Keller.«

»Aha.«

»Der Böhme nützt den Hopfen seit Jahrhunderten zu Heilzwecken. Hat antiseptische Wirkung. Die haben die Verstorbenen damals auf Hopfen gebettet, für eine spezielle Lüftung in den Katakomben gesorgt. Und das war es im Wesentlichen schon. Cool, oder?«

Die Vorstellung nach dem Ableben auf Hopfen gebettet zu werden, war tatsächlich nicht uncool.

»Unter der Kirche der Unbefleckten Empfängnis und des heiligen Ignaz in Klatovy gab es eine Krypta. Im 17. und 18. Jahrhundert wurden dort über zweihundert Menschen bestattet. Mitglieder des Jesuitenordens, Adlige, Patrizier. Aufgrund des Klimas in der Krypta, der Lüftung und des Hopfens wurden die Leichname mumifiziert. Sie schrumpften, verloren an Gewicht, aber ansonsten, taufrisch die Kerle. Das war das Geheimnis, Minkin.«

»Schön.« Interesse ging anders.

»Bis 1937. Während der Kirchendachreparatur verschütteten sternhagelvolle Bauarbeiter die Lüftungsschächte und -kanäle mit Bauschutt. Das Klima in den Krypten veränderte sich, die überwiegende Mehrheit der Mumien zerfiel. Insgesamt hundertvierzig vernichtete Mumien wurden 1937 in einem Massengrab auf dem Friedhof des heiligen Jakob in Klatovy bestattet. Ein Gedenkstein mit Inschrift erinnert daran.«

»An was?«

»An die besoffenen Bauarbeiter.«

Passte zum Tschechen.

»Achtunddreißig Mumien liegen dort noch rum, Minkin, in der Krypta. Du kannst denen in die Augen schauen.«

Minkin hatte das schon mal versucht vor ein paar Jahren. Ihm wurde schlecht dabei.

»Zwölf bis vierzehn Kilo sind die Mönche schwer. Haben ganz schön an Gewicht verloren, die Kerle.«

»Da sag einer, Bier macht fett.«

»Minkin, tue mir einen Gefallen.«

»Welchen?«

»Versuch dich nicht als Komiker.«

»Werde es versuchen.«

Gabriella wechselte das Thema.

»Du? Fündig geworden in Pilsen?«

»Auf dem Weg dahin. Jiří, der Zapfer, kennt Vaclav Culle, ob er mich zu ihm führt, wird sich noch entscheiden.«

Minkin bestellte das Gulasch mit den Knödelvariationen. Gabriella hielt sich an die Hopfenkaltschale.

»Kein Wunder, dass du so mager bist.«

»Geht dich einen Scheiß an, Minkin. Schau dich an, findest du deinen Ranzen geil?«

Fand er nicht. Aber Ranzen? Bisschen weit hergeholt, die Formulierung. Bauchansatz, ja. Mehr war da nicht. Seine Sicht. Die nächste Stunde sprachen die beiden kein Wort miteinander. Gabriella tippte unentwegt auf ihrem Smartphone herum. Minkin sah Jiří beim Zapfen zu.

Ging inzwischen auf zehn Uhr zu. Die Pivnice leerte sich. Der Tscheche war müde vom ganzen Tag Saufen. Jiří kam hinterm Tresen hervor. Stellte sich zwischen Minkin und Gabriella.

»Hab eine Menge komische Vögel hier hocken. Ihr beide seid vorne mit dabei.«

Minkin nahm das nicht als Kompliment.

»Ja, gut. Und sonst, Jiří?«

»Treffen uns um Mitternacht beim Eingang zum Pilsner Untergrund. Und jetzt geht. Will nicht, dass man uns zusammen hingehen sieht.«

Minkin hatte von den Katakomben gehört. Katakomben, mehrere Stockwerke tief in die Erde gegraben. So ganz genau wusste keiner, wie die Dinger entstanden waren, für was sie genutzt wurden. Das ist zumindest die offizielle Version. Jiří wusste offenbar ein wenig mehr darüber.

»Du weißt, wo es hingeht?«

»Diese Maschine hier weiß es.«

Gabriella deutete auf ihr Smartphone.

»Schlaues Kerlchen.«

»Was machen wir bis dahin?«

»Was trinken?«

»Kennst du hier keinen Club, Minkin?«

»Gabriella, ich fahre nicht nach Pilsen, um in einen Club zu gehen. So richtig altersangemessen ist das bei mir nicht mehr.«

War es im Übrigen noch nie bei Minkin. Club oder Disco, wie man früher sagte, war nicht Minkins Hauptbetätigungsfeld. Wenn, war er eher der Typ, der irgendwo in einer dunklen Ecke lehnte. Maximal mit dem Fuß wippte. Mehr war nicht drin an Bewegung. Die Tanzfläche überließ er den Posern.

»Könnten Richtung Americka hoch. Ist hier in Pilsen die Erlebnismeile.«

Auf dem Weg dorthin stand eine Menschenschlange vor einem Kellereingang. Über dem Eingang hing eine Leuchtreklame. Mephisto. Heraus kamen schwere, hämmernde Bässe.

»Lass uns da rein, Minkin.«

»Muss das sein, Gabriella? Hol ich mir einen Hörsturz.«

»Hab dich für entspannter gehalten.«

Wollt er nicht auf sich sitzen lassen.

»Du zahlst.«

Dreißig Kronen. Keine Rieseninvestition. Der Keller war noch furchtbarer, als Minkin erwartet hatte. Laut. Von der irrsinnigen Sorte laut. Eng. Ein Paradies für Klaustrophobiker. Minkin suchte Decken und Wände nach Hinweisen auf den Notausgang ab. Gab keine Hinweise. Minkin und Gabriella nahmen an der langen Theke Platz neben einem großen Kerl, der gerade auf einer Redbull-Dose kaute. Minkin nickte dem Kerl zu. Sollte ein Gruß sein. Der Kerl verstand das falsch. War ohnehin schon ordentlich groß. Baute sich vor ihm auf.

»Willst du mich anmachen?« Kaute dabei weiter auf der Dose. Gabriella ging dazwischen.

»Hey ganz ruhig, alles easy. Ist mein Freund, können wir dich zu einem Drink einladen?«

Der Kerl funkelte Minkin an. Minkin verschanzte sich hinter Gabriella. Die bestellte zwei Bier, und er erklärte der Bedienung, dass der Kerl einen Drink gut hätte. Die Bedienung brachte einen Becherovka-Bull für den Kerl und zwei Flaschen Stella Artois für Minkin und Gabriella. Stella Artois, belgische Plörre im Mutterland des Bieres. Sag was drauf. Dieser Club war tatsächlich in der Hand des Teufels.

»Also, was war das für eine Scheiße, die du da gebaut hast, gestern, Minkin?«

»Was meinst du?«

»Haben die dir auf den Kopf gehauen? Wer hat dir die Prügel verpasst?«

»Wenn ich es wüsste.«

»Dann?«

»Könnte ich es auch nicht ändern.«

»Was hat es mit Culle auf sich?«

»Mensch, bin ich Jesus? Ich weiß es nicht. Ich kenn den Kerl nicht. Werden nachher schon sehen.«

»Warum so mies drauf?«

»Stella Artois, Mann, Gabriella. Ich fahr sieben Stunden ins Mutterland des Bieres und trink belgische Plörre. Das zieht mich ernsthaft runter. Lass uns abhauen.«

Minkin und Gabriella zogen ab. Der Kerl mit der Redbull-Dose im Maul stierte den beiden hinterher. Nickte Minkin in Richtung Gabriella zu. Minkin nickte zurück. Was war das denn? Dachte der Kerl tatsächlich zwischen ihm und Gabriella lief was? Was für ein kranker Gedanke.

Nebel hatte sich vor der Tür breitgemacht. Tat Pilsen gut. Wurde jedenfalls nicht schlimmer dadurch. Eher das Gegenteil.

I'm going down Bruce Springsteen

»Das hier muss der Eingang sein.«

Gabriella blieb stehen.

»Hier, genau hier.«

Minkin und Gabriella standen neben dem Brauereimuseum. Das Gebäude stammte aus dem 15. Jahrhundert.

Minkin hatte es nicht so mit Museen. Gastro war meistens scheiße, Flaschenbier gab es dort, dazu völlig überteuert. Bilder, gut ja, gab schöne Bilder mit Sonnenblumen drauf. Lavendelfeldern. So was ging. In Stuttgart hatten sie in den letzten Jahren angeblich spektakuläre Museen gebaut. Voller Boliden. Automuseen. Wenn er Autos sehen wollte, musste er sich nur an die Heilbronner Straße stellen. Standen die rum. Zum Pragsattel hoch. Tagein, tagaus. Eine einzige Performance. War das schon Kunst? Ein Scheiß war das. Minkin hatte es nicht so mit der Kunst, noch weniger hatte er es mit den Autos. Ein Brauereimuseum dagegen, das ergab Sinn.

Tagsüber konnte man hier eine Führung durch Pilsens historische Keller buchen. Die Führung machte eine Philologiestudentin in ihrer Freizeit. Lohnte sich. Auch die Führung. Und anschließend die Ausstellung besuchen, die den Wandel von den mittelalterlichen Gasthausbrauereien zum modernen Brauwesen dokumentiert.

Pilsens historische Keller sind der Grund, weshalb der mittelalterlichen Stadt eine Belagerung nur wenig anhaben konnte. Bereits mit der Gründung der Stadt Pilsen im Jahre 1295 hat man damit begonnen, in den weichen Untergrund Tunnel zu graben. Waren natürliche Kühlschränke, wenn man so will. Wurden als Warenlager und Werkstätten genutzt. Nach und nach entstand ein Labyrinth. Insgesamt zwanzig Kilometer lang, sagt man. Die Häuser auf mehreren stockwerkartigen Ebenen unterirdisch miteinander verbunden. Über tausend Brunnen haben die Menschen da unten mit Wasser versorgt.

Im Mittelalter waren die Tunnel ein Segen, heute eher schwierig. Der Boden unter Pilsens Zentrum ist derart durchlöchert, dass hier und dort Einsturzgefahr besteht.

Betreten nur mit Sturzhelm möglich. Das war mal kein Witz.

»Gabriella, weißt du, dass das Kellerlabyrinth für das Brauen in Pilsen eine entscheidende Rolle gespielt hat?«

»Du erzählst es mir sicher gleich.«

Minkin hatte an und für sich wenige Themen, bei denen er glänzen könnte. Bei den wenigen, bei denen er es konnte, war er entschlossen, die Chance zu nutzen.

»Gab mal über zweihundert Braustätten in der Stadt. Die Brauer glaubten, dass die niedrigen Temperaturen der Keller für ausreichend Haltbarkeit sorgen würden.«

»Und?«

War mehr Höflichkeit, diese Frage. War ein Fehler. Minkin, nicht eben ein Typ, der viele Worte machte. Gab ein paar Themen, da sollte man ihn nicht drauf ansprechen. Nachfragen. Das hier war so ein Thema.

»Tat es nicht, Gabriella. Tat es nicht.«

»Spannend?«

Für Gabriellas Ironie war Minkin in dem Kontext nicht empfänglich. Was sie einiges an Lebenszeit kosten würde.

»Beschwerte sich ein Trinker damals über schlechtes Bier, wurden die Fässer unterirdisch in ein anderes Wirtshaus verschoben und dort ausgeschenkt. Pilsens schlechtes Bier war legendär. So erzählt es die Legende. Im Jahr 1838 hatten die Bürger dann die Schnauze voll. Sie stürmten die Braugasthäuser und ihre Lager, zerrten die Fässer ans Tageslicht und schütteten die Plörre auf die Straße und in den Fluss. Die Pilsner Bierschütte.«

»Historisch in einem Atemzug mit dem Prager Fenstersturz zu nennen.«

»Könnte man so sagen, Gabriella. Mindestens. Der Böhme hatte schon immer einen Sinn fürs Kerngeschäft.

Die Ratsherren definierten von da an einige Spielregeln für das Bierbrauen in Pilsen. Daraus entstand die Pilsner Brauart, wie wir sie heute kennen. Und weißt du, wer es erfunden hat.«

»Die Schweizer?«

»Unsinn. Erfunden hat es ein bayerischer Braumeister. Man hat dem Mann ein spätes Denkmal gesetzt, nachdem man ihn 1841 aus der Stadt vertrieben hatte. Eine glitzernde Skulptur. Steht an einer Stelle, an der sich in früheren Zeiten ein öffentlicher Brunnen befand. Die Menschen holten dort ihr Trinkwasser. Der bayerische Lohnbraumeister Josef Groll erfand in dieser Stadt das Pils.«

»Und warum hat man ihn weggejagt?«

»Eines Tages lehnte er sich im Vollrausch über den Brunnenrand und kotzte in den Schacht. Die Pilsner fanden das so halblustig. Sie entzogen Josef Groll das Recht, sich in Pilsen aufzuhalten. Groll war ziemlich sauer auf die Pilsner. Daher heißt es auch jemandem grollen. Verehrt wird er heute wie ein Gott. Groll ist der Mann, der die Pilsener Brauart erfand. Wo, ist nicht ganz klar. Pilsner Urquell und die Pivovar Groll, eine Kleinbrauerei ein paar Schritte von hier entfernt, nehmen Josef Groll beide für sich in Anspruch.«

Minkin hatte das Groll bei einer der Pokalausfahrten getestet. Komplett überzeugt war er nicht. Das lag nicht an Anaconda. Der grollschen Hausband. Der tschechischen Variante der Hannoveraner Scorpions. Anschauen, solange die Anacondas noch atmen.

Wie gesagt, Minkin nutzte die Gelegenheit, um noch ein wenig zu monologisieren, dass es Bier schon lange vor Groll gab. War aber wohl kaum von der Güte. Bei den Römern gehörte es zum täglichen Bedarf. Hieß Cervisia. Benannt nach Ceres, der Göttin der Feldfrüchte. Im Mittalter hatten die Klosterbrauereien ihre Finger auf dem Braubetrieb. Die Kirchen hatten schon immer Ideen, mit was sich Kohle machen ließ. Nun gut, Kohle mit Bierbrauen machen war allemal legitimer als die Schweinerei mit dem Ablass.

»Weißt du wie viel Prozent ihres Einkommens die Menschen im Mittelalter für Bier ausgaben?«

»Keine Ahnung, Minkin. Hast du noch andere Themen?«

Hatte er nicht.

»Zwanzig Prozent, Gabriella. Trotz sehr niedriger Bierpreise gaben die Leute im Durchschnitt zwanzig Prozent des Lohns für den Bierkonsum aus. Zwanzig Prozent, erklär das mal deinem Steuerberater.«

Der Deutsche gab im Schnitt gerade mal noch gut zehn Prozent für seine Lebensmittel insgesamt aus. Beim Premiumdiscounter. Die Männer hatten einen Grill für achthundert Euro auf der Terrasse stehen. Legten eine rote Wurst auf den Nobelgrill die im Fünfer-Pack 1,99 Euro kostete. Kaufen das Kilo Schweinenackensteak für 3,99 Euro. Lamentieren darüber, wenn Ökotest mal wieder feststellt, dass das Fleisch aus niedersächsischer Massenaufzucht voller Keime und Antibiotika ist. Die Schweine weniger als einen Quadratmeter zur Verfügung haben und im ganzen Leben niemals Tageslicht erblicken. Mann, wer sind hier die Schizos? Dann rufen sie immer nach der Politik. Die Politik. Wer soll das denn sein? In Minkins Heimat hatte eben der Landwirtschaftsminister seinen Hut genommen, weil er eine junge Parteikollegin flachgelegt hatte. Der Mann ist verheiratet. Muss also wissen, was er tut. Wann soll sich ein Landwirtschaftsminister bei dem privaten Pensum noch um Tierhaltung und Milchpreise kümmern?

Man sollte nicht zu viel erwarten von der Politik. Waren auch nur Tiere. Minkin fragte sich, für was die Menschen sonst ihre Kohle rausbliesen? Mützen, Schals, Winterschuhe, solche Sachen. Hatte Minkin der jährlichen Weihnachtsumfrage des Handelsverbandes entnommen. Wenig überraschend. Obschon, Winter war ja nicht mehr seit ein paar Jahren. Hatten die ja abgeschafft. Hochleistungsmixer liefen noch gut. Für Smoothies braucht man die. Das ist gequirltes Obst und Gemüse. Irgendwie hatten die im Mittelalter mehr drauf. Hauten ihre Taler für Sinnvolleres raus. Smoothies, was für ein Kack.

»Gabriella, hättest du das gedacht. Bier galt im Mittelalter aufgrund des geringen Alkoholgehalts generell als das perfekte Getränk. Auch für Kinder. Bier wurde durch das Kochen des Hopfens keimfrei. Anders als das Trinkwasser. Galt wegen seines hohen Nährwertes als wichtige Ergänzung der knappen Nahrung. Daher auch die fernöstliche Weisheit: Sieben Bier sind auch eine Mahlzeit.«

»Minkin …«

»Wegen des hohen Bierkonsums im Mittelalter und in der frühen Neuzeit hatte der Fiskus das Bier auf dem Schirm. Gab überall Steuern auf Produktion und Verkauf …«

»Minkin, halt die Fresse, jetzt.«

»Was?«

»Schnauze jetzt, da vorne kommt Jiří.«

Zumindest jemand der so aussah wie Jiří.

»Eilt euch. Hier lang.«

Hörte sich an wie Smeagol aus dem Herr der Ringe.

Jiří zog einen antiken Schlüsselbund aus der Hosentasche und öffnete die Tür zum Kellerlabyrinth. Vor ihnen eine Treppe. An die dreißig Stufen. Finster.

»Setzt das hier auf.«

Jiří reichte ihnen Augenklappen.

»Bist du bescheuert? Breche ich mir den Hals.«

»Wirst du nicht. Ich führe euch.«

Gabriella setzte die Klappe ohne Zögern auf.

»Mach schon Minkin, ist doch spannend. Bisschen wie Darkroom.«

Minkin wusste nicht genau, was ein Darkroom war. Es klang böse. Wollte das daher auch nicht wissen.

»Ein Unsinn ist das. Was tun wir hier?«

Gabriella setzte ihm die Klappe auf.

Jiří nahm die beiden an die Hand.

Sie kamen nur langsam voran. Die Minuten verstrichen. Minkin hatte den Eindruck, sie seien hier seit Tagen unterwegs. Tatsächlich mochte es eine halbe Stunde gewesen sein.

Treppabwärts, geradeaus, links, dann wieder hoch. Keine Ahnung, Jason Bourne hätte sich die Schrittfolge gemerkt. Minkin hatte es nicht. Insbesondere nicht nach den fünf, sechs Halben, die er intus hatte.

»Wir sind da.«

Jiří nahm den beiden die Augenklappen ab.

»Geil!«

»Was denn, Gabriella?«

»Schau dir das an.«

Vor ihnen ein riesiger Raum. Eine unterirdische Kathedrale. Am oberen Ende des Mittelschiffes ein Altar. Eigentlich ein Tresen. Dahinter ein buckliger, alter Kerl. Graues Resthaar zu einem Pferdeschwanz gebunden. Blässe, die jede Moorleiche vor Neid erblassen ließ.

»Das ist Vaclav, sei nett zu ihm. Er ist der Letzte.«

»Der Letzte was?«

»Wächter.«

»Wächter?«

»Stell ihm die Fragen?«

»Er antwortet dir oder nicht.«

»Ich meine der Mann sieht nicht aus, als ob er überhaupt noch sprechen kann.«

Minkin trat vorsichtig näher. Gabriella folgte ihm.

»Ahoj.«

Die tschechische Variante für »Hallo«. Soviel wusste Minkin. Die Tschechische Republik war so ziemlich das einzige Land, das Minkin kannte, das keinen Zugang zum Meer besaß. Nicht mal ernsthafte Binnengewässer. Paar Stauseen. Den großen Lipno. In der Sumava. Sachen, in die man nicht freiwillig reingeht. Wenn man nicht lebensmüde ist. So ernsthaft müde. Abgeschlossen hat. Oder gleichgültig. Minkin war mit den Tresenkickern regelmäßig im August in Pilsen. Den Pokal ausspielen. Schuleigner Hartplatz. Vierzig Grad. Kein Lüftchen. Der Hausmeister knöpfte ordentlich Kohle für das Benutzen des Hartplatzes ab. Das Benutzen der Duschen war nicht inklusive. Abkühlung gab es in der gefluteten Grube am Pilsner Stadtrand. Wo der Eingeborene vor dem Fall des Eisernen Vorhangs seinen Sommer verbracht hatte. Immer noch verbringt, den Pudelfrisuren nach. Schwimmen in der Grube war so halb geil. Am Grubenufer gab es eine Holzbretterbude mit Fassbier. Keine Ahnung, warum Minkin daran dachte. Aber wenn es zu Ende gehen sollte, der innere Film ablaufen würde. Das Bild vom Grubenufer mit dem Fassbierausschank aus Plastikbechern wird wohl mit dabei sein auf der VHS. Jedenfalls war es Minkin schleierhaft, warum man in diesem Land hier fernab allem Maritimen, warum man sich hier einen Seemannsgruß zur Begrüßung angeeignet hatte.

»Ahoj, Vaclav.«

»Minkin.«

»Das hier ist Gabriella.«

»Freut mich. Kriege wenig Besuch hier unten.«

Der Alte konnte noch sprechen. Immerhin was.

»Pivo?«

»Höre ich mich nicht Nein sagen.«

»Die Dame?«

Ganz alte Schule.

»Ja.«

Er zapfte aus einem Holzfass zwei Halbe im schweren Glaskrug.

Minkin nahm einen Schluck. Minkin wollte verstehen. Er konnte es nicht.

»Was ist das?«

»Ein Urquell.«

»Ernsthaft?«

»Die Quelle. Der Ursprung. Der Anfang und das Ende. Das A und das O.«

»Ich habe in meinem ganzen Biertrinkerleben noch nie so etwas probiert.«

Schwer zu sagen, ob es das beste Bier war, das er jemals getrunken hatte. Ihm fiel jedoch kein Besseres ein. Ums Verrecken nicht. Minkin hätte anfangen können darüber nachzudenken. Ließ es. Man sollte die Mysterien Mysterien sein lassen. Sonst ging man daran zugrunde.

»Sind wir deswegen hier?«

»Sag du es mir?«

»Ich weiß es nicht, Vaclav. Ich habe wirklich keinen blassen Schimmer.«

»Jiří, was meinst du? Ist er es?«

Jiří stand im Hintergrund. Zuckte mit den Schultern.

»Wer soll ich sein?«

Vaclav entschied sich, die Karten auf den Tisch zu legen.

»Minkin, es gibt da eine Sache, die ich verwalte.«

»Was?«

»Nun, etwas, das für die meisten Menschen irrelevant ist.«

Da fielen Minkin einige Sachen ein. Rezepte für Cupcakes, die Kaderplanung des VfB Stuttgart unter Robin Dutt, Fredi Bobic, Rettungspläne für Investmentbanken. Solche Sachen halt.

»Für die anderen, Minkin, da ist es der Schlüssel.«

»Der Schlüssel zu was?«

»Zu allem.«

»Vaclav, ganz ehrlich, danke für die Halbe, sensationell, aber entweder du redest Klartext oder der Fremdenführer soll uns den Weg nach draußen zeigen.«

Minkin täuschte so etwas wie Entschlossenheit vor. Unüblich. Wie gesagt: Täuschte vor.

Vaclac sah zu Jiří. Der deutete etwas in der Art eines Nickens an.

»Minkin, du hast von der Formel gehört.«

»Irgendwie bin ich wohl deshalb hier, oder?«

»Du bist in ihrer Nähe.«

Kam schneller als gedacht.

»Du besitzt die Formel, Vaclav?«

Vaclav schüttelte den Kopf.

»Niemand besitzt sie. Sie gehört keinem. Ich bin der Verwalter. Manche sagen Wächter. Passe auf sie auf. Mehr nicht.«

Vaclav Culle hörte sich an wie einer dieser Zauberer, Druiden aus einem dieser unzähligen Fantasyfilmen. War nicht eben Minkins ganz große Leidenschaft. Blieb er dann und wann hängen, beim Zappen. Dann war es okay. Genau wie diese Serie mit den Zombies. The Walking Dead.

Oder so ähnlich. Würde er viel Zeit haben in seinem Leben, würde er sich diese Serie ansehen. Alle Folgen.

»Schon klar, aber du weißt, wo sie ist?«

»Ja.«

»Hast ein Auge drauf, dass niemand sie entwendet.«

»Minkin, es ist nicht ganz so. Man kann die Formel nicht besitzen. Man kann mit ihr arbeiten. Aber sie gehört niemandem.«

»Verstehe.«

Minkin verstand nicht.

»Der, der mit der Formel arbeitet, ist den anderen überlegen. Deshalb gibt es die Wächter. Unsere Aufgabe ist es, die Sache im Gleichgewicht zu halten. Keiner soll daraus seinen Vorteil ziehen.«

Die Geschichte drohte endgültig abzudriften. In Richtung Fantasy. Schlechte Fantasy. Schnell mal die Kurve kriegen.

»Okay, du bist ein Wächter. Was habe ich damit zu tun? Ich meine, die Formel scheint mir bei dir in guten Händen zu sein. Hier im Pilsner Untergrund.«

»So war es.«

»War?«

»Seit vielen Jahren.«

»Kann meinetwegen so bleiben.«

»Minkin, die Dinge haben sich verändert.«

Minkin hatte keine Ahnung, wovon Culle sprach.

»Was ist passiert?«

»Etwas hat den Drachen geweckt?«

»Den Drachen? Vaclav, könntest du aufhören, wie Gandalf zu quatschen?«

»Gandalf?«

»Vergiss es, erzähl weiter.«

»Wir wissen nicht, wer sie sind. Viele Jahre war die Existenz der Formel in Vergessenheit geraten. Versteckt hinter einem Eisernen Vorhang. Dann brach der Ostblock zusammen. Bei euch fiel die Mauer. Es herrschte Durcheinander. Weltweit wurde nach der Formel gesucht. Auch zu uns kamen sie.«

»Was ist dann passiert?«

»Zunächst ist gar nichts passiert. Wir waren vorbereitet. Wir waren viele. Wir hatten hinter dem Eisernen Vorhang genug Zeit, um Strategien zu entwickeln, wie man eine Sache verborgen hält.«

»Heute?«

»Nur noch eine Handvoll. Jiří, Pavel Dienstbier aus dem Salzmannu, Jindrich, aus dem Mephisto. Ich. Und du.«

»Ich?«

»Nun, Minkin. Wir haben, um Hilfe gebeten. Du bist gekommen. Mit dir dein dunkler Engel.«

»Wer?«

»Gabriella.«

»Lass Gabriella aus dem Spiel, wir haben uns zufällig am Bahnhof getroffen.«

»Minkin, Zufälle sind selten.«

»Deine Worte, Minkin.«

Gabriella hatte recht. Mit Zufällen hatte er es nicht so.

»Du wirst jede Hilfe gebrauchen können, Minkin. Verdroschen haben die dich schon.«

Minkin ignorierte Gabriella. Wandte sich an Vaclav.

»Hör zu, Vaclav. Ist ja alles traurig, aber das ist nicht meine Baustelle. Ich soll das Ding finden und abliefern, das war es. Und noch was.«

»Was?«

»Das Mädchen hier mag vieles sein.«

Minkin deutet mit dem Kopf in Richtung Gabriella.

»Aber Engel, wäre so ziemlich das Letzte, was mir zu ihr einfallen würde.«

»Arschloch!«

Gabriella war ordentlich gereizt. Gefiel Minkin.

»Du würdest einen Engel nicht mal erkennen, wenn er dir seine Flügel auf die Fresse hauen würde.«

Mochte was dran sein.

Vaclav sah sich die Sache an. Zickenkrieg. War keine Zeit für. Er musste einschreiten.

»Das mit dem Ereignis hinterm Salzmannu tut uns leid.«

Zog Minkins Aufmerksamkeit auf sich.

»Was?«

Ereignis. Was für eine Beschreibung.

»Dachten, die hätten dich geschickt.«

»Ihr seid das gewesen?«

»Wie gesagt, tut uns leid.«

»Danke auch. Und was jetzt?«

»Du musst herausfinden, wer sie sind. Du musst die Formel an einen sicheren Ort bringen.«

»Mehr nicht?«

»Mehr nicht. Auch nicht weniger.«

Wieder einer dieser metaphysischen Sätze. Bedeutungsschwer aber inhaltsleer.

»Kommt, ich zeige euch etwas.«

Vaclav ging in eine Art Krypta. Minkin und Gabriella hinterher. Vaclav kam vor einem riesigen Steinsarg zum Stehen.

»Das ist echt geil.«

Gabriella kam tatsächlich ins Schwärmen. Minkin wusste nicht, was in Frauen vor sich ging. Würde sich bei diesem seltsamen Exemplar, das er hier vor sich hatte, nicht ändern.

»Du stehst auf so was?«

»Das ist nicht der richtige Ausdruck.«

»Gibt es den ›richtigen‹ Ausdruck?«

»Faszination, Inspiration, Energie, so was in der Art.«

»Energie? Wie kann von Toten Energie ausgehen. Bisschen albern.«

»Minkin, das Abendland hat die letzten zweitausend Jahre Kulturgeschichte im Wesentlichen auf einen Typen aufgebaut, der von einer Jungfrau zu Welt gebracht wurde, übers Wasser lief und von den Toten auferstanden ist. Erzähl mir nichts von albern.«

Vaclav schob die Steinplatte beiseite. Griff hinein. Zog ein Buch hervor. Dreißig Zentimeter hoch, zwanzig Zentimeter breit. Schwarzer Ledereinband. Hatte einige Jährchen auf dem Buckel. Er gab das Buch Minkin.

»Hier. Von jetzt an bist du der Wächter.«

»Was ist das?«

»Das, was du glaubst.«

»Vaclav, lass den Quatsch. Ich bin nicht der, für den du mich hältst.«

Minkin hatte keine Lust auf dieses Hochamt. Noch weniger auf die Schwierigkeiten, die daran hingen.

»Es ist nicht so, dass du eine Wahl hättest, Minkin.«

»Habt ihr keinen anderen?«

»Du weißt es Minkin.«

»Was?«

»Bruce ist ein Schatten seiner selbst.«

Das war er. Hatten wir schon zur Genüge durchgekaut. War inzwischen zur Obsession geworden. Schimanski war vor Kurzem verstorben. Ein Jammer war das.

»Was soll ich damit machen?«

»Die dürfen dieses Buch nicht in die Hände bekommen.

Das ist deine Aufgabe. Nicht mehr, nicht weniger. Eher vernichtest du das Buch.«

»Mal langsam, Vaclav. Vernichten, das Ding? Bisschen viel Drama, oder?«

»Vernichte es, wenn sie der Formel zu nahe kommen. Du hast keine andere Wahl.«

»Werden sehen, dass es so weit nicht kommt.«

Gabriella war wieder im Spiel. Woher dieses Mädchen seinen Optimismus nahm, war Minkin schleierhaft.

»Halt du dich raus. Das geht dich nichts an.«

»Rede es dir weiter ein, Minkin. Vielleicht glaubst du es ja irgendwann.«

Vaclav drängte zum Aufbruch.

»Ihr müsst jetzt gehen. Es wird nicht lange dauern, dann werden sie hier sein.«

»Solltest du nicht auch besser verschwinden?«

»Das hier ist mein Wohnzimmer. Old Trafford. Hier habe ich den Heimvorteil.«

Manchester United. Vaclav hatte mal sicher kein WLAN hier unten. Kriegte auch sonst wenig mit. Manchester United war ordentlich am Abkacken. Trotz van Gaal. Oder wegen van Gaal. War inzwischen auch weg. Leicester war das Team der Stunde. Der Fußball war berechenbar geworden. Ums Zahlen ging es schon immer. Franz wusste davon ein Lied zu singen. Tat es nicht. Sang nicht. Erinnerte an den alten Kohl und sein Schweigegelübde im Hinblick auf die Parteispender. Die englische Liga schaffte es, spannend zu bleiben. Leicester, vor Kurzem erst in der Premier League angekommen, wurde englischer Meister. Hatten einen Stürmer, der eine Weile im Knast war. Wegen Körperverletzung. Nach einer Pubschlägerei. Jogi hätte sich kurz am Sack gekratzt und ihn dann vermutlich lebenslang ausgemustert. Trotz aller Kommerzialisierung hatte man den Eindruck, dass der englische Fußball dem Spiel hie und da etwas von seiner Herkunft zurückgab. Vermutlich war das romantischer Quatsch. Romantik konnte geil sein. Zumindest im Fußball. Im Privaten? Ein Desaster. Minkin ließ Vaclav in seinem Glauben mit Manchester United. Wenn es denn half.

»Du musst es wissen, Vaclav.«

»Lass uns abhauen, Gabriella.«

Minkin packte den schwarzen Ledereinband in seinen Rucksack.

»Warte, Minkin. Eins solltest du noch wissen. Es gibt noch den zweiten Band. Gab. Man sagt, er sei verloren gegangen.«

»Wo?«

»In deiner Stadt.«

»Stuttgart? Unsinn.«

Wenn Stuttgart für etwas nicht überregional bekannt war, dann waren es seine Biere.

Gab Dinkelacker-Schwaben Bräu. Stärkten das regionale Ding. Musste man anerkennen. Der Eigentümer hatte seine Brauerei vor ein paar Jahren von einem internationalen Konzern wieder zurückgekauft. Dazu Hofbräu. Ein paar kleine Hausbrauer dazu.

»Ehrlich Vaclav, wir haben ein paar schöne Sude vor Ort. Aber kein PU.«

So ganz stimmte das nicht mehr. Das Bierding gewann an Bedeutung. Vor ungefähr sechs Jahren war Daniel Bleicher mit seiner Cast Brauerei an den Start gegangen. Fing an mit einem Pale Ale. Kalifornischer Stil. Pale? Blass war das ganz sicher nicht.

»Ernsthaft Vaclav, hat sich hie und da was getan in den

letzten Jahren. Aber zum Biermittelpunkt der Welt wird es nicht mehr reichen.«

»Das soll es auch nicht. Zuviel Aufsehen.«

»Was willst du damit sagen?«

»Ein Culle ist ausgewandert. Im 19. Jahrhundert. Hat das ›C‹ in Culle eingebüßt. Aus dem ›C‹ wurde ein ›W‹.«

»Wie das?«

»Mittelhochböhmische Lautverschiebung.«

»Aha.«

Ganz auszuschließen war das nicht. Das eine oder andere »C« ging verloren. Gibt in Stuttgart die erwähnte Brauerei Dinkelacker, Mit »ck«. Die Brauerei Schönbuch in Böblingen wird geführt von der Familie Dinkelaker mit »k«. Gehörte mal zusammen. Dann hat sich die Familie gesplittet. Im 19. Jahrhundert. Der Böblinger Zweig hat das »C« zurückgelassen. Schreibt sich seither nur noch mit »k«. Wissen, das nicht überlebensnotwendig war. Allerdings Wissen, das sich Minkin merken konnte, wenn er es einmal gehört hatte.

»Aus ›C‹ wurde ›W‹, wie Wulle?«

»Ja.«

»Wulle hat die Formel?«

»Hör zu, ich sage ein Culle ist ausgewandert mit der Formel. Aus Culle wurde Wulle. Es ist an dir herauszufinden, was passiert ist.«

Jiří, der sich die ganze Zeit über im Hintergrund gehalten hatte, stieg ein.

»Wir müssen los.«

»Was ist los?«

»Sie sind in der Stadt.«

»Wer?«

»Die Falschen.«

»Geht es genauer?«

»Nein, ihr müsst verschwinden.«

Jiří führte Minkin und Gabriella nach draußen.

»Macht, dass ihr nach Hause kommt.«

Das dunkle Königreich wird nicht mehr aufzuhalten sein Tocotronic

»Man könnte ihm wenigstens in die Eier treten.«

»Du?«

»Warum nicht?«

»Minkin, ernsthaft, du bist nicht der Streetfighting Man.«

Mögt ihr recht haben, Tocos.

»Ich könnte ihm ein Bein stellen?«

»Wenn es das ist, was du tun kannst, dann tu es.«

»Wie erkenne ich das Böse?«

»Wenn du das herausgefunden hast, lass es uns wissen.«

Namesti

Es war fünf Uhr morgens. Die Kneipen und Clubs in Pilsen waren dicht. Ein paar von den späten Jungs grölten tschechische Trinklieder vor der Kirche am Namesti Republiky. Minkin und Gabriella passierten die Kirche. Ein Schatten löste sich aus einem der Vorsprünge. Minkin war zu müde und zu betrunken, um das mitzubekommen. Der Schatten folgte Minkin und Gabriella auf dem Weg zum U Salzmannu. Wenige Meter vor der Pension trat ein zweiter Schatten aus einem der Hauseingänge. Trat Minkin ohne Ansage in den Unterleib. Mit voller Wucht. Minkin ging sofort auf die Matte. Der Ausdruck Schmerz traf den Zustand nur unzureichend. Minkin war kurz vor der Ohnmacht. Der zweite Schatten hatte Gabriella gepackt und von hinten umklammert.

»Minkin, du nun wieder. Hatte dir gesagt, dass wir uns wiedersehen.«

Der Typ erinnerte ihn an jemanden. Fing an zu summen. Sympathy for the devil. Alter Song von den Stones. Wurde immer missverstanden. Von wegen Satanismus. Satanismus aus Pappmachee war das, um es mit Marianne Faithfull zu sagen. Pleased to meet you. I hope you guess my name. Tat er nicht. Er kam ums Verrecken nicht auf den Namen.

»Gib uns, was wir haben wollen. Und wir lassen deine kleine Gruftischlampe laufen.«

Der Schatten sah den Rucksack.

»Hast du es hier in deinem Rucksack? Das wäre zu einfach. Obwohl, Minkin, dumm genug wärst du.«

Gabriella war nicht eben ein Ausbund an Attraktivität, aber Gruftischlampe, ich meine, wie persönlich war das denn?

»Sie heißt Gabriella.«

Minkin hatte Mühe, Luft zu bekommen. War mehr ein Röcheln, was aus seinem Mund kam.

»Sie hat einen unorthodoxen Style, aber sie ist keine Schlampe!«

»Minkin, du bist amüsant. Ernsthaft. Solltest ins Comedyfach wechseln.«

Hatte Minkin drüber nachgedacht. Hatte es verworfen. Wollte nicht mit Oliver Pocher in einer Liga spielen.

»Gabriella? Schöner Name für einen Zombie. Was soll das sein? Ein weiblicher Erzengel?«

Der Kerl lachte über seinen Scherz und bückte sich nach Minkins Rucksack. Gabriella hielt die ganze Zeit über still. Wartete den Moment der Unaufmerksamkeit ab. Der Moment war da. Sie befreite sich aus der Umklammerung und rammte ihrem Gegner den Zeigefinger ins Auge. Trat ihm so heftig in die Eier, dass er sich krümmte vor Schmerz.

Minkin war sich nicht sicher, ob das gerade passierte. Schien tatsächlich vor sich zu gehen. Sein Schatten stürzte sich auf Gabriella.

»Schlampe, das wirst du büßen.«

Rannte auf sie zu, wollte ihr einen Schlag ins Gesicht verpassen. Katzenhaft wich Gabriella dem Schlag aus und trat dem Schatten gegen die Beine. Der stolperte und fing sich mit allen Vieren auf.

»Warte.«

Der Schatten hielt ein Messer in der Hand.

»Werde dir deine weiße Haut abziehen.«

Minkin hätte sich gerne nützlich gemacht, eingebracht. Versuchte sich aufzurichten. Bisher hatte Gabriella das Überraschungsmoment auf ihrer Seite. Das war vorbei. In dem Moment trat Pavel Dienstbier aus dem Salzmannu. Neben ihm der Kerl mit der Redbull-Dose aus dem Mephisto. Kaute immer noch darauf herum. Dahinter Jiří, der Zapfer. Wenn Minkin das richtig sah, hatte jeder einen Baseballschläger in der Hand. Etwas in der Art. Ein gutes Zeichen.

»Minkin, Gabriella. Macht, dass ihr wegkommt. Wir räumen den Müll hier weg.«

Gabriella half Minkin beim Aufstehen.

»Los, mach, wir müssen verschwinden.«

Gabriella stützte Minkin beim Gehen.

Im Weghumpeln hörte Minkin das Geräusch von brechenden Knochen. Er hoffte, es waren die richtigen Knochen.

»Wohin?«

»Zum Bahnhof, wir nehmen den nächsten Zug nach Hause.«

Es war kurz nach sechs Uhr morgens, als sie den Bahnhof erreichten. Sie stiegen in den nächsten Zug Richtung Deutschland.

Bis Nürnberg sprachen die beiden kein Wort miteinander.

»Gabriella, ich hab dich unterschätzt.«

»Ich dich überschätzt.«

»Woher kannst du das?«

»Was?«

»Tu nicht so, du hast die beiden Schläger in Schach gehalten.«

»Hatten Glück, dass die Tschechen kamen. Sonst wären sie tot.«

Minkin spürte, dass Gabriella das ernst meinte.

»Du meinst es ernst, oder?«

Gabriella ließ es unkommentiert.

»Minkin, die wenigsten Sachen sind so, wie sie auf den ersten Blick aussehen. Nimm einfach zur Kenntnis, dass ich außer Schrumpfmönchen noch ein paar weitere Interessen habe, okay? Und jetzt halt die Fresse, du hast gesehen, wie es laufen kann, wenn man mir auf den Sack geht.«

Dass Frauen hin und wieder die Formulierung gebrauchten, dass ihnen etwas auf den Sack ginge, fand Minkin deplatziert. Sollte männlich klingen, hart. War lachhaft. Bei Gabriella war es das nicht. Weshalb Minkin die Klappe hielt bis Stuttgart. Lag auch daran, dass Minkin kurz hinter Nürnberg eingeschlafen war.

»Minkin, wach auf. Wir sind da.«

Minkins Magen schmerzte.

»Wird es gehen?«

»Keine Ahnung.«

Minkin dachte an das Buch in seinem Rucksack.

»Eine Sache noch, Gabriella.«

»Was?« Schon wieder reichlich aggro, das Mädchen.

»Das Buch.«

»Ist damit?«

»Nach allem, was ich gesehen habe, wärst du eher in der Lage drauf aufzupassen.«

Gabriella zögerte. Dachte nach.

»Minkin, du wärst so ziemlich der Letzte, an den ich denken würde, wenn es darum geht, auf eine wertvolle Sache aufzupassen.«

»Danke, das ist es, was ich meine.«

»Genau deshalb haben sie dich zum Wächter gemacht.«

»Warum?«

»Mir ein Rätsel, Mann. Du hast Glück. Findest Wege.«

»Einen Scheiß tue ich. Hast du die Typen gesehen? Die bringen Leute um.«

»Die sicher nicht mehr.«

»Andere werden kommen.«

»Minkin, du kannst nicht davonlaufen. Es ist dein Bier. Und jetzt jammere mir nicht den Arsch voll und hau ab. Sehen uns.«

Gabriella war so ziemlich das bizarrste Exemplar Frau, dem Minkin je begegnet war. Nun ja, um ehrlich zu sein. Es waren nicht eben viele Frauen, denen Minkin begegnet war.

Es war später Vormittag. Minkin hatte keine Lust auf seine Bude am Wilhelm-Geiger-Platz. Minkin nahm die U9 bis Vogelsang, dann weiter mit der U2 bis Botnang. Stieg an der Lindpaintner aus. Die Waldklause hatte offen. Ging also nicht alles den Bach runter in der Stadt. Betrat die Pilsbar.

»Minkin, dachte schon, dir ist was zugestoßen.«

»Mir?«

»Das letzte Mal hat ein Cop nach dir hier gefragt. Muss Monate her sein. Alles fit?«

»Läuft.«

Der Wirt stellte einen Ouzo auf den Tresen.

»Pils?«

»Wäre gut.«

»Sag mal kannst du mir einen Gefallen tun?«

»Welchen?«

»Etwas aufbewahren.«

»Was?«

»Nix Großes.«

Minkin griff in den Rucksack. Schnappte den schwarzen Ledereinband.

»Das hier.«

»Ein Buch?«

»Gut erkannt.«

»Stell es in die Bibliothek.«

»Wohin?«

Der Wirt zeigte auf ein Regalbrett über dem Geldspielautomaten. Standen ein paar Bücher zur Theorie des Dartspiels und ein Bildband über die Stuttgarter Kickers.

Minkin zögerte.

»Ernsthaft?«

»Hier drin rührt niemand Bücher an.«

Schlüssig argumentiert. Minkin stellte den schwarzen Schweinsledereinband neben die Theorie des Dartspiels. Auf gute Nachbarschaft.

Minkin blieb bis zum frühen Abend. Nahm den letzten Bus nach Feuerbach und blieb zwei Tage lang im Bett liegen. Minkin dachte nach. Er hatte die Formel, hatte keinen Schimmer, was das bedeutete. Was man damit anfangen konnte. Kam nur einer in Betracht, der ihm das erklären konnte. Der schlanke Holländer.

Rosis Pinte

Der schlanke Holländer stand am Tresen. Wie immer um die Tageszeit. Der schlanke Holländer war der klügste Kerl, den Minkin kannte. Arbeitet an einem chemischen Privatinstitut im Stuttgarter Westen. Hätte eine große Nummer werden können. Was in Richtung Nobelpreis. Dann kam der Suff. Immerhin war er noch in der Waagerechten.

»Wim.«

»Minkin.«

»Und?«

»Selbst?«

»Passt.«

Genug Begrüßungsfloskeln ausgetauscht.

»Wim, kann ich dich was fragen?«

»Tust du bereits?«

»Was weißt du über Alkohol?«

Musste Wim nicht lange nachdenken.

»Zu viel.«

»Als Chemiker.«

»Ethanol, landläufig als Alkohol bezeichnet, hat die Formel C_2H_6O. Eine reine Substanz. Bei Raumtemperatur eine farblose, leicht entzündliche Flüssigkeit mit einem brennenden Geschmack und einem süßlichen Geruch.«

»Etwas in der Art von Ouzo?«

»Ja. In der Art.«

»Wie hergestellt?«

»Wird aus stärkehaltigem Material durch Gärung produziert. Die Vergärung von Zucker zu Ethanol ist eine der ältesten bekannten biochemischen Reaktionen. Ethanol brauchst du heute für eine Menge Sachen. Medikamente, Desinfektionsmittel, Lösungsmittel, neuerdings auch für Kraftstoff, Bioethanol. Beispielsweise enthält der Kraftstoff E85 einen Ethanolanteil von fünfundachtzig Volumenprozent.«

»Sprit? Kann man das trinken?«

»Wenn man nichts anderes zur Hand hat. Wieso willst du das wissen?«

»Bin an einer Sache dran.«

»Am Ermitteln?«

»Könnte man so umschreiben.«

Minkin hatte aufgegeben mehr aus seiner Tätigkeit zu machen. Mehr als es tatsächlich war. Funktionierte nicht. Gab auch keinen Grund zur Veranlassung. Um noch mal Rolf Miller zu zitieren.

»Was ist es?«

»Eine Formel.«

»Eine Formel?«

»Na, ja, geht um eine Art Weltformel.«

»Die Stringtheorie?«

»Nicht ganz, geht um die Weltformel für Bier.«

Wenn Wim überrascht war, zeigte er es nicht.

Sein einziger Kommentar.

»Damned.«

Hatte er aus den Staaten mitgebracht.

»Was?«

»Sie bewegt sich doch?«

»Was?« Minkin verstand nicht. Nicht ganz.

»Die Formel.«

»Hast du von ihr gehört?«

»Gehört?«

»Ja?«

»Gibt es diese Geschichten darüber.«

»Zum Beispiel?«

»Hatte Gott eine Wahl, als er die Welt erschuf?«

Minkin sah den Zusammenhang nicht. Tat er selten. Insofern kein Grund sich zu wundern. In Details war Minkin topp, die Zusammenhänge bereiteten ihm Probleme.

»Keine Ahnung. Wahrscheinlich schon. Sonst wäre er nicht Gott.«

»Einstein war anderer Ansicht.«

»Er muss es wissen. War eine Konifere auf dem Gebiet.«

Minkins Humor war abgestanden. An guten Tagen. An schlechten kam so etwas heraus. Konifere. Wie Pocher war das denn? Der schlanke Holländer ignorierte es.

»Ich meine Wim, er war Einstein.«

»Er suchte eine Theorie, die erklärt, dass die Welt exakt so sein müsse, wie sie sei, dass also nicht einmal Gott sie hätte anders erschaffen können.«

»Hat er sie gefunden?«

»Einen Scheiß hat er. Einstein suchte umsonst. Die Notizen dazu stapelten sich nach seinem Tod im Jahr 1955 auf seinem Schreibtisch in Princeton. Komplett für die Katz.«

»Schade.«

»Nach Einstein waren noch eine ganze Menge Glücksritter unterwegs. Seine Nachfolger setzten seine Suche mit mehr oder weniger Engagement fort.«

»Und?«

»Der gleiche bescheidene Erfolg. Paar Ideen hier und da. Alles nix Konkretes.«

War neuerdings ein Albumtitel. Von der Band AnnenMayKantereit. Der Bandname klang nach mittelständischer Anwaltskanzlei. Gleiss Lutz. Menold Bezler. Unsexy. Die Musik war okay. Das Feuilleton gespalten. Eher negativ. Zu unpolitisch. Zu banal. Vater-Sohn-Geschichten. WG-Erlebnisse. Sprachlich nicht überragend. Musste man trotzdem anerkennen. Auch wenn Minkin den Eindruck nicht los wurde, dass er das mit der Musik von Element of Crime schon vor zwanzig Jahren durchgemacht hatte. Vielleicht war das der Grund, warum nicht nur die Heranwachsenden die Musik mochten, sondern auch deren Väter. Trost bestand darin, dass die Jugend eine Alternative hatte zu Lena und ihrem Castingrotz. War nicht alles am Arsch.

»Das meiste, was Einstein produzierte, war für den Papierkorb. Seit ein paar Jahren haben einige Wissenschaftler wieder Morgenwind. Viele Physiker sind inzwischen überzeugt, die Blaupause der Weltformel zu kennen.«

»Tatsächlich?«

»Schon mal was von der Stringtheorie gehört, Minkin?«

»In der Big Bang Theory.«

»Wo?«

»Sheldon Cooper redet dauernd davon.«

»Wer ist Sheldon Cooper?«

»Hast du einen Fernseher?«

»Nein.«

»Vergiss es.«

»Die Stringtheorie sagt mir nix.«

»Lange war umstritten, ob die Stringtheorie mehr ist als Mathematik. Allmählich schwinden die Zweifel. Die Stringtheorie ist nicht einfach eine Theorie, sie ist ein Politikum. Physiker hassen oder lieben sie, nur wenige beziehen Positionen dazwischen. Dabei fing alles harmlos an. Sie entstand um 1970 aus Versuchen von Physikern, die sogenannten schwergewichtigen Elementarteilchen – wie Neutronen oder Protonen – in ein Ordnungsschema zu bringen. Das funktionierte verblüffend gut, und so versuchten die Theoretiker, die Formeln auch auf andere Teilchen und Kräfte auszuweiten. Das funktionierte anfangs nicht so gut. Ein Jahrzehnt lang knobelten die Physiker, bis sie überhaupt eine widerspruchsfreie Formulierung gefunden hatten.«

»Kannst du es etwas einfacher machen, Wim. Ich bin Jurist.«

»Auch sonst von niedrigem Verstand.«

»Goethe?«

»Minkin, die halbe Literatur ist eine Fußnote zu Goethes Faust.«

Wim wusste nicht nur mit dem Chemiebaukasten umzugehen, sondern hatte daneben profunde Kenntnisse in Literatur, Kunst, Musik und solchen Sachen. Minkin blieb das meiste davon ein Rätsel.

»Die Grundidee der Stringtheorie ist so simpel, dass selbst du sie verstehen kannst. Alle Materie besteht aus winzigen, schwingenden Saiten, den *strings.* Die Vielfalt ihrer Schwingungen erzeugt die Vielfalt der Teilchen und Kräfte – ähnlich wie die Schwingungen der Saiten einer Gitarre die alle möglichen unterschiedlichen Melodien hervorbringen können. Es kann Eric Clapton sein oder Andreas Bourani, verstehst du. So soll zum Beispiel die Schwerkraft aus den Schwingungen geschlossener, also ringförmiger Strings entstehen.«

»Klingt simpel.«

»Aber es ist äußerst knifflig, daraus eine wirklich aussagekräftige physikalische Theorie zu schmieden. So zeigt sich, dass die Strings in vieldimensionalen Räumen schwingen müssen, die geometrisch verzerrt und gekrümmt sein können.«

»Wie kann ich mir das vorstellen?«

»Am besten gar nicht. Selbst Experten scheitern daran. Oder werden wahnsinnig.«

»Warum dann der Aufwand?«

»Weil sich damit rechnen lässt. Bis in die 1990er-Jahre entwickelten die Stringtheoretiker immer verwegenere Formelwerke von großer mathematischer Eleganz. Allerdings verloren sie vor lauter Mathematik mehr und mehr die Wirklichkeit aus den Augen. Um die Jahrtausendwende wurde es den Kritikern zu bunt. Sie warfen den Stringtheoretikern vor, statt echter Naturwissenschaft nur noch mathematische Spiegelfechterei zu betreiben. Die Stringtheorie, so lautete die Kritik, entziehe sich der experimentellen Prüfung und erstarre zur Ideologie. Zu komplex, ein Ungeheuer. Empirisch irrelevant. Keinerlei Vorhersagekraft. Im Wissenschaftsbetrieb haben einige ihrer Vertreter versucht, die Theorie mit politischer Macht durchsetzen. Die Professoren verhalfen ihren gefügigen Schülern zu akademischen Stellen. Vor ungefähr zehn Jahren war die Theorie so gut wie tot. Viele Physiker weigerten sich, sie überhaupt noch als echte Theorie anzuerkennen.«

»Das war es dann mit der Sache?«

»Im Gegenteil, Minkin. Die Kritiker sind leiser, die Befürworter im Aufwind. Die Stringtheorie liefert brauchbare Aussagen über physikalische Systeme. Gibt ein paar neue Ideen für die Teilchenphysik. So können die Theoretiker aus ihren Stringformeln zum Beispiel Eigenschaften sogenannter Quantenflüssigkeiten ableiten, etwa von Supraleitern und extrem heißer Materie, wie sie in Teilchenbeschleunigern entsteht. Mithilfe der Stringtheorie lässt sich berechnen, wie zäh solche Flüssigkeiten sind.«

»Und wie sind die Flüssigkeiten?«

»Eher dünnflüssig.«

»Wie Becks Gold?«

»Ungefähr so. Die Stringtheorie ist wieder im Spiel. Wenn es gut läuft, kann man damit irgendwann alle fundamentalen, physikalischen Naturkonstanten abbilden, kurz gesagt, das gesamte Universum mit einer knappen Weltformel erklären.«

»Okay. Soweit klar. Aber was ist mit der Weltformel des Bieres?«

»Na ja, gibt ein paar Irre, die glauben, es gäbe die Weltformel des Bieres. Die Pilsener hätten sie entdeckt.«

»Was genau soll die Weltformel des Bieres sein?«

»Bei dir muss man von vorne anfangen.«

»Tun wir mal so.«

»Was weißt du übers Bier machen?«

Minkin hatte einiges gehört über das Bierbrauen.

»Na ja, am Anfang wächst das Getreide auf dem Feld. Dann wird Malz daraus gemacht, Wasser dazu. Kochen. Hopfen rein und gut.«

»Du musst es verstehen, Minkin. Sonst hat es keinen Sinn. Aus Getreide wird zunächst Malz gemacht. Soweit richtig. Der eigentliche Brauvorgang beginnt mit dem Maischen. Wasser wird auf etwa vierzig Grad erwärmt, das geschrotete Malz hinzugefügt. Die entstandene Maische wird unter ständigem Rühren bis circa siebzig Grad erhitzt. Aus Stärke wird Zucker. Die Maische wird dann im Läuterbottich geläutert. Danach wird die Würze, der flüssige Teil der Maische in der Kochpfanne mit Hopfen gekocht. Dann werden das Eiweiß und andere Schwebstoffe von Würze getrennt. Zuletzt wird die Flüssigkeit in einem Kühler auf die optimale Gärtemperatur abgekühlt und je nach Biersorte die passende Hefekultur zugesetzt. Obergärige Hefesorten vergären bei Temperaturen zwischen achtzehn Grad und vierundzwanzig Grad, untergärige bei acht Grad bis vierzehn Grad. Bei der alkoholischen Gärung setzt die Hefe den in der Würze gelösten Zucker zu Ethanol und Kohlenstoffdioxid um. Dieses Gas bleibt zum Teil im fertigen Bier unter Druck als Kohlensäure gebunden. Nach der Hauptgärung, die etwa eine Woche dauert, muss das Jungbier noch etwa vier bis sechs Wochen nachgären und lagern. Danach kann das gereifte Bier gefiltert und abgefüllt werden.«

»Im Grunde ist es einfach, Wim. Aus Stärke mach Zucker, aus Zucker mach Alkohol.«

»Kaum mehr eine Brauerei leistet sich heutzutage eine eigene Mälzerei.«

Stimmte. Obschon Minkin mit den Kreuzkickern im böhmischen Kuttenplan vor einigen Jahren die Brauerei Chodovar besucht hatten. Dort stellten sie tatsächlich das Malz noch selbst her. Aber dort kam auch das Bier aus einem Brunnen der auf dem Hof steht. Perfekter geht es kaum.

»Malz wird in der Regel zugekauft. Beim Mälzen wird das Getreide unter Zugabe von Wasser zum Keimen gebracht. Geht so sechs bis acht Wochen, danach wird das Malz eingeweicht. Geht wieder ein paar Tage so. Danach wird das Malz auf fünfundachtzig bis hundert Grad erhitzt, das Malz getrocknet. Das Malz ist verantwortlich für den Geschmack des später gebrauten Biers. Je nach verarbeiteter Getreidesorte, Dauer und Temperatur der Keimung. Geröstetes oder karamelisiertes Malz ergibt dunkles, sehr aromareiches Bier mit karamelligem oder rauchigem Geschmack. Etwa das Rauchbier der Brauerei Schlenkerla in Bamberg.«

Kannte Minkin. Musste man robust für sein. Schmeckte wie eine Kreuzung aus Schweröl und Schinkenspeck. Wenn es gelungen war.

»Dann noch das Wasser, Minkin. Unterschätze das Wasser nicht.«

»Auf keinen Fall.«

»Wasser ist immens wichtig für den Geschmack des Bieres. Die Wahl des Brauwassers entscheidet über den Mineralien- und Salzgehalt des Biers. Weiches, kalkarmes Brauwasser ist mal generell kein Nachteil.«

In der Kneipe Geld für Wasser auszugeben, erschien Minkin bis dato sinnlos. Nach dem, was ihm der schlanke Holländer erzählt hatte, galt es das nochmals zu überdenken. Wim war mit seinem Monolog noch nicht durch.

»In der Sudpfanne wird die Würze zum Kochen gebracht, Hopfen zugegeben und mitgekocht. Sorte und Menge des Hopfens steuern Geschmack und Haltbarkeit des Biers. Mehr Hopfen ergibt eine längere Lagerfähigkeit und einen herben, bitteren Geschmack des Bieres. Hier setzen die ganzen Craft-Beer-Brauer an. Experimentieren mit den Hopfensorten. Gibt über zweihundert davon. Mindestens. Durch das Verdampfen des Wassers beim Kochen wird die Würze auf die für jede Sorte spezifische Stammwürze konzentriert. Kann man auch noch mal ganz schöne Varianten reinbringen. Dann erfolgt die Zugabe der Hefe, sobald die Würze die für die jeweilige Hefesorte notwendige Temperatur hat. Die Hefe sorgt für den Gärprozess. Dauert dann so circa fünf bis acht Tage, dann ist das Ganze zu Ethanol vergoren. Im Reinheitsgebot findest du nichts von Hefe. Obwohl sie die Brauer vor fünfhundert Jahren unbewusst eingesetzt haben. Die Gärung wurde angestoßen durch Hefe, die in der Umgebung vorhanden war.

Je nach Hefesorte und Würzerezeptur ergibt die Gärung untergäriges oder obergäriges Bier. Das Jungbier wird anschließend in Lagertanks verbracht. Der noch vorhandene Zucker wird in Alkohol umgesetzt. Die Lagertanks stehen unter Druck, sodass entstehendes Kohlenstoffdioxid nicht mehr entweicht, sondern als Kohlensäure im Bier gebunden wird.

Dann geht es zur Filtration. Je weniger Inhaltsstoffe aus dem Bier herausgefiltert werden, desto mehr geschmacksprägende Aromaträger verbleiben darin.«

»Okay, war es das jetzt, Wim?«

»Denke, du hast jetzt einen Abriss, wie es funktioniert.«

»Habe vor allem Durst.«

»Da kann man was tun dagegen.«

Wim orderte die nächste Runde.

»Aber was ist mit der Weltformel für das Bier?«

»Nun ja, die Formel, Minkin. Mit der Weltformel könnte man eine Menge Sachen rund um das Thema Bier erklären. Weit mehr als die bloße Rezeptur für das perfekte Bier.«

»Allein dafür würden einige Brauer weit gehen?«

Minkin dachte an die Fernsehbierbrauer. Versuchten sich neuerdings durch irgendeinen Retrodreck an die ernsthaften Biertrinker ranzuwanzen. Auf den Zug, der schon seit Jahren den Bahnhof verlassen hatte, aufzuspringen. Veltins hatte eine alte Marke wieder aufleben lassen. Grevensteiner. Hätten sie mal besser bleiben lassen sollen. Ein einziger Fake.

»Die Formel kann weitaus mehr. Berechnet dir den exakten Promillegehalt, die relative Trunkenheit, die alkoholische Ladung, die Bauchmasse, den Aktionsradius, die Bierverdunstung, die Gravitationskonstante, die Trinkgeschwindigkeit, den Abschleppfaktor und so weiter. Um nur mal ein paar Stichworte zu nennen.«

»Abschleppfaktor?«

»Der Zusammenhang zwischen Koituswahrscheinlichkeit und Bierkonsum lässt sich damit errechnen.«

»Ah ja.«

»Interessierst du dich für Frauen?«

Minkin zögerte.

»Sex wird überbewertet.«

»Zumindest solange man keinen hat.«

Verarschte der schlanke Holländer Minkin gerade?

»Bier ist der Sex der Männer ab vierzig, Minkin.«

Da war was dran.

»Für Physiker gilt die Weltformel des Bieres als die Formel aller Formeln. Albert Einstein, Serge Malzberg, Pivo Radegast und eine Menge berühmter Wissenschaftler haben lange vergeblich danach gesucht. Gibt es Erzählungen darüber, dass ein paar böhmische Gelehrte und Brauer um Josef Groll sie bereits vor knapp zweihundert Jahren gefunden und damit das Pilsner Urquell in die Welt gesetzt hätten. Mit dem Protektorat Böhmen und Mähren verliert sich die Spur. Dann kam der Sozialismus, der Kommunismus, dann InBev. Keine Spur mehr von dem Ding. Keine Aufzeichnungen. Die moderne Wissenschaft sucht das, was den Bierkosmos im Großen wie im Kleinsten zusammenhält. Mit der Weltformel ist eine eindeutige und widerspruchsfreie Beschreibung der im Bieruniversum beobachtbaren Phänomene möglich. Die Formel vereint auf elegante Weise unterschiedliche Erscheinungen aus dem Mikrokosmos und Makrokosmos in einer einzigen flüssigen Erklärung.«

»Und du, Wim. Was glaubst du?«

»Die Frage ist, hatte der Brauer Josef Groll überhaupt die Möglichkeit, ein anderes Bier zu brauen.«

»Was denkst du?«

»Ich denke, nein, hatte er nicht. Ihm erging es ähnlich wie dem lieben Gott. Um den Kreis mit der Stringtheorie zu schließen. Im Übrigen ist das die klassische Heldengeschichte. Vollbringt Großes, gilt zu seinen Lebzeiten nichts. Wird mit Schimpf und Schande davongejagt.«

»Die Formel?«

»Haben sie ihm vorher abgenommen.«

»Was ist mit Groll passiert?«

»Seine Spur verliert sich eine Weile. Taucht wieder auf in seinem Geburtsort in Vilshofen. Übernimmt die Brauerei des Vaters. Stirbt 1887 im Haus seiner Tochter an einer Herzattacke im Alter von vierundsiebzig Jahren.«

»Ziemlich alt für damalige Verhältnisse.«

»Hat gesund gelebt, kein Feinstaub, kein Plastik im Essen, kein Low Carb Food. Paar Halbe am Tag. Fertig war der Lack.«

»Und die Formel?«

»Nie wieder aufgetaucht.«

»Hat man danach gesucht.«

»Machst du Witze, Minkin? Hitlers Tagebücher, das Bernsteinzimmer, ungefähr in der Liga spielt die Formel.«

»Na ja. Die Tagebücher dürften ja seit ein paar Jahren raus sein.«

»Sollte man meinen.«

»Die grollsche Linie ist ausgestorben. Nix mehr zu machen. Gab noch einen zweiten Namen. Culle?«

»Culle?«

»Ja. Sagt dir das was?«

»Hab ihn getroffen.«

»Du hast Culle getroffen?«

»Ja.«

»Wie hast du das geschafft? Der Mann ist ein Phantom.«

»Sollte er besser auch bleiben. Steht auf der Abschussliste. Ganz oben.«

»Bei wem?«

»Keine Ahnung, Wim. Gibt eine Menge Andeutungen, Vermutungen. War Jahrzehnte lang Ruhe. Jetzt ist Bewegung reingekommen. Irgendjemand will die Formel unbedingt haben. Ich werde den Redakteur fragen. Er weiß, was in der Brauereiszene vor sich geht.«

»Hat Culle die Formel?«

»Er ist ein Wächter, war vielleicht die längste Zeit ein Wächter.«

»Ist er tot?«

»So oder so ist er der Gruft ziemlich nahe.«

»Warum dann ›hatte‹?«

»Die Formel ist in anderen Händen.«

»Hast du sie?«

»Na ja, besitzen kann man das Ding nicht. Es existiert, der Wächter sorgt dafür, dass es nicht in falsche Hände gerät.«

»Du bist ein Wächter?«

»Soweit würde ich nicht gehen.«

»Wo ist sie?«

»Wim, sei mir nicht böse, aber es ist besser, wenn du nicht alles weißt. Oder wie der Innenminister bei solchen Gelegenheiten zu sagen pflegt, Teile meiner Antwort könnte sie verunsichern.«

Akzeptierte er.

»Entschuldigung, wenn ich Sie anspreche.«

Minkin und Wim saßen am Tresen. Vertieft in die Unterredung. Neben ihnen saß eine Frau in den Fünfzigern. In den schlechten Fünfzigern. Sah auch so aus.

»Es geht mich ja nichts an. Aber der Kerl, der gerade raus ist, hat sie belauscht.«

»Welcher Kerl?«

Die Frau deutet auf einen kahl geschorenen, kräftigen Kerl, der auf dem Gehweg stand und telefonierte.

»Belauscht?«

»Wie kommen Sie darauf?«

»Ich habe ihn beobachtet. Euch zugehört.«

»Haben Sie nichts Besseres zu tun?«

Minkin war minimal sauer.

»Säße ich dann am Nachmittag in der Kneipe?«

Sag was dagegen.

»Wie kommen Sie drauf, dass er uns beobachtet hat?«

»Glauben Sie mir, ich habe einen Blick für derartige Sachen.«

»Woher?«

»Ich habe fast dreißig Jahre in einer Schlecker-Filiale gearbeitet. Musste immer wachsam sein.«

Die Leute klauen wie die Raben. Davon hatte Minkin gehört.

»Verkaufsleiter. Die Pest. Machten uns zur Schnecke, wenn sie uns beim Rumstehen erwischten.«

Demütigungen waren im modernen Wirtschaftsleben immer noch Teil der Arbeitskultur. Minkin hatte genug davon. Weshalb er den Job bei der Behörde nicht mehr hatte. Seine Lesart. Es war erstaunlich. Wir hatten das 21. Jahrhundert. Ein Großteil der europäischen Wirtschaftskultur definierte sich immer noch über die Demütigung der Angestellten. Der Geist des vorigen Jahrhunderts hatte sich herübergerettet. War nach wie vor en vogue. In jeder Behörde. In jedem Büro. Soll keiner erzählen, die Gesellschaft wäre weiter. Gab das Allgemeine Gleichbehandlungsgesetz. Antidiskriminierungsbeauftragte. Die wackere blonde SPD-Ministerin, deren Namen sich Minkin nicht merken konnte, versuchte seit geraumer Zeit, ein Gesetz zur Lohngleichheit zwischen Männern und Frau durchzubringen. Gleiches Geld für gleiche Arbeit. Die Frauen verdienten im Schnitt dreiundzwanzig Prozent weniger. Gleiches Geld für gleiche Arbeit. Gerecht wäre es allemal. Sie wird scheitern. Auf die eine oder andere Art.

Im Grunde war alles noch annähernd wie bei Franz Kafka, seinem Prozess. Der Einzelne ist nichts. Die größte Genugtuung bestand für den Chef darin, den Angestellten vor anderen Angestellten zu demütigen, in den Senkel zu stellen. Machtdemonstration. Bewies damit Führungsqualitäten. Der Angestellte will dann immer schlau parieren, schlagfertig sein. Nichts fällt ihm ein. Erst am nächsten Tag hatte man die angemessene Reaktion parat. Das verschaffte dem Chef immer noch einen Ständer. Wenn die Kinder des Angestellten Pech hatten, kriegten sie die Demütigung weitergereicht. Gab nur eine Hoffnung. Alles kam zurück. Das Leben war ein Kreislauf. Jede Bösartigkeit wurde gespeichert. Fiel dem Absender auf die Füße. Das Imperium würde zurückschlagen.

Minkin hatte diese Geschichte gehört. Von einem Denunzianten. Im Dritten Reich. Er hatte einen Mann denunziert. Einen Bauern. Verunglimpfung des Führers. Der Mann wurde abgeholt. Von der Gestapo. War in Untersuchungshaft. In Heidelberg. Kam gerade so davon. Der Denunziant hatte drei Söhne. Alle drei starben in ihren Zwanzigern oder Dreißigern. Lange vor ihm. Kein Vater sollte seine Söhne sterben sehen. Früher hatte man gesagt, Gott sieht alles. Heute würde man wohl sagen, die Cloud vergisst nichts.

Das hier war eine der Schleckerfrauen. Waren mal kurz im Fokus der Medien, der Politik. Als Schlecker Pleite ging. Bisschen Profilierung im Windschatten des Prekariats. Nimmt der Politiker, der Medienprofi gerne mal mit. Wann war das? Vier, fünf Jahre her.

»Davon habe ich gehört. Von Ihrer Situation.«

Minkin wollte irgendwas Nettes sagen. Versuchte es damit.

»Enge, schlecht beleuchtete Räume, miserable Bezahlung, genervte Kunden, immer unter Druck. War sicher die Hölle.«

Die Schlecker-Frau musste nicht nachdenken.

»Das hier ist die Hölle. Nichts zu tun zu haben, dass macht mich fertig.«

Ging mal ordentlich schief. Mit der Nettigkeit. Sollte man Menschen überlassen, die es können. Musste das Thema wechseln.

»Und Sie meinen, er hat uns belauscht?«

»Ich an eurer Stelle würde verschwinden. Der Kerl hat, wie soll ich sagen, keine gute Ausstrahlung.«

Wim und Minkin sahen sich an. War wohl was dran.

»Wenn wir jetzt rausgehen, ich meine, er sieht uns doch?«

»Kommt.«

Die Frau führte die beiden zum Hinterausgang.

»Am besten ihr geht die Schwabstraße runter, verschwindet in einer Seitenstraße.«

»Danke.«

»So hat der Tag wenigstens einen Sinn.«

Wie depri war das denn?

Minkin und Wim verließen Rosis Pinte unbemerkt durch den Hinterausgang.

Draußen hatte der groß gewachsene, kahl geschorene Kerl auf seinem Handy eine Schweizer Telefonnummer gewählt. Was das wieder kostet. Schwabe durch und durch.

»Cop Schneider.«

»Und?«

»Er hat die Formel.«

»Hätte ich ihm nicht zugetraut.«

»Ich auch nicht.«

»Wie hat er sie bekommen?«

»Glück.«

»Hören Sie auf Schneider, da muss mehr sein.«

»Keine Ahnung. Er findet gelegentlich Sachen. Das ist alles.«

»Arbeitet er allein, Schneider?«

Cop Schneider zögerte. Noch. Der Kerl am Ende des Funknetzes ging ihm auf den Zeiger.

»Sieht so aus. Hin und wieder hat er Hilfe, wenn er welche braucht.«

»Ist er ein Problem, Schneider?«

Cop Schneider wurde die Unterhaltung zu dumm. Zeit zu intervenieren.

»Cop Schneider, sagte ich. Cop Schneider, ist das so schwer?«

Anflug von Zickigkeit. Sollte man ernst nehmen bei Schizos. Tat es das Gegenüber?

»Schneider, hör zu, wir zahlen dir sehr, sehr viel Geld, oder?«

Kam keine Antwort. Sollte auch keine kommen.

»Also nennen wir dich, wie wir wollen, Schneider.«

Cop Schneider gab mal herzlich wenig auf die Meinung anderer. Würde er das hier auf sich beruhen lassen? Einen Scheiß würde er.

»Noch was?«

»Hol die Formel. Was du mit Minkin machst, ist mir egal. Man hört, er fehlt dir noch in der Sammlung.«

Cop Schneider war der Mann fürs Grobe. Schon einmal hatte er Minkin auf dem Zettel. Kurz vorm finalen Rettungsschuss in seinem vorigen Abenteuer hatten ihn seine Auftraggeber zurückgepfiffen. Cop Schneider kam heute noch die Galle hoch, wenn er an den blondierten Spanier dachte. Der Typ war schwach, hatte es vermasselt. Die Kerle diesmal hatten ein anderes Format. Hatten einen langen Atem. Ein Südamerikaner. Lebte in der Schweiz. Die Auftraggeber waren dabei, die Nummer eins auf dem globalen Biermarkt zu werden. Wollten die Weltformel des Bieres haben. Cop Schneider wusste nicht wofür. Interessierte es ihn? Eher nicht. Cop Schneider war Polizist. Er hatte in Ausübung seiner Tätigkeit einen Menschen getötet. Eher zufällig. Dann fing es an, ihm Spaß zu machen. Paar Idioten aus dem Weg zu räumen. Cop Schneider war ohne Empathie. Sein Ruf hatte sich herumgesprochen. Wer immer einen schmutzigen Job in der Stadt zu erledigen hatte, kam auf ihn zu. Er war Borderline, wohnte in einem Freiberger Betonhochhaus und soff. Mehr an Qualifikation brauchte es nicht.

An Gelegenheiten würde es Minkin nicht fehlen lassen. Cop Schneider hatte noch keinen Menschen getroffen, der mit einer derartigen Naivität sein Tagwerk verrichtete. Noch dazu einer, der eine Ermittlerrolle spielte. Minkin spielte sie ernsthaft bedauerlich. Ähnlich wie die Ermittler im Stuttgarter Tatort. Cop Schneider sah inzwischen sogar Till Schweiger lieber auf dem Bildschirm. Das war bizarr.

Minkin war fällig. Cop Schneider beendete das Telefonat. Er würde Minkin abpassen, die Formel aus ihm rausprügeln, den Rest würde man sehen.

Als Cop Schneider Rosis Pinte betrat, war Minkin verschwunden. Nur eine früh gealterte Frau saß am Tresen. Den Suff im Gesicht.

»Kann ich Ihnen einen ausgeben?«

Die Schlecker-Frau musste nicht lange nachdenken.

»Nein.«

»Warum nicht?«

»Trinke nicht mit jedem.«

Was sollte das sein? Eine Kampfansage?

»Hier saßen gerade noch zwei Typen. Wo sind die hin?«

»Keine Ahnung. Habe niemanden gesehen.«

Cop Schneider packte die Frau an den Haaren. Ordentlich gereizt.

»Lüge mich nicht an, Hexe.«

Blitzschnell stand der Wirt hinter ihm. Hatte ein Messer in der Hand.

»Lass die Frau in Ruhe, Arschloch. Und verschwinde.«

Nicht, dass ihn das ernsthaft beeindruckte. Er war schizo. Er war Polizist. Wollte er auch bleiben.

»Komm mir nicht mehr in die Quere, Hexe.«

Cop Schneider ließ die Frau los. Ging zum Ausgang. Verpisste sich nicht. Ging ab. Feldherrenmäßig. Was für ein Depp.

Laternchen, Laternchen, Sonne, Mond und Sternchen

Minkin und Wim trippelten die Schwabstraße runter. Richtung Rosenbergplatz. Vorbei an einem Biosupermarkt und einer Sushi-Bar. Minkin hatte das Sushi bis dato gemieden. Würde sich nicht mehr ändern. Roher Fisch und kalter Reis auf Algen. Meine, ganz ehrlich, vor zwanzig Jahren wäre das auf dem Müll gelandet, nicht im Plastikschälchen auf einem Laufband.

»Wohin?«

»Kennst du das ›Zehn Biere‹?«

»Ja.«

»Heißt jetzt ›Laternchen‹.«

»Auch gut.«

Der Westen war ja mal ordentlich durchgespült. Systemgastro, Cafébars, der ganze westliche Auswurf. Die Kneipe mit dem programmatischen Titel »Zehn Biere« war verschwunden. Ersetzt durch das »Laternchen«.

Positionsgerechter Wechsel, wie der Fußballreporter das nennt. Wieder eine neue Vokabelsau, die durchs Dorf getrieben wurde. Wie das Packing. Positionsgerechter Wechsel bedeutet, dass ein Stürmer durch einen Stürmer ersetzt wurde. Hier wurde eine Bierbar durch eine Bierbar ersetzt. Passte.

Was Minkin nicht passte, war, dass Scholl und die anderen Experten für ihre Expertisen angeblich Millionen kassierten. Sicher, das war der schlichte Sozialneid, nichts anderes. Was anderes als Neid blieb denn noch übrig, wenn nichts anderes mehr da war? Bei Scholl sollten es angeblich fünfzigtausend Euro pro Spiel sein. Summierte sich im EM-Jahr auf schlappe 1,6 Millionen Euro für das Expertenwissen. Die Berichterstattung über Scholls Gehalt wurde von der ARD als bösartig bezeichnet. Zudem falsch. Tatsächlich werden die Zahlen vermutlich weit drüberliegen. Für was? Sicher, er hatte den Begriff »Packing« eingeführt. Vor ein paar Jahren hatte er Mario Gomez aufs Übelste beleidigt. Kann einem auf die Jahre gesehen schon mal einige Milliönchen wert sein. Jemand musste an die Altersarmut bei Ex-Profis denken. Sonst landen die am Ende noch auf der Straße. Oder bei RTL. Im Container. Kann auch niemand wollen. Man durfte das Altersarmutsrisiko bei ehemaligen Profifußballern nicht unterschätzen. Das ZDF hat gleich drei von der Straße geholt. Neben Olli Kahn hatten sie Sebastian Kehl verpflichtet. Der hat endlich eine Gelegenheit, die Krawatten der letzten zehn Jahre aufzutragen. Für irgendwas muss es ja gut sein. Dann noch Holger Stanislawski. Arbeitsloser Trainer. Malt Kringel auf Fernsehbildschirme. Schöne Beschäftigungstherapie. Was den Gebührenzahler das kostet? Geht den Gebührenzahler nichts an. Über die Vertragsdetails der Expertenverträge müssen die öffentlich-rechtlichen Sender keine Auskunft erstatten. Wie war das noch mal mit dem Auftrag der öffentlich-rechtlichen Anstalten? Politische Willensbildung, unabhängige Berichterstattung? Stattdessen trugen die Sender mit ihrem Mist dazu bei, die Schere weiter zu öffnen. Das Land drohte wahnsinnig zu werden.

Diejenigen, die das verhindern sollten, hielten die Steigbügel. Großartig gemacht, Jungs.

Als Minkin und Wim das Laternchen erreichten, war die EM gerade in vollem Gange. Minkin und Wim setzten sich an den Tresen. Ein Barhocker war noch frei. Ein zweiter wurde von einem Gast freigeräumt. Der Mann nahm seine Tasche weg.

»Bitte, die Herren.«

Höflichkeit, wo man sie nicht unbedingt erwartet hatte. Das war das Schöne an diesen Pinten. Man war unter Menschen. Nicht unter Wettbewerbern.

»Wer spielt?«

»Österreich gegen Ungarn.«

»Gegen wen?«

Der Gag verpuffte im Laternchenrauch. Eventuell das Humorkonzept noch mal überdenken, Minkin.

»Zwei Kristall.«

Falls sich der gut genährte SPD-Vorsitzende fragen sollte, wo seine ehemaligen Wähler abgeblieben sind. Hier könnte er mit der Suche anfangen. Allerfeinstes Proletariat. Liebt klare Ansagen.

Du bist so hässlich, wenn du nüchtern bist. Steht überm Tresen. Hässlich ist hier drin keiner. Arbeitergeschichte gefällig? Der Wirt ist ein junger Grieche. Der Vater hat im vorigen Jahrhundert in Stuttgart eine Pilsbar eröffnet. Das Laternchen. Lange verschollen. Der Sohn hat den Faden vor zwei Jahren wieder aufgenommen und aus den »Zehn Bieren« das Laternchen gemacht. Noch dazu von zehn auf fünfzehn Biere aufgestockt. Münchner Löwenbräu ist dabei, gibt Punktabzug. Abgesehen davon, topp. Gäste werden beim Hinausgehen mit reichlich Literatur verabschiedet. »Ein Leben ohne Biere wäre denkbar, aber sinnlos.«

Hat der Wirt mit gelber Kreide über den Eingang geschrieben. Sag was dagegen.

»Minkin, in was bist du diesmal hineingeraten. Was wollte der Kerl in Rosis Pinte von dir.«

»Nicht Gutes, Wim.«

»Kann ich was für dich tun?«

»Danke, deine Erklärungen zur Weltformel des Bieres waren Hilfe genug.«

»Hast du sie verstanden?«

»Nein.«

»Hab ich auch nicht erwartet.«

»Danke, Wim.«

»Gibt noch eine andere Theorie. Eventuell einen Tick einfacher.«

»Welche?«

»Die Alkoholische Realitätstheorie. Ein Modell zur Beschreibung dynamischer Alkoholisierungsprozesse.«

»Ist das ein Witz?«

»Mach ich Witze?«

So hatte Minkin Wim bisher nicht wahrgenommen.

»Die Grundlagen wurden maßgeblich von Professor Weinstein entwickelt. Hielt 1949 an der Akademie der Wissenschaften in Bordeaux einen Vortrag zur Alkoholisierungsdynamik. Referierte erstmals über die Kernthesen seiner Theorie. Bedeutete eine vollständige Revision des Verständnisses dynamischer Alkoholisierung. Geht um die den Alkoholisierungsprozess bedingenden Ursachen und die ihn begleitende Auswirkungen.

Die Alkoholische Realitätstheorie gilt als eine der experimentell am besten gesicherten Theorien der neuzeitlichen Wissenschaften.«

»Tatsächlich?«

»Kannst du in jeder besseren Bierbar beobachten. Ein paar junge Wissenschaftler haben das Thema weiterentwickelt. Mathematisch formuliert. Die Beschreibung des Alkoholisierungsprozesses geschieht mittels der dynamischen Alkoholisierungsgleichungen, der Grad der Alkoholisierung kann dabei im Wesentlichen aus der Kenntnis der sogenannten dynamischen Dichtefunktionale bestimmt werden.«

»Jetzt nimmst du mich auf den Arm?«

»Keineswegs. Die Wissenschaftler von Uncyclopedia haben den durch reinen Bierkonsum induzierten dynamischen Alkoholisierungsprozess nahezu exakt beschrieben. Die bei diesen Betrachtungen gefundenen Gesetzmäßigkeiten wurden von ihnen in späteren Abhandlungen für beliebige Alkoholisierungsprozesse verallgemeinert.«

Minkin dachte nach. Kam zu dem Ergebnis.

»Das ist beruhigend.«

»Was?«

»Manchmal glaub ich, ich würde mit meinem Thema daneben liegen. Kennst du das, du glaubst alles, was du machst, besitzt keine Relevanz?«

»Nein. Ehrlich gesagt ist mir das fremd. Ich meine, alles hat Relevanz.«

»Na ja, jedenfalls beruhigt mich das mit Weinstein und seiner Formel.«

Weinstein hatte den bph-Wert eingeführt. Den Bierkonsum (= b) pro (= p) Zeiteinheit (= h), gemessen in Stunden. Man kann damit ziemlich exakt den Grad der Alkoholisierung bestimmen, die Trinkgeschwindigkeit, die Biermenge. Gab nach Minkins Dafürhalten eine Menge Sachen die unnützer waren.

Ohne Spaß kein Fun Cosimo

Ortswechsel. London. England. Rein aus dramaturgischen Gründen erforderlich.

»Du musst dich an den Zeitplan halten, Mario, hörst du?«

Mario hörte. Verstand er es? Ärzte, was wissen die vom Profifußball? Training. Fast jeden Tag. Wochenende Spiel. Zwischendurch die Boliden ausfahren. Machte ja sonst keiner. Den neuen Porsche in Lila oder Mint? Musste entschieden werden. Facebook. Instagram. Was glaubten diese Ärzte eigentlich? Nur weil sie ein Studium hatten. Erledigte sich nicht von selbst. Ohne Spaß. Das war kein Fun.

»Hast du das verstanden? Sonst kann ich für nichts garantieren.«

»Ja, klar, Doc.«

Mario ließ sich vom Doc behandeln. Sicher, Ärzte gab es überall. Wenn er ernsthaft verletzt war, medizinische Hilfe brauchte, musste es der Doc sein. Bei den Sportmedizinern war es wie im Profifußball. Gab die Champions League, die Bundesliga, dann den Rest. Der Doc war Champions League. Real Madrid unter den Weißkitteln.

Mario hatte die Dreißig passiert. Die Jungen drängelten ins Team. Waren schneller. Mehr Ausdauer. Wie er damals. Mit siebzehn erstes Bundesligaspiel. Er sah die Angst in den Gesichtern der älteren Kollegen. Jetzt sah er die Angst in seinem Gesicht. Fußballprofis hatten eine begrenzte Laufzeit. Waren sie für die Zeit danach vorbereitet? Einen Scheiß waren sie. Er hatte das letzte Drittel seiner Karriere erreicht. Hatte die eine oder andere Blessur. Schnippeln konnten sie alle, die Ärzte. Dem Spieler helfen zurückzukommen konnten die wenigsten. Schnell zurückkommen. Regeneration zwischen den Spielzeiten, nach Verletzungen. Dort trennte sich die Spreu vom Weizen.

»Wenn du die Zeiten und die Dosierung nicht einhältst, Mario, dann wird man etwas finden. Du weißt, ich nehme eigentlich keine neuen Patienten mehr, bei dir habe ich eine Ausnahme gemacht. Ich mag dich.«

Was sollte der Unsinn denn? Als ob es darauf ankäme. Mario drückte jedes Mal eine ordentliche Stange Geld ab für die Behandlung. Nicht, dass der Betrag relevant war im Verhältnis zu seinem Verdienst. Ne Menge Kohle war es trotzdem. Mario hatte von ehemaligen Fußballprofis gehört, die von Sozialhilfe lebten. Hatten die Hälfte ihres Geldes für Frauen, Autos, Partys ausgegeben. Die andere Hälfte hatten sie sinnlos verprasst. Hatte sich kaum etwas geändert seit George Best. Mario würde das nicht passieren. Er hatte einen Berater. Sein Geld war gut angelegt. Immobilien in der Sächsischen Schweiz. Schweiz ist immer gut. Anteile an einer Hochseewerft im Hunsrück. Kreuzfahrten boomten, sagte ihm sein Berater aus dem ehemaligen Jugoslawien. Der Bruder eines Mitspielers. Konnte wenig schiefgehen bei Werften.

»Danke. Das war es, Mario.«

»Zahlung wie immer?«

»Wie immer.«

Mario zahlte in bar. Fünftausend Euro für jeden Besuch. Geld bekam die Assistentin. Reijka. Wenn sie zwanzig war, war es viel. Der Doc vertraute ihr. Nicht nur das. Mario war sich ziemlich sicher, dass er die Assistentin auch flach legte. Konnte er nur drüber lachen. Immer die gleiche Tour mit den gealterten Heteros. Waren dreißig Jahre verheiratet, dann kam so ein junges Ding mit großen Brüsten daher, und schon gaben sie der Alten den Laufpass. Die gleichen Männer hackten auf dem Islam rum. Von wegen Frauenfeindlichkeit, Sexismus. Die übliche Doppelmoral der Heteros. Ging ihn nichts an, die Heteros.

Der Doc wollte das Geld nicht in der Praxis haben. Reijka traf Mario im Café Roma. War um die Ecke. Bestellte einen Espresso und gab ihr den Umschlag. Sie steckte ihn ein.

»Nicht nachzählen, Reijka?«

»Warum. Ich vertraue dir?«

Was war heute los? Alle liebten ihn.

»Wie lange bist du noch in der Stadt?«

»Fliege morgen wieder zurück.«

»Heute Abend schon was vor?«

Mario dachte kurz drüber nach.

»Wie alt bist du Reijka?«

»Alt genug, Mario. Hab gehört, was dem Franzosen passiert ist. Keine Angst. Chill dich.«

»Danke, Reijka, ich bin versorgt.«

»Das hab ich schon mal gehört. Du wärst nicht der Erste, der sich meldet. Hier ist meine Nummer.«

»Wenn du meinst.«

Mario nahm die Nummer. Anrufen würde er nicht.

Mario zahlte den Espresso und ging. Emanzipation hatte viele Gesichter. Für Reijka war der alte Doc nur eine Sprosse. Die Richtung zeigte aufwärts.

Punk is not dead

Minkin wusste, was es mit der Formel auf sich hatte. Er musste mehr über die hiesige Brauereilandschaft erfahren, den Redakteur treffen. Der Redakteur hatte in den letzten ein, zwei Jahrzehnten einiges aufgeschnappt. Kannte die meisten Gastroplayer. Die Guten, die Unguten und die, die eigentlich von Beruf Bruder waren. Die Trüffel auf Pizza warfen. Kochfaschos waren das. Stellten einen Ferrari vor den Laden und hatten Erfolg. Die Stadt und ihre Bewohner waren übergeschnappt. Der Redakteur war der Storyteller des New Weird Stutengarten.

Minkin verabredete sich mit dem Redakteur im Corner. Im Kurort. Der Redakteur saß am Tresen. Verzichtete auf eine lange Begrüßung.

»Was ist mit deinen Schneidezähnen passiert?«

Minkins hatte an den zwei oberen Schneidezähnen die Hälfte eingebüßt. Sah nicht gut aus.

»Radunfall.«

»Verarscht du mich?«

»Nein.«

»Du fährst Rad?«

»Tue ich nicht.«

»Ein Glück. Verdammt gefährlich.«

»Du?«

»Hab das Radfahren aufgegeben. Zusammen mit dem Rauschgift.«

Gefährlich, ja das war es definitiv. Warum warnte keiner vor den Gefahren des Radfahrens? Vor der Wurst warnten sie neuerdings. Vor rotem Fleisch. Vorm Radfahren? Nada. Im Gegenteil. Wollten die Leute dazu verführen, mehr

Fahrrad zu fahren. Sei gut gegen den Feinstaub. Jahrelang haben uns die Drecksäcke erzählt, es gäbe kein Feinstaubproblem. Ginge keine Gefahr aus von den Partikeln in der Luft. Wird von den Medien unnötig hochsterilisiert. Um es mit dem Medienkritiker und Teilzeitphilosophen Bruno Labbadia zu sagen. Sicher, Luft gab es schon immer. Unsere Luft ist vermutlich auch ziemlich sauber im Vergleich zu Peking oder Dehli.

Trotzdem hat der grüne Oberbürgermeister knallharte Maßnahmen angekündigt. Seit 2016 gibt es Feinstaubalarm. Schluss mit lustig. Bei speziellen Wetterlagen wird auf die hohe Luftbelastung durch Feinstaub hingewiesen. Autofahrer sollen dazu animiert werden, auf ihr Auto freiwillig zu verzichten. Hat die meisten ziemlich aufgeschreckt. Dabei ist überhaupt noch nicht klar, ob die vielen Autos überhaupt schuld sind an dem Feinstaub. Es könnte auch umgekehrt sein.

Der Verkehrsminister Hermann, ehemaliger Radaktivist, trägt konsequent einen Fahrradhelm. Auch im Ministerauto. Hat die ganz große Keule ausgepackt. Auswirkungen möglicher weitergehender Maßnahmen, wie etwa die ausdrückliche Bitte, Autos auch mal ganz stehen zu lassen, werden derzeit gutachterlich geprüft. Von einem Expertenarbeitskreis. Erste Ergebnisse gibt's 2030. Zeitgleich mit der Eröffnung des Tiefbahnhofs. Radfahren sei gut für die Fitness.

Hatte ihm auch die Vermieterin ins Ohr gesetzt. Ein Nest darin gebaut. Hätte noch das alte Herrenrad ihres Verstorbenen im Keller. Bisschen Bewegung, bisschen frische Luft würde ihm gut tun. War eine alte Dame. Konnte man ihr den Wunsch abschlagen? Konnte man. Tat es Minkin? Tat er nicht.

Seine Vermieterin war ihm ein Rätsel. Konnte gelegentlich so etwas wie Herzensgüte antäuschen. Fing im Juni an Erdbeermarmelade einzukochen. Hunderte von Gläsern. Keine Ahnung für wen. Jedenfalls roch das komplette Haus nach frischer Erdbeermarmelade. Kam einem Gärkeller ordentlich nahe.

Das mit dem Radfahren, nun ja, ging schon eher in Richtung Bedrängnis. Minkin fuhr mit dem Rad zum Banater Biergarten im Feuerbacher Tal. Die Rumänen grillten dort im Sommer an riesigen Grills Cevappen nach Banater Art. Sollte man probieren. Minkin ging dort in erster Linie hin wegen der sozialistischen Essensausgabe.

Siebenundachtzig bei Grill. Wer die Nummer siebenundachtzig hatte, durfte zum Grill, sich die Rote abholen. Na ja, man saß auch ganz hübsch. Wenn es kühler war. Im Sommer kamen die Wespen, ab April die Kinder. Gab dort eine Hüpfburg. Eine Sache, die es in Minkins Kindheit nicht gab. Auf den meisten elektronischen Schrott, den die Unterhaltungs- und Aufzuchtindustrie heute bereithielt, konnte Minkin verzichten. Aber diese Hüpfburg, das schien so, als ob es Spaß machen könnte. Eines Tages, wer weiß, vielleicht könnte Minkin mit einem Kind auf so eine Hüpfburg. Könnte man sich zur Not eins leihen. Cool wäre das.

Legten dort eine ruppige Güte an den Tag. Minkin hatten sie mal ein Halbe geschenkt. Er hatte noch zwei Euro in der Tasche. Reicht dort nicht mal für ein Kleines. Die Rumänen schenkten ihm ein Großes ein. Sollte man sich Gedanken machen, wenn der rumänische Gastarbeiter einem das Bier ausgibt?

Sollte man. Drüber nachdenken, ob wirklich alle Rumänen ihre Kinder in der Fußgängerzone zum Betteln schicken oder tagsüber in Reihenhäuser einsteigen, wie es hin und wieder behauptet wurde. Offensichtlich war es nicht so.

Um es kurz zu machen, auf dem Nachhauseweg ist Minkin in den Feuerbach gestürzt. Keine Ahnung, wo der plötzlich herkam. War dunkel, er hatte kein Licht am Rad, vier, fünf Halbe im Kopf. Aber das allein? Die hatten kurzerhand das Bachbett verlegt, war sich Minkin sicher. Machen die. Renaturierung und so einen Dreck. Immer am Aufhübschen, diese Idioten.

»Wann ist das passiert mit den Zähnen?«

»Gestern.«

»Willst du was machen?«

»Tipp?«

»Bier drauf schütten.«

»Sonst noch was?«

»Zahnarzt?«

»Wird ja immer absurder.«

Damit war das Thema durch. Kein schöner Tag war das. Nicht nur der Zähne wegen. Tag eins nach dem Tod des Paten. Mayer-Vorfelder, der Spiritus Rector war gestorben.

»Und sonst?«

»Na, ja. Du weißt, wie es steht.«

»Wieder einer weniger.«

»Selbst?«

»Trauerarbeit.«

Im Corner gedachte man des Paten mit einem adäquaten Stillleben. Pilstulpe an Todesanzeige auf Bistrotisch.

»Der Corner hätte dem Paten sicher gefallen.«

»Besonders die Speisekarte.«

Dort stand mit Kreide das Tagesgericht angeschrieben. Kaltes Schaumsüppchen von Hopfen und Gerste. Versehen mit dem Zusatz »vegan«.

»Was zu Essen bestellen?«

»Warum nicht.«

Die Bedienung war unachtsam, blickte kurz von ihrem Smartphone auf.

Minkin nutzte das kurze Aufmerksamkeitszeitfenster.

»Tschuldigung, das auf der Tafel, das Tagesgericht.«

»Ja?« Schon wieder am Smartphone klebend.

»Ist das Ironie?«

»Nein.« Kurze Pause. »Spaß.«

Die Antwort kam ohne Aufzublicken. Sag was drauf.

Sollte nicht sein mit dem Essen. Wäre auch nicht im Sinne des Paten.

Vor einigen Jahren hat sich Berti Vogts mal über den damaligen DFB-Präsidenten Mayer-Vorfelder beschwert. Kaltes Bier und trockener Rotwein wären ihm immer wichtiger als Nachwuchsförderung im deutschen Fußball.

Genau deshalb werden wir den Schutzengel aller Pilstulpen und Weinrömer in Erinnerung behalten. Punk is not dead. Wer war noch mal Berti Vogts?

»Was weißt du über Wulle?« Minkin wechselte das Thema.

»Macht Kopfschmerzen.«

»Meine über die Historie.«

»Na ja, war mal ein mittelständischer Brauer. Schöne Anlage, wenn man sich die alten Aufnahmen anschaut. War dort, wo heute das Hotel Le Meridien steht. Hatten ein gutes Standing hier. Dann haben sie mit Dinkelacker fusioniert. Im vorigen Jahrhundert. Irgendwann ist die Marke von der Bildfläche komplett verschwunden.«

»Erklärung dafür?«

»Kann man nicht so ganz nachvollziehen. Dass ein Brauer aufgekauft wird, okay. Dass die Marke dann komplett verschmolzen wird und verschwindet, eher unüblich.«

»Scheint mir auch so.«

»Vor ein paar Jahren dann der Relaunch. Hätte man sich sparen können, den ganzen Aufwand.«

»Es sei denn, es gab Gründe, die wir nicht kennen.«

Minkin erzählte dem Redakteur von der Formel. Das meiste davon.

»Du willst mir erzählen, die Brauerei Wulle war im Besitz der Weltformel des Bieres?«

»Was der Böhme mir erzählt, wie soll ich sagen, das spricht dafür.«

»Und wer hat sie jetzt?«

»Die Rechtsnachfolger.«

»Dinkelacker-Schwabenbräu.«

Da hatte der Redakteur dem Grunde nach recht.

»Warum setzen sie die Formel nicht ein?«

»Es ist kompliziert. Möglicherweise fehlt ein Teil. Vielleicht wollen sie den Ball einfach nur flach halten. Sie wissen gar nicht, welchen Schatz sie haben.«

»Weißt du, was am wahrscheinlichsten ist, Minkin?«

»Was?«

»Dass die Formel, falls sie sie hatten, mit dem Abriss des Brauereigebäudes und dem Hotelneubau verschüttet wurde.«

»Wer könnte das wissen?«

»Frag den letzten Wullianer.«

»Wen?«

»Gibt da einen ehemaligen Mitarbeiter, den letzten Wullianer. War Betriebsratsvorsitzender bei Wulle, danach bei Dinkelacker. Hat gleich nach dem Zweiten Weltkrieg dort angefangen. Frag ihn. Wenn einer darüber was weiß, dann er.«

»Mach ich. Vielleicht wollen sie auch einfach keine

Aufmerksamkeit erregen. Lassen deshalb die Finger von der Formel.«

»Wenig plausibel, Minkin. Aufmerksamkeit ist eine harte Währung.«

War was dran.

»Plausibilität, mein Lieber, wird überbewertet.«

»Wem sagst du das, Minkin. Ich arbeite für eine Zeitung.«

Hatte Minkin nicht vergessen. Print war am Abgrund. Vermutlich war das weltweit so. Was versuchten sie dem entgegenzusetzen? Eine Kinderzeitung. Jetzt ernsthaft. Kinder starren auf ihr Smartphone. Sitzen nicht auf dem Pausenhof und packen die Zeitung zum Vesper aus. Wie plausibel war das denn?

»Sinnhaftigkeit, Logik. Sollte man nicht unnötig hochjazzen. Nimm die Autoindustrie. Könnte das Ein-Liter-Auto bauen. Praktisch null Schadstoffausstoß. Tut sie es?«

»Nein.«

Frage war rhetorischer Natur. Eigentlich.

»Eben. Sie entwickelt eine Software, um den hohen Schadstoffausstoß zu verschleiern, anstatt kleinere Autos mit null Emission herzustellen. Wäre kein Problem. Hätten ja ein paar Ingenieure in der Firma. Könnten die sicher was entwickeln. Machen die nicht. Stattdessen zahlen die allein in den USA über dreizehn Milliarden Dollar Schadenersatz. Was hat das mit Logik zu tun?«

»Weißt du, warum sie das nicht tun, Minkin?«

»Weil sie das geil finden, nehme ich an. Das Verbotene übt einen gewissen Reiz aus.«

»Wenn du meinst, Minkin.«

»Nur so eine Idee.«

»Das mit deinen Zähnen, Minkin.«

»Ist damit?«

»Denk mal über eine Visite beim Zahnarzt nach.

»Vergiss es.«

»Kannst du dich mal umhören über die Historie der Brauerei?«

»Mach 'ne Führung. Dienstags und donnerstags. Du wirst überrascht sein.«

Hatte er in der Tat vor. Der Redakteur war nicht der Erste, der ihm das nahelegte. Musste was dran sein.

»Mach ich. Kannst du trotzdem mal ein wenig recherchieren?«

»Minkin, das sind alte Geschichten.«

»Keine Ewigkeit her, es ist das 20. Jahrhundert.«

»Ich hab davon gehört.«

»Ihr habt doch ein Archiv in der Zeitung?«

»Schon.«

»Wenn du dabei bist. Ich müsste wissen, was sich in der Brauwelt so tut in letzter Zeit. Gibt es das Veränderungen, Umwälzungen. Irgendwas, das die Großen aufgeschreckt hat?«

»Na ja. Dazu muss ich nicht ins Archiv. Gab Ende 2015 die Megafusion im Bier-Markt schlechthin. Anheuser Busch hat SABMiller übernommen. Kartellbehörden machen noch ein bisschen dran rum. Aber das wird. Damit ist AB die absolute Nummer eins. Ich meine, die waren vorher schon keine kleine Nummer. AB InBev, wie der Laden heißt, hatte vorher schon Marken wie Beck's und Budweiser unterm Dach. Mit SABMiller haben sie jetzt noch mal schöne Sachen ins Portfolio bekommen. Pilsner Urquell, Foster's, Grolsch, Peroni.«

»Wo sitzt der Beck's-Produzent?«

»Belgien. Hat fast hundert Milliarden Euro an die Briten von SABMiller bezahlt.«

»Hundert Milliarden Euro?«

»Nahezu hundert Milliarden Euro. Exakte Zahlen kennt man nicht. Mit der Übernahme entstand ein Brauriese neuer Dimension. Weltweit kommt jedes dritte Bier aus einer Brauerei des fusionierten Konzerns. War weltweit eine der größten Übernahmen überhaupt. InBev wollte SABMiller unbedingt haben. Zahlten einen Aufschlag von fünfzig Prozent auf den Kurs von SABMiller.

»Warum das Ganze? Der Markt schrumpft?«

»Bei uns schon. Anheuser-Busch will mit der Übernahme vor allem seine Präsenz in Afrika ausbauen. Afrikanischer Frühling und so. Wollen den Islamismus mit Bier sedieren. Versprechen sich dort unten deutliches Wachstum. In Westeuropa und Nordamerika war das Geschäft zuletzt schwierig.«

»Warum?«

»Vor allem in den USA erfreuen sich Biere von unabhängigen kleinen Brauereien immer größerer Beliebtheit. Luchsen den Branchenriesen Marktanteile ab.«

»Die Craftbeer-Brauer?«

»Wachsen ziemlich. Keine Größenordnung mehr, die man einfach so vernachlässigen kann. Um die elf Prozent Marktanteil. Tendenz steigend. Dazu das Image. Cool, alternativ. Sehen aus wie postmoderne Retrofaschohippies im kanadischen Baumfällerlook. Passt dem Riesen nicht.«

»Ob das allein reicht als Grund? Ich meine, hundert Milliarden.«

»Sie wollen geliebt werden, Minkin.«

»Das wäre in etwa so, wie wenn Warsteiner ein Kultbier werden wollte.«

Krude Vorstellung. Minkin erinnerte sich an die 80er-Jahre. Dunkle Zeiten. Zeiten, in denen Warsteiner im Westen der Republik ernsthaft getrunken wurde. Gut, damals trugen Jungs Schulterpolster in den Sportsakkos. Dazu schmale Lederkrawatten. Minkin hatte eine in Dunkelblau.

»Ich fand Warsteiner gar nicht so übel, Minkin.«

»Du findest auch den KSC gar nicht so übel.«

Komplett unpassender Vergleich. Noch dazu widersinnig. Lange bevor Hoffenheim in die Bundesliga aufstieg, war Minkin dem Verein ebenfalls nicht abgeneigt. Kein glühender Anhänger. Ein wohlwollender Beobachter. Wer war das nicht, nach dem 7:1 gegen Valencia.

Dann kam irgendwann Hoffe. Spielten unter Rangnick schönen Fußball. Wurden angefeindet von den Idioten, die glaubten, Tradition auf ihrer Seite zu haben. Hoffenheim würde den Fußball zerstören. Was ein Quatsch. Dietmar Hopp, der Vereinsmäzen, kickte auf Hoffe in seiner Jugend, steckte Geld rein. Investierte. War keinen Deut schlechter als die Kohle, die der russische Gaskonzern in Schalke steckte. Der BVB war eine Aktiengesellschaft. Die übliche dumpfe Doppelmoral der selbstgefälligen Fußballtraditionalisten war das. Kack war das.

»Das mit dem KSC war nicht schön, Minkin.«

Sah Minkin ein.

»Kann ich dir einen ausgeben?«

»Einen Gin. Monkey 47.«

»Klingt teuer.«

»Ist es.«

Mit Gin konnte Minkin nichts angefangen. Hatte nach seinem Verständnis keinerlei Eigengeschmack. Minkin konnte sich überhaupt nicht erinnern, jemals Gin pur getrunken zu haben. Wurde erst durch die Zugabe von Tonic brauchbar. Auch dann durch kein Bier zu ersetzen. Sollte Minkin recht sein. Der Gin war mehr als angemessen für die Verbalinjurie. Schien der Redakteur als Entschuldigung zu akzeptieren.

»Monkey 47. Gordon. Macht das nen Unterschied?«

Falsche Frage. Der Redakteur kannte keine Nachsicht. Gab die Story dazu oben drauf. Strafe musste sein.

»Der Monkey 47 kommt aus dem Schwarzwald.«

»Aha.«

Minkin unterließ das Nachfragen. Nützte es was? Nada.

»Ein ehemaliger Nokia-Manager hat seinen Job an den Nagel gehängt, um eine Schnapsidee aufzugreifen. Hat eine alte Erfindung ausgekramt. Eigentlicher Erfinder des Schwarzwald Dry Gins soll laut der Entstehungslegende ein Brite sein. Montgomery Collins. Kam mit der Royal Air Force 1945 ins kriegszerstörte Berlin. Er engagierte sich für den Wiederaufbau des Berliner Zoos und übernahm die Patenschaft für einen Affen. Max. Nach Ende seiner Dienstzeit zog er in den Schwarzwald. Eröffnete einen Landgasthof. Nannte den Gasthof ›Zum wilden Affen‹. Mochte nicht auf sein gutes Glas Gin verzichten und begann, mit einheimischen Schwarzwaldprodukten wie Wacholder, speziellen Kräutern und reinem Quellwasser zu experimentieren. Jahrzehnte später entdeckt der Nokia-Manager eine alte Holzkiste mit einer alten Flasche. Handgeschriebenes Etikett drauf. ›Max the Monkey – Schwarzwald Dry Gin‹. Dazu ein Brief von Montgomery mit der Beschreibung der Zutaten. Der Manager sucht sich einen benachbarten Brenner. Gemeinsam mit ihm tüftelt er zwei Jahre lang auf der Grundlage der alten Rezeptur an seinem eigenen Schwarzwald-Gin herum.«

»Klingt nach einer Marketingstory.«

»Aber einer gut erzählten. Inzwischen ist der Getränkeriese Pernod Ricard mit einer Mehrheitsbeteiligung eingestiegen.«

»Bedeutet?«

»Bedeutet Ausdauer bringt Dividende. Wahnsinn, abgeschmeckt mit Wacholder zahlt sich aus.«

Ausdauer hatte Minkin. Zahlte es sich bisher aus? Einen Scheiß tat es. Mal abgesehen von dem Hotelgutschein für die Pforzheimer Nordstadt.

»Was weißt du über AB InBev und Pilsner Urquell?«

»Es heißt, AB InBev wollte Pilsner Urquell unbedingt haben. Die Mutter aller Biere. Heute auch nicht mehr als ein Industriebier. Aber die Story dahinter ist heiß. Das ist Biergeschichte. History, verstehst du?«

»Englisch, oder?«

Minkin verstand noch mehr. Minkin verstand, dass es noch einen anderen Aspekt gab. InBev wollte die Formel. Dachten, sie läge bei Pilsner Urquell im Keller. War knapp daneben. Aber eben nur knapp. Waren ziemlich nah dran.

»Im Moment streckt InBev die Fühler nach den Zwischenhändlern aus.«

»Warum?«

»In den USA haben sie etliche Großhändler aufgekauft und die kleinen unabhängigen Brauereien ausgelistet.«

»Legal dürfte so was nicht sein. Verstoß gegen Kartellrecht, Ausnutzung der Marktmacht.«

Minkin wollte ein wenig mit seinen rudimentären Kartellrechtskenntnissen prahlen. Misslang.

»Die US-Justiz ist dran, aber bis das Ding ausermittelt ist, können Jahre vergehen. Jahre, in denen der Kleinbrauer sein Bier nicht verkaufen kann.«

»Direktvertrieb ab Rampe?«

»Reicht nicht. Ab einer bestimmten Größe brauchst du Verteiler. Ein paar Tausend Flaschen im Jahr sind kein Problem im Direktvertrieb. Ein paar Hunderttausend Flaschen sind zu viel.«

InBev lässt die Brauer groß werden, wenn sie die kritische Größe erreicht haben, drehen sie ihnen den Vertriebshahn zu. Dann implodiert das System des kleinen, des mittelständischen Brauers.«

»Das sind die Staaten. Nicht das alte Europa.«

»Weiß ich es?«

»Wer könnte es wissen?«

»Na ja, gibt ein paar Verrückte. Sind vor vier, fünf Jahren gestartet. Haben mit ein paar Hundert Flaschen im Monat angefangen. Gingen dann durch die Decke, stellten Personal ein, erweiterten, nahmen Kredite auf, investierten in Marketing, gingen auf Messen, drehten an der Spirale. Und plötzlich war Schluss.«

»Warum?«

»Die Sachen standen nicht mehr in den Läden. Für den Direktvertrieb waren die schon zu big. Das war es dann.«

»Hast du mir einen Namen?«

»Hopfenheiner.«

»Wer?«

»Gibt den einen oder anderen, den es in den letzten Monaten erwischt hat. Hopfenheiner war der Erste, glaube ich. Hat schöne Sachen gemacht. Ein Pionier der Craftbierszene. Schade um ihn.«

»Hopfenheiner? Nie gehört.«

Lag daran, dass Minkin zwar die handwerkliche Braukunst schätzte, mit den Craftbieren im Allgemeinen geschmacklich wenig anfangen konnte. Ein schlankes Helles zog er jedem Craftbeer vor.

»Hopfenheiner, kommt aus deiner Ecke, dem Kraichgau.«

»Du weißt, wie lange ich dort weg bin.«

»Hat vor fünf, sechs Jahren damit angefangen. Ging durch die Decke. Und jetzt, gerade einmal seit drei, vier Monaten ist Schluss, sein Bier ist vom Markt verschwunden.«

»Kontaktdaten hast du nicht noch zufällig?«

»Minkin, ganz ehrlich, ich mag dich, aber machst du irgendwas selber?«

»Na ja.«

»Etwas in Richtung ermitteln?«

»Wenn es sich nicht vermeiden lässt ...«

Aktionismus war nicht eben der minkinsche Ermittlungsansatz. Das überließ er den anderen. Denen, die ohne Plan nicht klar kamen. Ohne Struktur, ohne Ordnung.

»Hast du immer noch kein Smartphone?«

»Siemens ist noch topp.«

»Siemens?«

»Die haben mal Mobiltelefone gebaut. In den Neunzigern.«

»Habe davon gehört.«

Der Redakteur war einige Jahre jünger, klar. Aber die Neunziger, Mann. Das war nicht die Steinzeit. Das war Nirvana. Erst ein paar Jahre her.

Minkin würde sich kaum mehr einfinden in das Digitale. Er war der analoge Spieler. Nicht mal ein Spieler war er. Das Leben war analog. Die Digitalisierung kam Minkin in der Hauptsache als Beschleuniger des Konsums von Waren und Dienstleistungen vor. Ging um die komplette, restlose Auspressung der Gegenwart. Die Digitalisierung, löste sie irgendein Problem? Allenfalls eins, das es ohne sie nicht gegeben hätte. Trotzdem ließ sich die politische Elite blenden von den Versprechungen der Digitalwirtschaft. Glaubte das schnelle Internet auf dem Land sei die Lösung. Freies WLAN für alle müsse in die Verfassung. Ein Unsinn war das. Wenn es hart auf hart kam, brauchte es richtige Menschen. Schauten die keine Filme? Hatten die nicht »Stirb langsam 4.0« gesehen? Da war Bruce noch in Form. Ich meine, all die Errungenschaften der Menschheit, die Entdeckung der Penicilline, die Sixtinische Kapelle, Pilsner Urquell, hat das irgendwas mit Algorithmen zu tun? Nichts, genauso wenig, wie Krombacher was mit Pilsgenuss zu tun hat. Wer brauchte Drohnen, die Pakete zustellten? Der Himmel sollte den Vögeln gehören, nicht den elektronischen Liefersklaven eines Internetkaufhauses. Minkin kaufte seine Waren im stationären Handel, war auch nicht alles toll an der Supermarktkasse. Goldbergs Liste war der Beweis dafür. Wenigstens wurde er beim Kauf nicht vermessen als Kunde.

Der Redakteur tippte etwas auf seinem Smartphone. Zeigte Minkin das Display.

»Hier hat er gebraut, Raiffeisenstraße, Eppingen.«

»Zufall.«

»Algorithmen.«

»Wo liegt der Unterschied?«

»Was rede ich mit dir drüber.«

»Eben.«

Minkin kannte die Raiffeisenstraße. Das war tatsächlich ein anderes Leben.

Würde ihn einholen. Wie einen alles einholte. Gab kein Leben ohne Schande.

Ein Oscar für Leonardo

Am Ende suchte sich Minkin einen Zahnarzt. In Feuerbach. Fußläufig.

»Hat er gut gemacht.«

»Wer?«

»Ihr Zahnarzt.«

Minkin kam sich von der Vermieterin beobachtet vor. War eher an der Grenze zur Überwachung. Stalking, wie man das inzwischen nannte.

Mein Zahnarzt. War das denn für eine Ansage? Mein Zahnarzt! Wie weit konnte man kommen? Wie tief konnte man fallen? How deep is your love? Gab meine Kneipe, mein Bäcker, mein Getränkehändler. Menschen, zu denen man eine familiär-religiöse Beziehung unterhielt. Fast schon homoerotisch. Aber mein Zahnarzt? Kacke, wie gestört war das denn?

Zahnarztbesuche waren für Minkin auf einer Stufe mit Essen beim Italiener im Königsbau. Vielleicht galt es das zu überdenken. Nicht den Systemgastronomen. Das mit dem Zahnarzt.

Der Zahnarzt war siebzehn. Keinen Deut älter. Minkin dachte drüber nach, sich den Ausweis zeigen zu lassen. Keine Ahnung, wie der Junge das mit dem Studium hingekriegt hatte. Vom Behandlungsstuhl hatte man einen Blick auf ein Altenheim und den Killesberg. War die dunkle, moosbewachsene Nordseite des Killesberges. Wo sie auch im Sommer Handschuhe tragen, wenn sie Grillen. Kein Stimmungsaufheller, der Ausblick. Der Junge und seine Assistentin unterhielten sich darüber, dass Leonardo Di Caprio endlich einen Oscar bekommen hatte. Ging an

Minkin vorbei. Verdient hatte der Bursche das allemal. War kein Vergleich mehr zu Minkins letztem Zahnarztbesuch Mitte der Neunziger. Gab da noch so ein ungutes Über- und Unterordnungsverhältnis. Der Zahnarzt machte seine Helferin andauernd runter. Schien ihm Spaß zu machen. Das hier fing fast an Spaß zu machen. Am Ende war der Zahnarzt gar nicht mal um so viel reicher für das, was er hingekriegt hatte. Wollte einen guten Tausender haben. Hatten ihm eine Zahnreinigung aufgeschwatzt, für die man einige Halbe hätte stürzen müssen. Alle zehn Jahre war das aber mal drin. Sollte dann aber auch reichen. Bei der Rechnung hatten sie ihm Ratenzahlung angeboten. Ohne dass er danach gefragt hatte. Ein Mann, der auf die Vierzig zugeht. Dem sie beim Zahnarzt eine Ratenzahlung anbieten. Ungefragt. Was ist bei dem schiefgelaufen?

Andererseits kannte Minkin Menschen, die sich als Drittauto einen Porsche Boxster Cabrio rausließen. Fürs Wochenende, wie sie sagten. Zugegeben, Minkin kannte wenige davon. Was war bei denen eigentlich schiefgelaufen?

Jugend ohne Leergut

Raffael hieß der Koch. Wie einer der Erzengel. Kam aus Sokolov, zu Deutsch Falkenau. Raffael war klein. Hatte bereits im Alter von einundreißig Jahren sein komplettes Haupthaar eingebüßt. Seinen kleinen Sohn dazu. An seine Ex-Frau. Die war kein Verlust, wenn man Raffael glauben konnte. Der Junge war es schon. Minkin war nicht eben erfahren in diesen Dingen. Er hatte keine Kinder oder Haustiere. Aber dass einem das zusetzen musste, wenn man das eigene Kind nicht sehen konnte, war verständlich.

»Raffael, du bist viel unterwegs. Kommst aus dem Ostblock, arbeitest hier bei uns, ich meine was soll so ein Richter da machen.«

»Eine Richterin.«

Männer glaubten in Familienrechtssachen benachteiligt zu werden, wenn sie eine Richterin hatten. Empirisch war das völliger Blödsinn. Richter kümmern sich in der Regel weniger um Gerechtigkeit. Gleichwohl müsste man den Familienrichtern doch glauben, wenn sie ihre Litanei vom Kindeswohl runterbeteten. Die Justiz mochte in vielen Fällen inkohärent sein, nicht nachvollziehbar. Das mit dem Kindeswohl nahmen die Richter ernst. Die meisten jedenfalls.

»Eine Richterin, gut. Sie versucht, eine verfahrene Situation einigermaßen in die Spur zu bringen. Etwas wozu du und deine Ex-Frau offensichtlich nicht in der Lage wart.«

»Danke für den Trost.«

Minkin war kein großer Zuhörer, Ratgeber. Ist so bei Menschen mit alkoholbedingtem Hang zum Autismus. Er wollte dem Koch keinen zusätzlichen Gram verschaffen. Hingekriegt hatte er es prächtig.

»Dein Sohn wird irgendwann ganz sicher nach dir fragen, dich sehen wollen.«

»Minkin, halt die Klappe. Noch ein Bier?«

Das war keine Frage. Minkin kannte den Koch erst seit kurzer Zeit. Mag daran liegen, dass Minkin Restaurants im Großen und Ganzen nicht so sehr schätzte, wie es die Allgemeinheit tat. Restaurants waren in der breiten Bevölkerung ein ziemliches Thema geworden. Gab diverse Führer mit Tausenden von Ausgehtipps. Hatte sich zu einer regelrechten Manie ausgewachsen. Und dann fotografierten die Leute das Essen auf dem Teller. Gaben ihren Senf dazu ab. Im Internet. Wer las das?

Minkin war durch Zufall auf den Koch gestoßen. Auf das Restaurant Prag am gleichnamigen Sattel.

Stand ein Schild davor mit dem Hinweis auf böhmische Küche. Knödel, Schweinebraten, Palatschinken, das ganze fette Zeug, das im Wesentlichen der kontinentaleuroasiatischen Garküche gewichen war. Wokgemüse, Hühnchenfleisch. Die Leute glaubten, die kleinen Asbestbomben seien gesünder. Glaubten dem Marketingscheiß der Lebensmittelkonzerne. Sicher, böhmische Küche war nicht eben gesund. Aber vegane Wraps mit Avocadocreme waren auch nicht die Antwort auf die Klimaerwärmung.

Irgendwann gegen später, als die Küche dicht war, fing der Koch an zu zapfen. Im der Hauptsache für sich. Später auch für Minkin. Das ging jetzt fast ein Jahr so. Minkin schaute ein-, zweimal im Monat rein. Würde es noch länger gehen, könnten sie Freunde werden. Obwohl Minkin dafür eigentlich zu alt war. Er mochte den Koch. Nicht weil er trank, auch deshalb. Schon klar. Er mochte nicht alle, die soffen. Wer zu Wasenzeiten am Freitagnachmittag nüchtern eine Regionalbahn nach Bad Cannstatt bestieg, fing an sich Gedanken zu machen. Unweigerlich. Wer an einem Samstagvormittag im Bordbistro nach Leipzig saß, wenn es am Nachmittag zum Zweitligaschlager RB Leipzig gegen den 1. FC Kaiserslautern kam, der stellte Fragen. Würde es vorerst ja nicht mehr geben. Der Bull war erstklassig. Die Frage war doch, ob Alkohol das Gift war, das unsere Gesellschaft endgültig umbrachte, oder ob es das Schmiermittel war, das am Ende alles am Laufen hielt. Gab

Länder, da wurde nicht gesoffen. Wenn man dem Auslandsjournal glauben durfte, lief es dort auch nicht viel besser. Dann doch lieber mit Sprit. Die meisten Terroristen, die sich mit einem Sprengstoffgürtel in einer U-Bahn-Station oder einem Flughafen in die Luft jagten, waren Abstinenzler. Jugend ohne Leergut. Oder nimm den Führer. Rührte keinen Tropfen an. Bedenk das mal.

Bei uns wurde überall ordentlich vorgeglüht. Frauen, Männer nahezu gleichermaßen. Der Unterschied war allenfalls der Flascheninhalt. Das waren ja keine Hartz-IV-Empfänger in den Zügen im Bordbistro, keine notorischen Trinker, Arbeitslose, Obdachlose, die unter der Brücke schliefen.

Das waren Menschen mit einer durchaus produktiven Funktion in der Gesellschaft. Arzthelferinnen, Fliesenverkäufer, Laborassistenten, Facharbeiter für irgendwas, was weiß man schon genau.

Alkohol sedierte das Volk ordentlich. Oft trieb der Sprit das Volk erst an.

Kein Wunder, dass der gläubige Moslem nur den Kopf schütteln konnte. In seinem alten Leben bei der Staatsanwaltschaft hatte Minkin zu klären, ob man die Bezeichnung »Schweinefressender Säufer« schon als Beleidigung werten musste. Kommt auf den kulturellen Kontext an. Zum Religionsfrieden dürfte es jedenfalls kaum beitragen. Der stand ja mal grad wieder mächtig auf der Kippe. Hatte im Kern vermutlich wenig mit Religion zu tun. Ging um Macht und Demonstration. Wurde ordentlich Stimmung gemacht gegen Andersgläubige. Keine Frage, was der IS da unten abzog, konnte kein Mensch ernsthaft gutheißen. Deshalb die Nationalisten wählen? Als ob die irgendwelche Lösungen hätten. Einen Scheiß hatten die. Hatten vermutlich noch weniger auf der Pfanne als die anderen. Immerhin hatten die Frauke Petry. Frauke, du bist so sexy, wenn du lügst. Und wann log sie nicht?

Dass es hier Menschen gibt, die gegen Überfremdung demonstrieren wollten, okay. Minkin war sich sicher, dass es eine Menge Menschen gab, die dachten, die Hooligans kriegen das Problem mit den IS-Unterstützern in unserem Land eher in Griff als der Staat. Der Staat war unentschlossen, nicht sonderlich wehrhaft, außer wenn es gegen Schüler ging, die friedlich in einem Park demonstrierten. Noch handelte es sich bei der Bürgerwehr um eine Dosenbier schwenkende Masse. Ernsthaft nachdenken musste man, wenn da mal einer Zug rein bringt. Führung. Minkin versuchte sich rauszuhalten. Der Dosenbiertrinker lag ihm wesensmäßig näher als der Abstinenzler. Das war es dann schon an Gemeinsamkeiten.

Der letzte Wullianer

Minkin traf den letzten Wullianer in einem Waldheim. Waldheime, Überbleibsel einer verblichenen Arbeiterbewegung. Heute genutzt zur Unterbringung von Flüchtlingen. Zur Verschickung der Stadtkinder, wenn Mami und Papi in den Sommerferien arbeiten mussten.

Keine schlechte Idee, schön war keines davon. Bis auf das Heslacher Waldheim. Man saß unter Obstbäumen. Nahezu pittoresk. Der Haken? Gab Hofbräu. Drinnen waren die Waldheime ordentlich abgerockt. Rochen nach Rentnern und Klosteinen.

Der letzte Wullianer saß mit seiner Wandergruppe am Stammtisch. Lange Vorrede? Wozu.

»Sie sind der letzte Wullianer, nicht wahr?«

Der Mann war so etwas wie eine lokale Berühmtheit. Das ging völlig in Ordnung. Der Mann war neunzig geworden. Wurde medial aufbereitet. Er hatte sich gut gehalten. Lag am Wulle. Und die Idioten von der EU verboten das Wort bekömmlich auf Bieren. Der Mann bewies das Gegenteil.

»Ja.«

»Kann ich Sie was fragen?«

»Zu was?«

»Zur Historie von Wulle.«

»Meinetwegen.«

»Wulle war doch mal eine richtige Hausnummer in der Stadt?«

»Hausnummer, was soll das denn sein? Wir waren an die tausend Mitarbeiter. Man musste damals noch sehr viel mit Handarbeit erledigen, verstehen Sie. Heute ist sehr viel automatisiert. Gab einen Ballsaal im Brauhaus. Passten auch fast tausend Leute rein. Rauschende Abende waren das, wurden etliche Ehen geschlossen.«

Man spürte immer noch den Stolz.

»Dann war Schluss. Einfach so.«

»War die Zeit der Übernahmen. Eine Menge Brauereien wurden aufgekauft. Wir hatten Glück. Kamen bei Dinkelacker-Schwabenbräu unter. Wurden alle übernommen.«

»Und die Marke Wulle ist verschwunden.«

»Ich war dagegen. Aber das haben andere entschieden.«

»Späte Genugtuung, dass es die Marke inzwischen wieder gibt.«

»Heute sind andere Leute am Ruder. Besinnen sich wieder darauf, wo sie herkommen.«

Minkin hatte in der Tat den Eindruck, dass man die Sache ernst nahm. Kein Retro um des Retros Willen.

»Das Gebäude hat man plattgemacht.«

»Ja, muss Anfang der Siebzigerjahre gewesen sein. Die Stadt war verrückt geworden. Überall rissen sie Gebäude ab, die den Krieg überlebt hatten oder die man mühsam nach dem Krieg wieder aufgebaut hatte.«

Minkin fragte sich, worin der Unterschied zu heute bestand. Fand ihn nicht.

»Ich bin auf der Suche nach etwas, das damals verloren gegangen sein könnte.«

»Was ist das?«

»Die Formel.«

Wenn er überrascht war, dann ließ er es sich nicht anmerken.

»Die Formel?«

»Ja, es gibt da eine Geschichte. Ein Culle wäre aus Böhmen ausgewandert mit der Weltformel für Bier im Gepäck. Aus dem Culle wurde während der mittelhochböhmischen Lautverschiebung ein Wulle. Sein ›c‹ hat er eingebüßt.«

»Nicht der Einzige damals, Sie kennen die Geschichten der Dinkelackers?«

Kannte Minkin. Der Böblinger Familienzweig hatte ebenfalls ein »c« eingebüßt.

»Wissen Sie etwas von der Formel?«

»Das ist lange her. Ich bin über Neunzig.«

Könnte man als »Ja« verstehen.

»Das heißt?«

»Nein, ich weiß nichts.«

»War's das?«

Der letzte Wullianer schwieg.

Minkin holte ihm ein neues Getränk.

»Als ich gerade frisch bei Wulle angefangen hatte, das muss 1949 gewesen sein, habe ich im Lagerkeller tief unten eine zugemauerte Tür entdeckt. Ich war neugierig, habe unseren Betriebsleiter gefragt, was sich dahinter verbirgt. Wissen Sie, was er mir geantwortet hat?«

»Keine Ahnung.«

»Wenn ich noch mal danach frage, bräuchte ich nicht wiederkommen.«

»Sie haben nicht mehr danach gefragt?«

»Ich war nicht der einzige Mitarbeiter, dem die zugemauerte Tür aufgefallen war. Es gab wilde Spekulationen. Raubkunst der Nazis, der Zugang zu einem Atomforschungsreaktor. Schillers Schädel. Irgendjemand erwähnte wohl auch eine Formel.«

»Was ist mit dem Raum?«

»Die Tür wurde nie geöffnet. Ich war der Letzte, der das Gebäude verließ, als die Bagger anrückten. Das Areal wurde komplett dem Erdboden gleichgemacht. Heute steht ein Hotel darauf. Nichts mehr übrig davon.«

Das war es dann mit der Formel. Gab genau noch eine Ausfertigung. Die stand in der Waldklause. Nichts, was einen wirklich beruhigen konnte, wenn man bei Sinnen war.

Boomtown Rats

Minkin fuhr mit der U-Bahn am Wilhelm-Geiger-Platz bis zum Hauptbahnhof. Von dort weiter bis nach Heilbronn. Minkin kannte Heilbronn aus den Achtzigerjahren des vorigen Jahrhunderts. Wüste war das. Pforzheim und Heilbronn trugen jahrzehntelang den Wettbewerb um die unansehnlichsten, menschenunwürdigsten Nachkriegsbauten aus. Es war ein Unentschieden. Kein 4:4, wie das des VfB gegen Bremen in der Spielzeit 2003/2004. Eher ein 0:0. Hannover gegen Paderborn. Im dichten Novembernebel. Pforzheim lag inzwischen deutlich vorne. Heilbronn machte sich ordentlich hübsch. Der Lidl-Gründer und Mäzen, nahm einen Haufen Geld in die Hand und baute die Stadt um. Investierte in einen riesigen Campus. Erinnerte an eine Lidl-Filiale. Sei es drum, immerhin ballerte er seine Kohle in Bildung, weniger in Protz. Gab immer noch Bischöfe und Politiker, denen an goldenen Toilettenspülungen gelegen war. Wie viel Scheiße musste man für so was im Hirn haben?

Sicher, Jahrhunderte, Jahrtausende nahmen die Kirchen, die Klöster Gold in die Hand. Für Michelangelo, Tiepolo, Balthasar Neumann und ein paar Künstler, die es drauf hatten. Ohne die gäbe es die großartigen Sachen nicht. Es war eben keine Ikea-Kunst, Nachbildungen, Tand, wertloser Flimmer.

Der Lidl-Gründer hatte die Zeichen der Zeit verstanden. Machte die richtigen Sachen. Warum sollte eine vom Krieg verbeulte Stadt, die sich Jahrzehnte lang auf nichts einigen konnte, außer auf Provisorisches, nicht auch mal Glück haben?

Vielleicht war Stuttgart zu groß, um eine solche Entwicklung zu steuern. Wahrzeichen bedeuteten mehr als Wahrheit. Was für eine Power wurde in diesen Fernsehturm gesteckt! Hatte der grüne Oberbürgermeister tatsächlich keine anderen Projekte auf seiner Agenda als die Schließung und Wiedereröffnung des Wahrzeichens?

Gab es nix anderes zu tun für einen ehemals Ökobewegten? Einen Dreck gab es. Riss seine Zeit runter, ruhte sich aus auf seinen grünen Meriten, zehrte vom visionären Speck der Vergangenheit, als er in seiner Tübinger WG vorm Holzofen saß. Im Strickpulli. Voltaire in der Hand. Zur Not auch Kant. Was war übrig geblieben? Komplett assimiliert im Dienstwagen und in Beamtenbezügen. Den grünen Ministerpräsidenten hatten sie gerade im Amt bestätigt. Zitierte Hannah Arendt und zehrte von seinem Nimbus, in großen Zusammenhängen zu denken. Immerhin, er dachte. Reagierte nicht nur auf Ereignisse. Hatte das Bedürfnis, die Ereignisse in eine Richtung zu lenken. Was schon ausreichte, um den politischen Gegner zu erdrücken. Genauso wie den Partner.

In Heilbronn immerhin schien jemand eine Idee zu haben, was man mit der Stadt anfangen könnte. Was wollte man mehr erwarten? Den Bahnhof hatten sie bis dato belassen. Das spröde Ensemble auf der gegenüberliegenden Seite war so intakt wie eh und je. Das heißt im Arsch. Minkin hatte dreißig Minuten Aufenthalt. Zeit für ein Schnelles. Der Redakteur der hiesigen Stimme hatte ihm einen Tipp gegeben. Unbedingt den Bierkrug besuchen. Jetzt war die Zeit dazu. Hatte nicht zu viel versprochen. Nomen est omen.

Der Kraichgau, das Kraichgau? Der Kraichgau!

In Eppingen stolperte Minkin aus der gelben Stadtbahn. Stadtbahnen waren nix für Zugromantiker. Minkin erinnerte sich an die dunkelgrünen Zugwaggons mit roten Kunstledersitzen. Monströse Teile waren das. Auch schon wieder ein anderes Jahrtausend. Seither war Minkin die Strecke nicht mehr gefahren.

Minkin lief Richtung Bahnhofstraße zum Bahnübergang. Gab immer noch die Milchbar Geier. Milcheisspezialitäten mit Wirtschaftswundercharme. Laufkundschaft willkommen. Milcheisspezialitäten waren nicht Minkins Kernkompetenz. Er nahm sich vor, später noch bei Palmbräu auf ein Schnelles vorbeizuschauen. Damit konnte er umgehen.

Zuerst wollte er Hopfenheiner aufsuchen. Die Hausnummer 145. War ein altes, ungepflegtes Haus aus Sandstein. Den hellen Sandstein hatte sie hier vor ein paar Hundert Jahren gerne verbaut. Hielt immer noch. Sprach für das Material. Minkin ging durch einen großen Torbogen. An der Seite der Eingang. Klingelschild gab es keins. Im Hof stand ein zerbeulter Kangoo mit dem Logo. »Hopfenheiner – keiner braut feiner.« Allerfeinste Brauerlyrik. Minkin klopfte gegen die Tür. Sie war offen.

»Hallo.«

Keine Reaktion.

»Minkin trat ein. Sah aus, wie wenn ein Messi seine Bude aufräumt. Ein heilloses Durcheinander. Leere Flaschen, Umgekippte Säcke mit Malz, Gerätschaften, deren Funktion Minkin nur erahnen konnte. Der Boden klebte. Es war hoffentlich nur Bier.

»Hallo, jemand zu Hause?«

Wieder keine Antwort. Minkin stieg über die ganzen Utensilien. Kam an eine Tür. Drauf stand: Verkaufsbüro. Minkin trat näher. Klopfte. Nichts. Er machte die Tür auf und zuckte sofort wieder zurück. Auf dem Holzschreibtisch lag ein Mensch. Minkin dachte im ersten Moment, der Kerl sei tot. Für einen Toten schnarchte er aber ganz ordentlich. Der Typ pennte am helllichten Mittag.

»Hallo.«

Nix tat sich. Minkin rüttelte an dem Kerl. Er grunzte. Klang wie »Leck mich am Arsch«. Konnte man als »Ja« durchgehen lassen.

»Bin der Letzte, der Ihnen Vorwürfe machen könnte. Aber einen Vollrausch um die Uhrzeit. Gab es was zu feiern?«

»Zu feiern? Mich verarschen?«

»Keine Ahnung, paar Bier zum Mittag, kann man machen. Aber ist das nicht doch ein bisschen früh für so eine Dosis?«

»Am Morgen ein Bier und der Tag gehört dir.«

Mehr Dichtung als Wahrheit.

»Wer bist du überhaupt?«

Mühsam rappelte sich der Kerl auf. Was er für Aufrappeln hielt.

»Minkin.«

»Muss mir das was sagen?«

»Eigentlich nicht, außer Sie hätten von Goldbergs Liste gehört?«

»Von was?«

»Vergessen Sie es.«

Hatte er bereits. Der Kerl war ziemlich verstrahlt. Sah nicht aus wie ein erfolgreicher Craftbeerbrauer. Wenn, dann war einiges schiefgelaufen. Die Craftbeerbrauer waren eine Mischung aus kanadischem Waldarbeiter und Marco Reus. Tätowiert an den sichtbaren Stellen. Kein Barthaar am falschen Fleck. Der Kerl auf dem Tisch war das Gegenteil. Wann der Brauer zum letzten Mal eine Dusche gesehen hatte, war unklar. Dass er sie benutzt hatte, war ausgeschlossen. Die Klamotten speckig. Die Augen blutunterlaufen, das war der schöne Teil. Das Haar ein fettig an den Kopf geklebtes Bündel. Kacke, der Kerl war ernsthaft im Eimer. Damit kannte sich Minkin aus.

»Was?«

»Nichts.«

Minkin wollte etwas erfahren darüber, warum es so weit gekommen war.

»Minkin, komme aus Stuttgart.«

»Stuttgart.«

Der Typ musste die Worte wiederholen. Um sie zu memorieren. Wenn es denn half.

»Ja, hab vor zwanzig Jahren mal hier in der Gegend gewohnt. Bin in Eppingen zur Schule gegangen. In Elsenz.«

»Elends.«

Elends, so hatten sie den Ort früher genannt. Minkin erinnerte sich.

»Steht das Kaff noch?«

Minkin war irritiert.

»Sicher, denke schon. Warum nicht?«

»Schule haben sie dichtgemacht.«

»Schade.«

War nicht so übel. Lag am Ortsrand. Schöner Fußballplatz dabei. Hatte Minkin seine größten sportlichen Erfolge.

»Hab den Drecksbau gehasst.«

Der Kerl hatte echt mal keine positive Aura. Nichts für

Esoteriker. Paar Rosenquarzsteine würden ihm gut tun. Rosenquarz, war doch was für die Aura, oder?

»Ja, wie gesagt aus Stuttgart. Hab von Ihren Bierspezialitäten gehört. Hätte ich gerne welche mitgenommen.«

»Mitgenommen?«

»Ja.«

»Bist zu spät dran, oder?«

Der Kerl duzte ihn unentwegt. Noch wollte Minkin beim förmlichen »Sie« verweilen. Wer weiß, wofür es gut war.

»Sie brauen nicht mehr?«

»Sieht man das nicht?«

Man sah es. Minkin musste sich erst wieder an die regionale Besonderheit gewöhnen, eine Frage mit einer Gegenfrage zu beantworten.

»Schade, hab gehört, Sie waren gut im Geschäft?«

»War ich das?«

»Dann?«

»Wohl zu gut, oder?«

Wird einer schlau aus dem Kerl. Nichts außer Andeutungen.

»Was ist passiert?«

Der Typ setzte sich auf. Bisher hatte er das Gespräch im Liegen auf dem Schreibtisch geführt.

»Heiner, formerly known as Hopfenheiner.«

Streckte Minkin die Hand entgegen. Minkin beließ es bei einer Andeutung.

»Minkin.«

»Sagtest du bereits.«

»Ja.«

»Minkin, ist das ein Vorname oder ein Nachname?«

Musste Minkin nachdenken. Entschied sich für diese Antwort:

»Hat als Nachname angefangen. Inzwischen hat er einen Platz gutgemacht.«

Heiner war sich nicht sicher, was er mit der Antwort anfangen konnte.

»Sonst alles klar bei dir, Minkin?«

Ein Messi, der seinen Rausch auf einer Arbeitsplatte ausschlief, fragt ihn, ob alles klar sei. Ernsthaft. Ging's noch?

»Wie kann man erfolgreich sein und trotzdem Pleite gehen, Heiner?«

»Mit genügend Dummheit.«

»Das reicht?«

»Wenn man genug davon hat.«

Hopfenheiner erzählte ihm, wie alles anfing.

»Vor fünf, sechs Jahren habe ich angefangen, ein wenig zu experimentieren. Eigenen Hopfen angebaut. Ein alter Bauer hat mich drauf gebracht. Klimatisch ist die Gegend hierfür gut geeignet. Passende Böden, hügelige Landschaft, die Rheinebene ist nicht weit weg.«

Minkin erinnerte sich daran, dass die Bauern bis in die Siebzigerjahre des letzten Jahrhunderts hier Tabak angebaut hatten. Für Roth-Händle. In Südbaden. An den Ortsrändern standen riesige Tabakschuppen. Wurde das Zeug zum Trocknen aufgehängt. War immer ein wenig gruselig dort einzusteigen. Großer Spaß im Nachhinein.

»Hab mit ein paar Pflanzen angefangen. Geerntet. Getrocknet. Eingefroren. Im Herbst 2009 ein Winterbier gebraut. Dunkel, kräftig. Ein Indian Pale Ale. Englischer Bierstil. Badisch interpretiert. Anfangs hat man sich hier getroffen. Paar Flaschen geköpft.«

»Tastings.«

Heiner deutete ein Lachen an.

»Tastings, ja, in der Stadt nennt ihr das Tastings. Wir

haben einfach nur gesoffen. Bis keiner mehr stehen konnte. Mit der Zeit hat sich das Ding verselbständigt. Paar Supermärkte wollten das Bier haben. Bei Edeka Sommer haben sich welche um die letzten Flaschen geprügelt. Polizei musste einschreiten. Die Geschichte hat sich rumgesprochen. Ich meine, keine Ahnung, Mann. Auf einmal hab ich selber geglaubt, ich sei wichtig. Mein Bier sei relevant.«

»Und dann?«

»Hätte ich es einfach dabei belassen sollen. Stattdessen kamen diese Typen, Berater. Bauen dir ein Nest ins Ohr. Du müsst wachsen, größer werden. Du kennst die Typen.«

Minkin erinnerte sich an Schödlbauer. War so einer gewesen. Ein Geläuterter. Vom Saulus zum Paulus.

»Dann kam der Großhändler. Wollte investieren. Größere Braustätte, Umzug, neue Abfüllanlage. Hätte einen Investor.«

»Du hast ihm geglaubt?«

»Ja Mann, klang seriös. Er bringt die Kohle, investiert, wir wachsen, ich kann mich irgendwann rausziehen. Keine Ahnung, aber das sind doch die Geschichten der Start-up-Unternehmen, die durch die Decke gehen, oder? Davon liest man doch ständig. Apple, Facebook.

»Die machen glaub ich mehr so EDV, Internet. Sachen, ohne die es heute nicht mehr geht.«

»Und, Minkin. Gesoffen wird doch auch immer. Selbst mit Müsli funktioniert so was, haben die mir erzählt. My Müsli. Minkin, Müsli! Wer kauft schon gepresstes Getreide und Trockenfrüchte für acht Euro die Dose?«

Da war was dran. Minkin hatte davon gehört. My Müsli. Konnte man sich seine Sorten zusammenstellen. Gab circa acht Millionen Varianten. Minkin mochte kein Müsli, kannte auch niemanden, der Müsli mochte. Müsli sah für

Minkin aus wie das, was man in seiner Kindheit ins Vogelhäuschen streute. Die Körner hatten ganz schön Karriere gemacht.

»Ich hab das Geld genommen, ein großes Grundstück gekauft. Finanziert. Dann kam der Spatenstich. Der Bürgermeister war da, die IHK in vollem Wichs, schöne Bilder für die Heilbronner Stimme. Da sind die Provinzfürsten immer vorne dran, wenn die Presse da ist.«

Kannte Minkin, war in der Stadt genau dasselbe. Der Redakteur hatte ihm erzählt, wie er und seine Kollegen regelmäßig hofiert wurden auf Pressekonferenzen. Von devoten Wirtschaftsverbänden, Vereinen, Unternehmen. Wie sehr sie davon gelangweilt waren, weil immer der gleiche Mist erzählt wurde. Meist waren diese Veranstaltungen ohne Erkenntnisgewinn. Das, was interessant war, stand ohnehin nie in der Pressemitteilung.

»Ab da ging es bergab. Der Großhändler hat mich ausgelistet. Gab einen Baustopp wegen Feldfledermäusen, zwei Mitarbeiter haben gekündigt, die Bank wollte ihre Raten trotzdem haben. Innerhalb von ein paar Monaten war ich platt.«

»Haste Scheiße am Fuß, hast Scheiße am Fuß.«

»Was?«

»Andi Brehme.«

»Wer?«

»Interessierst dich nicht für Fußball, oder?«

»Geht so.«

Andi Brehme konnte man trotzdem kennen. Der Weltmeister. 1990. Die Nacht von Rom. Der heilige Franz konnte damals noch übern Rasen gehen. Heute? Götterdämmerung.

»Jetzt?«

»Fast eine Million Euro Schulden bei mehreren Gläubigern, die alte Hütte hier wird zwangsversteigert. Schätzwert dreihunderttausend Euro. Das war es dann. Hopfenheiner geht in die Geschichte ein als höchst erfolgreichst gescheiterter Craftbeer-Brauer.«

»Tut mir leid.«

»Minkin, mir auch.«

»Falls es dich tröstet, du bist nicht der Einzige, der denen auf den Leim geht. Und du wirst nicht der Letzte sein.«

»Weder Trost noch ein sonderlich schöner Gedanke.«

»Ja.«

Minkin erzählte Hopfenheiner, was er vom Redakteur erfahren hatte. InBev war schon die Nummer eins, jetzt wollten sie weitermachen. Zu allem wollen sie noch geliebt werden. Deshalb wollen sie nicht nur möglichst viele zerstören oder besitzen, deshalb wollten sie die Formel.

»Ne Idee, wer dir helfen könnte?«

»Minkin, ich bin Brauer, keiner, der strategische Finanzierung kann.«

»Sicher.«

Minkin war das auch nicht. Aber er hatte im Laufe seiner Tätigkeit von dem einen oder anderen Nerd in der Branche gehört. Paar Jungs, die verrückt genug waren, um in vermeintlich aussichtslose Projekte zu investieren. Die Ideen hatten, das Know-how, Verbindungen, die neben der Passion auch eine Strategie hatten.

»Vielleicht habe ich eine Idee.«

»Du? Nichts für ungut, aber ich würde nicht auf mich setzen.«

Hopfenheiner hatte eine düstere Aura. Noch dazu ein Pessimist. Aber Hoffnung gab es immer. Um hin und wieder mal den Hipster Aragorn aus dem Herr der Ringe zu zitieren.

Minkin hatte zugehört, was Hopfenheiner von sich gegeben hatte. Sich alles gemerkt. Er war entschlossen, das Gegenteil zu machen. Erst mal raus aus der Höhle. Minkin hatte ein, zwei Ideen, wer dem Burschen hier helfen konnte. Eine führte nach Pforzheim. Die andere nach Böblingen. Minkin hatte immer noch den Gutschein für ein Hotel in Pforzheim. Das beste Zwei-Sterne-Hotel in der Pforzheimer Nordstadt. Pforzheim, deine Zeit würde kommen. Minkin entschied sich für die Heimreise nach Stuttgart. Er musste WD treffen. Brauer, Bier-Nerd. WD hatte es hinbekommen, ein für hiesige Verhältnisse fast schon sensationelles Bier zu brauen. Kein schlankes Helles, was Minkin abstrakt bevorzugte. War ein kantiges Naturtrübes, in dem der ganze Stoff noch drin war.

Gab ein paar Plätze, an denen man das ordentlich serviert bekam. Das Brauhaus in der Bolzstraße gehörte nach Minkins Geschmack nicht eben dazu. Schenkten das in groben Glaskrügen aus. Sei es drum. WD hatte ihm den Tipp gegeben, nach dem Willybecher zu fragen. Würde er nachholen, beim nächsten Mal. Minkin traf WD im Tunnel. Die letzte Zuflucht in einer Stadt, die mehr und mehr drohte wahnsinnig zu werden. Gab kaum mehr Orte, an denen das alte Stuttgart hängen geblieben war. Alles war der Zerstörung preisgegeben. Dem Neuaufbau. Überall bohrten sie Löcher, rissen Gräben, gruben Tunnel. Sie nannten es Fortschritt. Fortschritt, der alles zertrümmerte. Um anschließend Trümmer aus Glas und Stahl hinzuballern.

Zur Beruhigung kamen sie dann gerne mit ihren Staffeln und dem Fernsehturm daher. Was für ein Kack! Lasst mich ein für alle Mal in Ruhe mit euren verwichsten Staffeln und diesem verschissenen Fernsehturm. Minkin hasste Treppensteigen, und er hatte Höhenangst. Wenn die Marketingroboter ihre City nach China verkaufen sollten, trat immer der gleiche Unrat zutage. Fernsehturm, Stäffele, Autos, viel Autos. Definitiv, das hatte die Stadt. Eine Menge Autos. In zehn, zwanzig Jahren würden sie noch die unterirdische U-Bahn-Station als Highlight verkaufen. Das europäische Viertel. Minkin war generell kein Freund der Veränderungen. Er hatte den Eindruck, dass im Laufe der Jahre jeder einzelne Quadratmeter in dieser Stadt erneuert werden sollte. Überall hinterließen Investoren ihre Furunkeln. Klebten Fassaden aus Plastik dran. Sollte wie ein I-Phone aussehen. Apple-Optik. Sollte modern wirken. Tat es nicht. Den von Gott Verlassenen wurde früher eine Einzimmerwohnung im Hallschlag zuteil. Heute? Ein Appartement in der Stadt mit Blick auf eines der neuen paranoiden City-Outlets oder auf die Einkaufszentren tat es inzwischen völlig.

Tunnel of Love Bruce Springsteen

Minkin hatte sich mit WD verabredet. WD hatte einen der neuen Craftbeerhotspots vorgeschlagen. Im Kessel hat sich in den letzten Jahren einiges zusammengebraut. Billiges Wortspiel. Wird die Kritik nicht mögen. Muss man gerade deshalb mitnehmen. Der Eingeborene bezeichnet Stuttgart gerne als Kessel. Liegt an der Topografie. Schaut man aus der Vogelperspektive oder wahlweise vom mit viel Bohei wieder eröffneten Fernsehturm auf die Stadt, so erinnert das an einen riesigen Bombentrichter. Mit ein wenig Fantasie an einen Braukessel. In der Hinsicht hatte Stuttgart Boden gut gemacht. Bis vor wenigen Jahren war die Bierlandschaft dominiert von Stuttgarter Hofbräu und Dinkelacker-Schwabenbräu. Hofbräu gehört zur Radeberger und damit zur Oetker-Gruppe. Machen in der Hauptsache Backmischungen. Sollten sich auf ihre Kernkompetenz konzentrieren. Können sie besser. Dinkelacker-Schwabenbräu war seit einigen Jahren wieder im Familienbesitz, was dem Bier gut getan hat. Spielt seither die regionale Karte und hat die alte Stuttgarter Marke Wulle wiederbelebt. Kredenzen das aus dem Holzfass. In Carls Brauhaus. Am Schlossplatz. Ab siebzehn Uhr. War nicht das schlechteste Getränk, das man in der Stadt verkosten konnte.

Daneben gibt es einige Gasthausbrauereien. Schöne Entwicklung hat Daniel Bleicher mit der Cast-Brauerei genommen. Hat 2010 in einem Hinterhof im Heusteigviertel angefangen. Cast, steht für California und Stuttgart. Der Name ist Programm. Pale Ale, Indian Pale Ale und Weißbier. Er verwendet amerikanische Hopfensorten. Zweihundertfünfzig Hektoliter Bier hat Bleicher im Jahr 2014 produziert, 2015 hat er den Ausstoß fast verdoppelt. Die Vertriebstaktik erinnert an den verblichenen Sozialismus. Die Kästen werden rationiert. Zugeteilt. Jeder nur einen Kasten! Seit März hat die Cast-Brauerei ihr »Besucherzentrum« geöffnet. Kann man dem Brauer über die Schulter sehen und die aktuellen Sorten vom Fass probieren. Gelegentlich muss man allerdings mit Überraschungen rechnen. »Pumpkin Ale«. Das Biergetränk ist mit Kürbispüree und Ahornsirup versetzt. Man würde gerne sagen, Daniel, ey, lass den Scheiß. Würde es was nützen? Das Gegenteil würde er tun.

Im März 2016 hat Kraftpaule im Stuttgarter Osten in der Nähe zum Stöckach sein Craftbeer-House eröffnet. Die Burschen sind als Biertrinker gestartet. Haben aus ihrem Hobby einen Beruf gemacht. Zwischen sechzig und hundert verschiedene Biere hat Paule im Angebot. Zu viele für mich, dachte Minkin. Gibt dort regelmäßig sechs wechselnde Biersorten vom Fass. Nicht nur Lakritzbier, sondern zwischendurch auch ein schönes Helles. Dann noch Ridmueller im Fluxus: Hat dem Thema Craftbeer einen Schubser in der Stadt gegeben. Seit 2015 am Start. In seinem Shop bietet »Sebo« Biere aus der ganzen Welt an. Biere aus Island. Wer das braucht? Bei der EM 2016 eine Menge Leute. Das Fluxus ist mit seinen kleinen unabhängigen Läden und Imbissen ein alternativer Gegenentwurf zu den sonstigen Shoppingmalls, die auf der ganzen Welt gleich langweilen. Konsum ist dort noch am erträglichsten. Gibt einem eine Ahnung davon, wie es sein könnte. Mondän ist das »87« im Kurort Bad Cannstatt. Amerikanisches Industrieambiente mit Jugendstilanklängen. Es wirbt mit der größten Bierkarte Stuttgarts. Glaub keiner Reklame. Die größte Auswahl dürfte inzwischen wohl bei Kraftpaule zu finden sein. Minkin kannte die ganzen Läden. Von Kultur zu reden wäre unangemessen. Zu profan. Gibt diesen großartigen Song über Amerika. This Land is your Land. Von Woody Guthrie. Geht darum, was sein könnte. Wann war den Amis die Sache entglitten? Keine Ahnung, wann die Sache bei uns entglitten war? Beim Bier waren wir jedenfalls wieder dabei, uns den Anteil zurückzuholen. This land is your land, Biertrinker.

Heute war Minkin nicht nach einem der Kraftbierläden. Minkin schlug den Tunnel vor.

»Der Tunnel? Was ist das?«

»Nach was hört es sich an.«

»Nach einem Loch?«

»Wenn man es gut meint mit dem Tunnel, ja.«

Der Tunnel war im Auge des Orkans. WD wartete vorm Tunnel. Sah verloren aus. War kurz nach achtzehn Uhr.

»Schön hier.«

»Nicht zu viel versprochen. Vielleicht sogar was für deinen Blog?«

WD war nicht nur passionierter Brauer, sondern arbeitete in seinem Blog die süddeutsche Braulandschaft sukzessive journalistisch ab. Der Redakteur hatte ihn als Bier-Nerd beschrieben. Besser konnte man es nicht sagen.

»Brauen die im Tunnel etwa?«

»Das nicht. Kriegst etliche osteuropäische Biere. Bringen die Jungs von zu Hause mit. Gut gegen Heimweh.«

Gut gegen Heimweh. Klang wie der neue Film mit Matthias Schweighöfer.

»Dann mal rein.«

Ein winziger Raum. Paar Baulampen. Ein aus Paletten gezimmerter Ausschank. Vier riesige Kühlschränke. Dahinter ein Hüne. Kahl geschoren. Optimaler Schlichter. In einer Stunde steht eine Trinkertraube vorm Tunnel bis zur Wilhelma. Jetzt standen nur ein paar Vorarbeiter an den Paletten. Ius primae noctis. Recht des ersten Zugriffs.

»Was?«

Der Hüne hielt sich nicht lange auf.

»Zwei Bier.«

Reichte uns wortlos zwei Flaschen Tyskie.

WD musste ein wenig Wissen absondern.

»Polnisches Bier. Industriell gefertigt. Gibt es inzwischen im gut sortierten Getränkehandel. Bei Getränke Heinrich. In Kornwestheim.«

Minkin kannte den Laden. Beim ersten Besuch war Minkin nicht in der Lage dort einzukaufen. Das Angebot überforderte ihn schlicht.

»Guter Laden, der Betreiber möglicherweise wahnsinnig.«

»Deshalb ist es ein guter Laden, Minkin.«

Musste man nicht mehr zu sagen.

»Tyskie gehört zu SABMiller, südafrikanischer Braukonzern. Inzwischen übernommen von InBev.«

Dass Tyskie auch dazugehörte, war Minkin neu.

»Darüber wollte ich mit dir reden. Gibt da einen Brauer im Kraichgau. Hopfenheiner.«

»Kenn ich.«

Was hatte Minkin anders von WD erwartet.

»Der ist pleite.«

»Tatsache? Vor einem Jahr war der noch gut unterwegs. Wollte wachsen.«

»Das ist er.«

Minkin erzählte WD von der Implosion. Schnelles Wachstum, schlechtes Geld, stupid money. Dann kam die schwarze Serie.

»Hopfenheiner glaubt, InBev steckt dahinter. Wollen die kleinen und mittleren Brauer nach und nach plattmachen. Zumindest nicht größer werden lassen. Und sie wollen geliebt werden.«

Minkin nahm einen Schluck Tyskie. Der Tunnel füllte sich. Schnell. Beängstigend schnell für einen Klaustrophobiker.

»Was glaubst du?«

»Wenn es nicht Starbucks ist, dann ist es InBev. InBev hat sich mit SABMiller jahrelang darum gestritten, wer die Nummer eins ist im globalen Biermarkt. Dann hat InBev im Herbst des vergangen Jahres mit der Übernahme von SABMiller begonnen. Damit haben sie Pilsner Urquell bekommen.«

»Wer sind die?«

»Eigentlich Belgier. Dahinter steckt eine brasilianische Investmentfirma. An der Spitze steht Don Melan. Ein Brasilianer, der in die Schweiz gezogen ist. Einer der reichsten Männer der Welt. Hat einen langen Atem. Hat angeblich zwanzig Jahre gedauert, bis er SABMiller hatte.«

»Und das reicht ihm nicht?«

»Na ja, ist ein bisschen wie bei den Bayern. Wollen nicht nur Meister werden, wollen auch geliebt werden.«

»Offiziell kommt jedes dritte Bier von InBev. Faktisch gibt es eine Menge Regionen, in denen sie das Monopol haben. Preisdiktat, Geschmacksdiktat. Seit ein paar Jahren gibt es so was wie eine Trendwende. Die Craftbierbrauer schießen wie Pilze aus dem Boden. In den USA inzwischen ein zweistelliger Marktanteil.«

Hatte ihm der Redakteur schon erzählt. Schien also zu stimmen.

»Das reicht?«

»Und sie sind sexy.«

»Glaubst du, InBev juckt es tatsächlich, wenn ein Brauer im Kraichgau erfolgreich regionales Bier braut?«

»Was weiß ich, Minkin. Wer weg ist, ist weg. Wahrscheinlicher ist allerdings, dass Don Melan am Zürichsee bei einem Zanderfilet in einem Gartenlokal saß und am Nachbartisch irgendjemand erwähnt hat, dass Hopfenheiner das geilste Bier der Welt macht. Das will man als Nummer eins nicht auf sich sitzen lassen. Ist immer die alte Geschichte. Wer hat den Längsten.«

»Klingt plausibel.«

»Manchmal mischen sich Fakten unter die Wahrheit.«

»Hopfenheiner ist am Ende.«

»Wenn du das sagst.«

»Heißt das?«

»Na ja, nichts für ungut Minkin, ich mag dich. Aber das Ende ist dein Zuhause.«

Minkin wollte nicht darüber nachdenken.

»Der Typ hat jede Menge Schulden.«

»Geht es genauer?«

»Eine Million Euro.«

»Viel, für seine Klasse.«

»Kannst du ihm helfen?«

»Das Geld hab ich nicht rumliegen.«

»Denk ich mir. Aber du kennst vielleicht jemanden, der jemand kennt.«

WD dachte nach.

»Ich werde sehen, was ich tun kann. Gibt zwei, drei Strategen. In Konstanz, in Pforzheim. Wären verrückt genug. Werde nachfragen. Wird ein paar Tage dauern.«

»Sollte reichen.«

Der Tunnel drohte inzwischen auseinanderzubrechen. Siebzig, achtzig Arbeiter in Signalwesten und Gummistiefeln drängten sich in dem Raum oder davor. Das war das Proletariat. Das gab es noch. Hatten die Südosteuropäer unter sich aufgeteilt. Die deutsche Arbeiterklasse war weitestgehend erledigt. Oder aufgestiegen. Die Einzige die das anscheinend immer noch nicht mitbekommen hatte, war die SPD. Was ein Jammer für eine einstmals stolze Partei. Der Rest der Arbeiterklasse traute inzwischen sogar der Alternative für Deutschland eher zu, dass sie ihre Interessen vertrat. Musste man schon fragen, was die Sozis in den letzten zwanzig Jahren verbockt hatten. War nicht so, dass sie keine Minister hatten, die sich ihren fetten Arsch breit saßen auf einem Ministersessel. War nicht so, dass sie keine Chance auf Gestaltung hatten. Alles auf die Schwarzen zu schieben, war zu wenig, Siggi Pop. Die öffentliche Erregung hatte ordentlich Rechtsdrall bekommen. Bitte jeder nur ein Kreuz.

Der Tunnel drohte zu bersten. Nichts für einen Enddreißiger mit Platzangst. WD erkannte das Problem.

»Hast du Hunger, Minkin?«

»Meinetwegen.«

Was denn das für eine Antwort?

»Ich schon. Lass uns nach Bad Cannstatt rüberfahren. Gibt dort einen Augustiner Biergarten. Wollte ich mir schon lange mal anschauen. Kann man sicher auch einen Happen essen.«

Augustiner war mal ganz vorne dabei im minkinschen Bierranking. Seit es die bayerischen Biere in der Systemgastro gab, war sich Minkin allerdings nicht mehr sicher, ob das alles noch richtig war. Im Hospitalviertel gab es einen Burgerladen mit Tegernseer vom Fass. Eine Sensation. Bis der Redakteur ihm erzählt hatte, dass es sich um eine Münchner Burgerkette handelte, die nach Stuttgart expandierte. Für Münchner Gastronomen, die dort nicht mehr weiterkamen, war Stuttgart ein dankbares Plätzchen. Der Redakteur hatte ihm von einer Münchner Trüffelpizzeria erzählt. Hatte in der Nähe vom Hauptbahnhof aufgemacht. Von dem, was sie davon übrig gelassen hatten. Den Namen wollte sich Minkin nicht merken. Zu viele Apostrophe drin. Wurde betrieben vom kleinen Bruder des ehemaligen VfB-Profis Kevin Kuranyi. War kein gelernter Gastronom. Von Beruf Bruder, wie es der Redakteur nannte. Minkin mochte den Sarkasmus des Redakteurs. Hatte die

Gabe der vergifteten Schmeichelei perfektioniert, ohne dass es der C-Promi mitbekam. Zumindest nicht sofort.

Am Wilhelmsplatz in Bad Cannstatt mussten WD und Minkin umsteigen. Der Wilhelmsplatz war ein chronisch kranker Zeuge des urbanen Verfalls. Kot, Pisse, Kotze, Call-Shops. Ein Ort, von dem man floh, wenn man alle fünf Sinne beisammenhatte. Hatte Minkin das? Nicht im Mindesten. Minkin trat in einen Haufen antikes Curry. Gestern spät gegessen. Heute früh hier zurückgelassen. Nicht restlos angetrocknet. Selbst den ortsansässigen Ratten zu eklig. Machten einen Bogen drum. Hunger hatte Minkin danach keinen mehr.

Der Abend mit WD musste nicht übel gewesen sein. Minkin hatte nur kaum noch Erinnerung. An das Curry am Wilhelmsplatz hatte er Erinnerung. War das Einzige, was er vergessen wollte. Minkin wusste nicht mehr, wie er nach Feuerbach in seine Bude gekommen war. Er hatte seine Klamotten noch an. Nebst Schuhen. Nicht seine Art sonst. Draußen schien die Sonne, als Minkin gegen Mittag erwachte. Kein schöner Zug von ihr. Minkin wollte sich erheben. Keine gute Idee. Musste an der polnischen Industrieplörre liegen. Langsam kamen Bruchstücke eines wüsten Abends wieder, der in der Tanzbar Melody endete. Tanzbars waren in ungefähr das Letzte, was Minkin im Normalfall aufsuchte. Das Siemens klingelte.

Minkin ließ es klingeln. Es hörte nicht auf.

»Ja?«

»Minkin, Goldberg hier.«

Das war ein Ding. Goldberg hatte nicht die Art, sich in laufende Ermittlungen einzumischen. Ermittlungen? Bei Minkin eine Metapher für qualifiziertes Nichtstun.

»Vaclav Culle.«

Der alte Kerl aus dem Pilsner Untergrund.
»Was ist mit ihm?«
»Tot.«
»Mist.«
»Mehr fällt dir nicht ein?«
»Woran?«
»Natürliche Todesursache. Lungenembolie.«
»Lungenembolie?«
»Paar Tage nach einem Sturz in der Kellertreppe.«
Treppen gab es einige in Vaclavs Heimat.
»Lungenembolie.«
Das hatte Minkin schon mal gehört als Todesursache.
»Lungenembolie? Hab ich schon mal gehört.«

»Taucht immer wieder mal auf, Minkin. In Zusammenhang mit einer Toten in der NSU-Mordserie. Eine Zeugin war an einer Lungenembolie verstorben. Hatte sich eine Woche vor ihrem Tod das Knie aufgeschrammt. Ging durch die Presse.«

Richtig, Minkin erinnerte sich. Ein junges Ding von zwanzig Jahren. Da konnte das schon mal passieren. Nichts Ungewöhnliches. Sie war die Verlobte eines Zeugen im NSU-Untersuchungsausschuss. Sie stammte aus dem Kraichgau. Ihr Verlobter hatte behauptet, die Polizistin Kiesewetter an der Heilbronner Theresienwiese sei nicht von dem NSU-Duo Bönhardt und Mundlos hingerichtet worden. Einen Tag vor der Aussage hatte sich ihr Freund verbrannt. Am Cannstatter Wasen. Sicher. Cannstatt. Nicht alles toll dort. Der Wilhelmsplatz, der Wasen. Aber sich deshalb gleich im Auto anzünden?

Dann starb die Ex des Zeugen, der sich am Cannstatter Wasen verbrannte, an einer Lungenembolie. Daher kannte Minkin diese Todesursache. Das junge Ding kam aus dem

Kraichgau, wie gesagt. Hatte einen neuen Freund, nachdem sich ihr alter angezündet hatte. Einen Verlobten. Auch aus dem Kraichgau. Minkin war nicht eben interessiert an dem Thema NSU. Bei Kraichgau wurde er minimal hellhörig. Minimal, wie gesagt, er hatte das alles schon wieder vergessen. Bis auf die Lungenembolie. Nachdem das junge Ding an Lungenembolie verstorben war, war irgendwann auch ihr neuer Verlobter weg vom Fenster. Selbstmord. Wer immer sich das Zeug ausdachte. Super originell war es nicht. Solange sie die Brauer in Ruhe ließen, ließ Minkin es auf sich beruhen. Er hoffte, die da draußen hörten das. »I hope they get the warning.« Lou Reed. Auch weg vom Fenster. Leberversagen. Beim Thai-Chi. Zu lange auf der wilden Seite unterwegs gewesen.

»Ja, Minkin, Lungenembolie.«

»Das ist schade, ich mochte den alten Zausel.«

»Vaclav hatte die Formel.«

»Richtig, Goldberg. Er hatte sie.«

»Wo ist sie jetzt?«

»Sicher.«

»Du hast sie, Minkin?«

»Nicht direkt. Ich habe sie verwahrt an einem sicheren Ort.«

»Du bist ein Wächter?«

»Hören Sie auf mit dem Wächterquatsch.«

»Ob du dran glaubst oder nicht, spielt keine Rolle.«

»Eben.«

»Kannst nicht davonlaufen. Was willst du tun?«

»Mich ein wenig um Hopfenheiner kümmern.«

»Du warst bei ihm?«

»Ja, Hopfenheiner. Scheint der nächste Kandidat auf der Liste zu sein.«

»Ja.«

»Warum Hopfenheiner, Goldberg. Eine Ahnung?«

»Die werden ihre Gründe haben.«

»Der Mann ist am Ende.«

»Eben, dann spielt es keine Rolle mehr, Minkin.«

Hopfenheiner war nicht eben Minkins bester Freund. Hätte ein Großer werden können. Jetzt war er ordentlich abgeschmiert. Hatte die Seite gewechselt. Stand jetzt bei den Verlierern. Stand dort in der ersten Reihe. Störte es Minkin? Im Gegenteil, Sieger interessierten ihn nicht sonderlich.

»Warum rufen Sie an?«

»Du solltest los, Minkin.«

»Rennt uns die Zeit davon?«

»Es ist nicht die Zeit, die davonrennt, Minkin, es sind wir, die davonrennen.«

Hatte Gewicht.

»Muss ich erst drüber nachdenken, Goldberg.«

»Hör auf nachzudenken. Geh raus, mach deinen Job.«

»Es ist nicht mein Job.«

»Minkin, wir suchen uns die Sachen nicht aus.«

»Sondern?«

»Die Sachen suchen sich uns aus.«

»Noch mehr von dem Kaliber und ich glaub den Scheiß.«

Goldberg hatte aufgelegt. Den letzten Satz ignoriert. Der Morgen war futsch. Danke auch, Goldberg.

Furor? Hatte früher auch mehr Feuer

Minkin raffte sich auf. Versuchte sich an einem alten Brötchen, das auf seinem Küchentisch lag. Kriegte es nicht runter. Ein paar Straßen weiter gab es einen Trölsch. Kam man nicht dran vorbei. Setzte den Standard in Sachen Laugengebäck. War nicht der Bäcker Bosch im Westen, nicht der Fidelis in Wangen. Aber für Feuerbach, groß. Minkin bestellte einen Kaffee, Essen war keine gute Idee. Allein der Anblick brachte ihm das Curry wieder in Erinnerung. Hinzu kam die Hintergrundmusik. Sommer in Schweden. Was sollte das sein? Erschien Minkin so attraktiv wie Frühling in Filderstadt. Winter in Wuppertal. Die Kids liebten diese Band. Konzerte waren ausverkauft. Minkin war verdammt noch mal zu alt dafür. Deutsche Rockmusik war in seiner Jugend Grönemeyer, Kunze, Westernhagen, Rio Reiser, Element of Crime. Hatten ordentlich Furor. Andreas Bourani, Mark Forster, was war das, dachte Minkin? Kunst war es kaum. Wie jung könnte man in seinem Alter noch werden, um annähernd Interesse für diese Musik zu entwickeln? Um es zu kapieren? Jedenfalls nicht mehr jung genug, um Revolverheld zu mögen. Minkin hatte einen Song im Radio gehört. »Zu Hause bist immer noch du.« Der Sänger klang nach dem deutschen Tom Waits. Tatsächlich war der Kerl gerade mal in seinen frühen Zwanzigern.

Minkin nahm innerhalb von wenigen Tagen zum zweiten Mal die Bahn nach Eppingen, nachdem er die Strecke jahrzehntelang nicht gefahren war. Stieg am Bahnhof in Eppingen aus. Waren nur wenige Schritte zu Hopfenheiners ehemaliger Braustätte. Die Türe stand offen. Kannte Minkin vom letzten Besuch. Etwas schien anders.

»Heiner?«

Keine Reaktion.

Minkin ging rein. Gestank. Oh Wunder! Diesmal stank es anders. Nicht nach Bier, Pisse, Kotze. Stechender Geruch. Gas! Roch so nicht Gas? Minkin ging weiter. Anscheinend mischten die dem Gas was bei, damit man es roch, wenn es näherkam. Hatte ihm mal ein Monteur erklärt. Musste deshalb noch lange nicht stimmen. Der Geruch wurde stärker. Erste menschliche Reaktion? Nichts wie weg. Von Gasunfällen hatte Minkin gehört. Hatte er Bock auf so was? Nicht im Mindesten. Zweite menschliche Reaktion? Heiner könnte noch irgendwo liegen. Minkin riss die Türe auf, die Fenster. Rannte zum Ende des Erdgeschosses. Zum Verkaufsbüro. Auf dem Tisch lag Hopfenheiner. Er schnarchte nicht mehr.

»Hopfenheiner. Wach auf.«

Nichts.

»Scheiße, Mann. Hopfenheiner.«

Minkin brüllte.

War Heiner am Leben?

Muss ihn hier rausschaffen, dachte Minkin. Der erste brauchbare Gedanke seit Dekaden.

Packte ihn von hinten unter den Armen. Gott, war der Kerl schwer. Zerrte ihn durch das Erdgeschoss auf den Hof, fiel dabei zweimal rückwärts über seine Füße. War für das nicht gemacht. Minkin schaffte es, Hopfenheiner nach draußen zu befördern. Und jetzt? Stabile Seitenlage. Minkin hatte keine Ahnung, ob das dem Krankheitsbild angemessen war. Etwas anderes war bei Minkin nicht hängen geblieben vom Erste-Hilfe-Kurs. Brachte es was? Brachte nichts.

Minkin nahm einen Eimer, holte Wasser aus der Regentonne. Schüttete Heiner den Inhalt ins Gesicht. Der riss die Augen auf.

»Arschloch, spinnst du?«

Minkin nahm das nicht persönlich. Nicht jetzt. Der Mann stand unter Schock.

»Glück gehabt.«

»Bist du noch ganz dicht. Was sollte das mit dem Wasser?«

Konnte man es ihm übel nehmen?

»Dachte du seist tot. Das Regenwasser hat dich zurückgebracht.«

»Das wird mich umbringen, Mann, diese Brühe ist voller Parasiten, Bakterien, Keime. Was machst du überhaupt hier, Minkin?«

»Dir den Arsch retten. Du wärst fast draufgegangen. Lagst in deinem Verkaufsbüro. Die Gasflasche war komplett aufgedreht. Wolltest du dich umbringen, Mann?«

»Gasflasche?«

»Mann, deine Lage ist beschissen, aber ich hab dir gesagt, dass ich mich umhöre. Also lass den Mist.«

»Welche Gasflasche, Minkin?«

»Komm mit.«

Hopfenheiner hatte Mühe mit dem Aufstehen. Schleppte sich ins Verkaufsbüro. Minkin musste ihn stützen.

»Hier hast du gelegen. Das Ding bis zum Anschlag aufgedreht. Halbe Stunde später und du könntest im Bierhimmel deinen Sud ansetzen.«

»Gasflasche? Keine Ahnung, wie die hier herkommt.«

»Soll heißen?«

»Diese Gasflasche war gestern noch nicht hier.«

Minkin zögerte.

»Sicher?«

»Ja, Mann.«
»Goldberg hatte recht.«
»Wer ist Goldberg?«
»War ein Klavierspieler.«
»Ein Klavierspieler?«
Das stimmte.
»Goldbergs Variationen. Nie gehört?«
»Nein.«
Minkin ließ es dabei bewenden.
»Jemand will dich um die Ecke bringen.«
»Mich?
»Ja.«
»Bin ich da nicht schon?«
Ganz sicher war er das.
»Meine Rede. Irgendwie haben die dich trotzdem auf dem Radar.«
»Wer?«
»Zu kompliziert. Wir müssen verschwinden.«
»Warte.«
»Keine Zeit.«
Draußen stand ein verbeulter Kangoo.
»Fährt das Ding noch?«
»Wie eine Eins.«
»Dann mach.«
»Warte.«
»Was?«
»Ist kein Sprit drin.«
Waren eh zu viele Autos auf den Straßen.
»Kannst du laufen?«
»Kannst du mich tragen?«
»Kaum.«
»Dann werde ich wohl laufen müssen?«

Minkin und Hopfenheiner bogen auf dem Gehweg Richtung Innenstadt. Die Kapitale des Kraichgaus hatte versucht sich aufzuhübschen. War so halb gelungen. Immerhin hatten es die Verantwortlichen geschafft, die Bundesstraße nach draußen zu verlegen. Ortsumfahrungen waren die Königsdisziplin der Lokalpolitiker. Kreisverkehre kamen danach. Minkin erinnerte sich an die Achtzigerjahre. Tausende von Autos und Lastwagen krochen jeden Tag durch die Innenstadt. Eppingen war da, wo Stuttgart heute noch steht. Immerhin, hier hatten sie das Thema abgearbeitet.

»Wohin?«

»Was trinken. Ins Palmbräu.«

»Nicht ein bisschen früh für ein Bier?«

»Wäre zu spät gewesen, wenn du nicht vorbeigekommen wärst.«

Flüssig argumentiert.

»Das erste Bier des Tages ist immer das Beste.«

Sag was dagegen.

Die nun wieder

»Paket geschnürt?«

»Sicher.«

»Wie?«

»Gas.«

»Gas?«

»Suizid. Keine Anzeichen dafür, dass es kein Suizid war.«

So würde es im Polizeiprotokoll stehen, im Bericht der

Gerichtsmedizin Heidelberg. Das war der übliche Terminus. Was müsste passieren, damit die Idioten mal was anderes in ihre Berichte schrieben? Ein Messer im Rücken? Alles sprach für einen Suizid. Wenn in den letzten Jahren ein Zeuge aus dem NSU-Verfahren ums Leben kam, dann stand in der Presse, dass es keine Anzeichen für ein Fremdverschulden gab. Jeder, der alle fünf Sinne beisammenhatte, kam sich verarscht vor. Das Krasse an der Nummer war, dass die damit durchkamen. Das war nicht Minkins Baustelle, noch nicht. Solange der Staatsschutz die Finger vom Bier ließ, war es das nicht.

»Ich habe von eurer Aktion in Gemmingen am Bahnhof gehört. Seht nach, ob er tot ist.«

»Ihr Ernst?«

Der Mann am anderen Ende der Leitung hatte aufgelegt.

»Vic, Chef glaubt uns nicht, dass dieser Kerl tot ist. Sollen nachsehen.«

»Der Kerl war voll wie Eimer. Wir haben den Gashahn aufgedreht. Was soll schon passiert sein?«

»Er will es, okay. Wir müssen nachsehen.«

Minkin und Hopfenheiner waren noch keine zwei Minuten unterwegs, als ein schwarz-gelber Smart auf Hopfenheiners Hof fuhr. Das war die Tarnung der Vollprofis. Hatten sie aus einem Handbuch für Nachwuchskriminelle. Das Auffällige ist das Unauffällige. War wurscht. Falls es Zeugen gab, würde eh jeder was anderes erzählen hinterher. Nichts war unzuverlässiger als Augenzeugen.

»Geh rein, Alexej. Sieh nach.«

»Warum ich?«

»Ich bin der Fahrer.«

Schien zu überzeugen. Alexej verschwand in der Raiffeisenstraße 145.

Nach ein paar Minuten war er wieder draußen.

»Scheiße.«

»Was?«

»Er ist weg, Mann. Der Kerl ist verschwunden.«

»Quatsch keinen Mist.«

Vic stieg aus dem Wagen, um nachzusehen. Hopfenheiner war weg.

»Vic, Mann. Das gibt Ärger. Mann, die machen uns alle. Scheiße.« Alexej war ernsthaft besorgt. Nicht zu Unrecht. Er kannte seine Auftraggeber.

»Alexej, reg dich ab. Er kann nicht weit sein. Ich meine, der Kerl war bereits so gut wie alle, als wir ihn hier besoffen auf dem Tisch gefunden haben. Als wir den Gashahn aufgedreht haben, war nicht mehr viel Leben in ihm. Denk nach, jemand muss ihm geholfen haben. Ihn rausgeholt haben.«

»Wer?«

»Weiß ich es?«

»Was macht man mit einem halb Toten?«

Frage war rhetorisch.

»Man ruft einen Krankenwagen. Oder bringt ihn zum Arzt. Hätte jemand einen Krankenwagen gerufen, stünde der vermutlich noch hier. Wir sind vor weniger als einer halben Stunde von hier verschwunden. Man wird ihn zum nächsten Arzt gebracht haben. Lass uns die Ärzte hier in der Nähe abklappern. Bin mir sicher, dort finden wir ihn.«

Nicht doof, der Herr Victor. Bei Typen, die normal ticken, eine schöne Idee. Arzt aufsuchen. Bei Hopfenheiner und Minkin? Die nächste Bierstube wäre der richtige Ansatz. Stümper.

Palmbräu kommt von Palme

Minkin konnte sich nicht erinnern, wann er das letzte Mal hier war. Musste Jahrzehnte her sein. Das Palmbräuhaus war nicht eben spektakulär. Immerhin war man hier dem Versuch widerstanden, das ganze Ding komplett zu renovieren. War Mittagszeit. Das Lokal rammelvoll. Minkin und Heiner setzten sich an den Stammtisch.

»Kriegt man 'ne Halbe?«

»In einem Brauhaus?«

»Geh mich erst mal auf der Toilette frisch machen. Das Regenwasser stinkt.«

Das Regenwasser ist dein geringstes Geruchsproblem, dachte Minkin. Hopfenheiner verschwand. Mit am Stammtisch zwei Eingeborene. Dem Zungenschlag? Eher Rohrbach als Kleingartach. Minkin hatte seine Tagesration an Worten fast schon durch. Müsste sich wieder einhören in den Sound der Tischnachbarn. Die Besonderheiten der Lokalidiomatik.

»Horche mal Rainer, waisch du, was mir der Peder vazählt hat?«

»Weller Peder?«

»Der Schlossers Peder!«

»Der Bu vom Schlossers Friedhelm?«

»Jo.«

»Do gugsch noa! Hab i garnet gwisst!«

»Was?«

»Das der an Bu hat.«

»Ha doch, wann i dir sag. Weisch du, was mir der Peder verzählt hat?«

»Woher dann.«

»Der hat mir verzählt, dass der Erwald …«
»Wasch isch mit dem Erwald?«
»Der Erwald war beim Awalt.«
»Do bisch fertich. Wägga was?«
»Wegen der Renade.«
»Wegen seiner Fra?«
»Noi, wegen der Renade.«
»Und sei Fra?«
»Der isch doch gar net verheiert.«
»Un wer isch die Renade?«
»Des isch seine Lebensdingensabschnitts, do ohne wilder Trauschein-Ehe, du weisch doch, was e moin.«
»Und wegen der war er beim Awalt?«
»Wann ich dir sag. Die hot er aklagt, beim Awalt. Des hätts ned dengt, oder?«
»Der Lebtag net, hät e des net dengt. Und was isch jets mit d Renade?«
»Die isch dafu.«
»Wo ischn die na?«
»Fort.«
»Mit was?«
»Mit dem Ford.«
»Mit dem Escort?«
»Mit dem Ford Escort, isch die fort.«
»Horch mol, Rainer. Desch doch am Erwald seiner?«
»Des hab ich a denkt.«
»Ha Sack Zement. Un, was sagt der Awalt vom Erwald?«
»Der Awalt vom Erwald, weisch was der sagt?«
»Woher dann?«
»Der sagt, es kummt druff ao.«
»Awa.«
»Schwierige Rechtslage, weil Eigentümer ischt nicht gleich

Besitzer und Fahrer ischt nicht gleich Halter. Das kann man so oder so sehen. Die einen sagen so die andern so.«

»Ha, des isch a gute Awalt.«

»Der hat studiert, secht de Erwald, in Heidlberg oder Sinse. Aber deuer, sagt der Erwald. *Reibt Daumen und Zeigefinger aneinander.* Da, Pulver, gleich auf de Disch.«

»Sicher, was nix isch, koscht nix.«

»Un was nix koscht, isch nix wert.«

»Und sonst?«

»Muss man gugge, sagt der Awalt. Vielleicht, dass man sich irgendwo einigt.«

»Wege was?«

»Wege der Kinner?«

»Welle Kinner?«

»Der Noah und die Cheyenne.«

»Gehören die dem Erwald?«

»Noi, der Renade, aber der Erwald isch der Vadder.«

»Und jetzt?«

»Der Awalt hat gmoint, vielleicht dass man die Kinner eintauscht, Zug um Zug quasi Herausforderung der Kinner gegen die Rückgewähr vom Ford.«

»Isch a guda Awalt. Un was sagt die Renade?«

»Weisch, was die sagt? Den Noah un die Cheyenne nemme nur zurück, wenn ich der Ford behalte darf.«

»Und was sagt der Erwald?«

»Der isch happy und gibt noch eine Tankfüllung dazu.«

»Zum Glück hat der Erwald an guade Awalt gehabt.«

»Sonst bisch der Asch heutzutage.«

»Alla, proscht.«

Klang nach Comedy, was die beiden da am Tisch ablieferten. In der Stadt würden sie dafür Eintritt zahlen. War echt. Beruhigend und erschütternd zugleich, dass es ernsthaft noch Gegenden gab, in denen man Anwälte für eine echte Hilfe hielt. Ziemlich das Letzte, auf was Minkin gekommen wäre.

Inzwischen war Hopfenheiner wieder an den Tisch zurückgekehrt. Hatte sich gewaschen. Sah man ihm nicht an.

Wenig später kam der Kellner mit zwei Halben.

»Heiner, lange nicht gesehen. Siehst scheiße aus.«

»Bis ich so hässlich bin wie du, braucht es noch eine Weile.«

Der Kellner trollte sich.

»Ne Ahnung, warum dich jemand umbringen will?«

»Keine.«

»Was hast du denen getan, Heiner?«

»Mann, ich weiß es nicht.«

»Irgendetwas geht denen mächtig auf den Sack. Denk nach. Hast du irgendjemanden was erzählt, hast du mit der Polizei geredet, mit der Presse über das was mit deiner Craftbierbrauerei passiert ist.«

Hopfenheiner dachte nach.

»Na ja, gibt da einen Redakteur der Stimme. War Kunde bei mir. Guter Mann, hat das ernsthaft bedauert. Hab ihm die Geschichte erzählt, wollte was über die Sache bringen. Er hätte vielleicht noch eine andere Idee.«

»Und?«

»Na ja, vielleicht drei Wochen her, da rief mich ein Anwalt an. Er würde für den Brauerbund gerade an einer Sache arbeiten. Teile zusammentragen. Wegen Kartellrechtsverstößen, Wettbewerbsverzerrung. Wir waren für morgen verabredet.«

»Wer wusste davon?«

»Ich, er.«

»Sonst niemand?«

»Nicht von mir.«
»Wollten die dich deshalb aus dem Weg räumen?«
»Minkin, ich hab keine Ahnung.«
Damit kannte Minkin sich aus.
»Und du, Minkin, wie bist du in die Sache hineingeraten.«
Minkin erzählte Hopfenheiner von Goldberg, von seinem ersten Auftrag mit der Liste. Von Sevilla, von Fuentes und dem Doping der spanischen Fußballnationalmannschaft. Und davon, dass Goldberg wieder bei ihm auf der Matte stand. Dass es diesmal um eine Formel ging.
»Die Weltformel des Bieres?«
»Du hast davon gehört, Heiner?«
»Jeder Brauer hat davon gehört.«
»Und?«
»Die meisten vergessen im Laufe der Zeit, dass sie davon gehört haben, danach gesucht haben.«
»Hast du es auch vergessen?«
»Minkin, ein Mann, der mit Fünfzig die Welt noch so sieht wie mit Fünfundzwanzig. Was ist der?«
»Weiß nicht. Sich treu geblieben?«
»Sagen Leute wie du.«
»Was sagen die anderen?«
»Dass er sein halbes Leben vergeudet hat.«
Hatte Gewicht. Musste man sich setzen lassen. Wie die Hefe im naturtrüben Kellerpils, das sie hier ausschenkten. Biopils. Gar nicht mal so übel für Biobier.
»Wer glaubst du beurteilt das am Ende, Heiner?«
»Du selbst, Mann. Du selbst, bist die Antwort. Wird dir niemand abnehmen. Kein Gott, keine Frau, keine Kinder. Du musst das für dich beantworten.«
Besser nicht. Gab genügend Tage, an denen Minkin an

sich selbst zweifelte. Das waren die guten Tage. Die schlechten? Wollen Sie nicht kennenlernen. Werden Sie aber.

»Du musst untertauchen, Heiner. Weg aus der Stadt. Bis die Sache hier geklärt ist.«

»Wohin?«

»WD arbeitet dran. Vorerst könntest du dich bei ihm eventuell in der Manufaktur nützlich machen. Ist immer auf der Suche nach Inspiration. War der Erste, der in der Region vor einigen Jahren ein Pale Ale auf den Markt gebracht hat. Dort fällst du nicht auf. Solange du nicht groß in Erscheinung trittst, bist du dort sicher.«

»Minkin, hast du auch was anderes?«

»Wieso?«

»Keine Ahnung, täte weh. Biere zu machen, die nicht meine sind. Verstehst du?«

Minkin verstand nicht.

»Musst du was von zu Hause holen?«

»Sollte ich?«

»Wenn du so fragst, eher nicht.«

»Dann lass uns die Bahn nehmen. Weg von hier.«

Minkin hatte noch einen Pfeil im Köcher.

Minkin erreichte mit Hopfenheiner den Stuttgarter Hauptbahnhof. Nahmen dort die U7 Richtung Pragsattel.

Der Unterschlupf

»Raffael.«

»Minkin. Was ist das hier, dein Stammrestaurant? Warst doch erst vor drei Tagen hier.«

»Ihr sucht eine Aushilfskraft, oder?«

»Wen hast du hier?«

»Das ist Heiner.«

»Koch?«

»Brauer.«

»Kann man durchgehen lassen.«

»Denke ich auch, Raffael.«

Hopfenheiner hatte bis dahin kein Wort gesagt.

»Von mir aus. Eine Sache.«

»Ja.«

»So kannst du hier nicht rumlaufen. Nichts für ungut, Meister. Geh erst mal in die Wanne. Du kannst das Zimmer unterm Dach haben. Ist klein und im Sommer wahnsinnig stickig und heiß. Klo aufm Gang. Aber besser als nichts. Du kriegst von uns Arbeitsklamotten.«

Hopfenheiner nickte.

»Hast du Unterwäsche, Zahnbürste?«

»Nein.«

»Minkin, geh mit ihm einkaufen, sorg dafür, dass er ordentlich aussieht. Dann kann er heute in der Abendschicht anfangen. Kost und Logis frei, vierhundertfünfzig Euro in bar. Geht das klar für dich?«

»Ja?«

»Gesoffen wird erst ab zweiundzwanzig Uhr, wenn die Küche geschlossen ist.«

Raffael hatte sich selbst diese Regel gegeben. Half ihm

offensichtlich, den Suff im Griff zu halten. Nannte es kontrolliertes Trinken. Was sollte man dagegen sagen? Wenn es funktionierte. Gar nichts sollte man dann dagegen sagen.

Emily Kane

»Other girls went and other girls came,
I can't get over my old flame
All my friends think I am insane
I am still in love with Emily Kane.«
Art Brut

Karlshöhe

»Minkin?«

»Ja.«

»Hier Wim.«

Die halbe Stadt hatte anscheinend seine Mobilnummer. Minkin konnte sich nicht erinnern, dass er sie Wim gegeben hatte. Ihn fragen woher? Könnte missverstanden werden.

»Was los?«

»Können wir uns treffen?«

»Gerne.«

»Rosis?«

»Besser nicht.«
»Wo?«
»Lust auf draußen?«
»Geht so.«
»Du?«
»Nein.«

Hatte seit einem halben Tag nicht geregnet. Was war schiefgelaufen? Hatte da oben einer vergessen, die Schleusen zu öffnen? Der Sommer war kein Sommer. Das heißt, er war großartig. Regnete täglich. Gab keine Wespen, kaum Kleinkinder in der Außengastro. Das Mitte Juni. Wenn das die Klimaerwärmung war, wer wollte was dagegen sagen? Die verblichenen Protagonisten der Grünen Alternativen Liste eher nicht mehr. Hatten seit einiger Zeit die klapprigen Hollandräder gegen die Dienstlimousinen getauscht. Die Alternative war weiter nach rechts gesiedelt. Bestritten, dass es die Klimaerwärmung überhaupt gab. Waren auf Linie mit Donald Trump. Noch so ein Wahnsinniger. Vermutlich ein gefährlicher Wahnsinniger, der mal eben imstande wäre, ein paar Bömbchen auf Länder zu verteilen, die ihm nicht passten. Das musste einem in der Tat ein wenig Angst machen. Wenn das nicht wäre, nur zu. Das Washingtoner Politikestablishment hatte ordentlich die Hosen voll vor dem Milliardär. Hatten die Staaten in den letzten Jahrzehnten unter sich verteilt. War Konsens. Jetzt kam Trump daher. Und keiner wusste so richtig, wie mit dem Verrückten umgehen. Entzog sich der üblichen Logik. In diesen Momenten musste man Amerika trotz allem lieben. Es war mehr möglich als denkbar war. Noch ein Beleg gefällig? Ikea musste ein paar Millionen Kommoden zurückrufen. Warum? Angeblich wurden im Laufe der letzten siebenundzwanzig Jahre sechs Kinder davon erschlagen.

Okay, das war bedauerlich. Aber hey, wann sagt denen mal jemand das mit den Waffen?

Was war bei uns los? Konnte man drauf warten, bis sich die Alternative von selbst zerlegte? Zumindest war das der Plan, den die Frau im Hosenanzug aus der Uckermark verfolgte. Sah nach ihrem Einzigen aus. War bei den Narzissten nicht der Schlechteste. Bisschen lahm vielleicht. Im vergangenen Jahr waren über eine Million Flüchtlinge ins Land gekommen. Sah unkontrolliert aus. Minkin war nur am Rande interessiert. Aber man entkam dem Thema nicht. Zeitweise gab es wichtigere Sachen. Dass Jogi Löw sich an den Eiern kratzte. Würde bald rum sein. Irgendwann würde der Türke die Flüchtlinge wieder zurückschicken. Oder der Mazedonier wird die Leute weiterziehen lassen. Sicher, 2015 waren es eine Menge Menschen, die zu uns kamen. Über eine Million. Ist mal keine Kleinigkeit. Aber es waren eben Menschen. Keine Täter. Paar Idioten darunter. Keine Frage. Vermutlich auch nicht mehr als bei uns unterwegs waren. Man kann sagen, wir haben schon genug Idioten. Brauchen wir nicht noch mehr davon. Die meisten kamen nicht eben freiwillig hier her. Verließen ihre Häuser, ihre Stammkneipe nicht aus Spaß. Ging oft genug ums nackte Überleben. Wollte man da ernsthaft was dagegen sagen? Gab vermutlich nur eine richtige Antwort auf diese Frage. Hatte Minkin bei dem böhmischen Autor Pavel Pivocek in dessen Enzyklopädie der Stammtische gelesen. »Wenn du glaubst, an deinem Tresen ist kein Platz mehr, baue keinen Zaun darum, sondern baue dir einen größeren Tresen.«

»Auf der Karlshöhe.«

»Ernsthaft?«

»Ja.«

»Gut.«

»Bin ab sechs Uhr da.«

Karlshöhe. War Minkin in Dekaden nicht gewesen. Fuhr mit der U-Bahn vom Wilhelm-Geiger-Platz bis zum Marienplatz. Im Gegensatz zu seinem Feuerbacher Äquivalent, war der Marienplatz tatsächlich ein Platz im eigentlichen Wortsinne. Kein Loch in der Erde, keine tiefergelegte U-Bahn-Station. Keine achtspurige Straßenkreuzung, wie sonst in der Stadt bei Plätzen üblich. Der Marienplatz war seit einigen Jahren ordentlich in Mode gekommen. Konnte man was dagegen sagen? Bis auf die Tatsache, dass sie Annas Treff verscheucht hatten und dort inzwischen Eissorten in der Geschmacksrichtung Wasabi-Wildklee verkauften, war das schon okay. Auch der Unsinn würde vorübergehen.

Minkin stieg am Marienplatz aus. Musste sich kurz orientieren. War lange her, seit er den Hügel bestiegen hatte. Der Anstieg zur Karlshöhe war was? Steil.

Der Blick, sicher. Gab es so vermutlich in keiner anderen deutschen Großstadt. Von wegen Hannover der Herzen. Machten in dem Biergarten fast alles richtig. Schenkten Dinkelacker aus. Wird ein paar Hundert Stufen weiter unten gebraut. Regionaler ging nicht. Spätestens seit sie das Naturtrübe brauten, musste man die Truppe ernst nehmen. Angeblich wird auf der Karlshöhe sogar Wein angebaut. Im dortigen Biergarten ausgeschenkt. Warum?

Der tägliche Regen hatte nachgelassen, als Minkin oben ankam. Fast aufgehört. Das Thermometer satte siebzehn Grad Celsius. Kein Ausflugstourismus, keine After-Work-Meetings, keine Laptops.

Wim saß bereits an einem der Tische. Ohne Aussicht. Wim und Minkin waren die einzigen Gäste.

»Wim.«

»Und?«

»Geht.«
»Bei dir?«
»Passt.«
»Dir eins mitbringen?«
»Lass mal, hab noch.«

War schon mal ungewöhnlich. Wim lehnte ein Getränk ab. Minkin holte sich das Naturtrübe im Steinkrug. Kein Nachteil bei den Außentemperaturen. Blieb der Sud schon kühl.

Minkin und Wim saßen eine Weile da. Genossen nicht die Aussicht.

»Minkin, du weißt, dass ich eine Tochter habe?«

Wusste Minkin nicht.

»Jetzt, wo du es sagst.«

Trinkpause.

»Sie heißt Chelsea.«

»Wie der Fußballverein aus London?«

»Wie die Tochter der Clintons.«

Gab noch diesen Bon Jovi Song. Midnight in Chelsea. Das war es dann auch mit Chelsea-Assoziationen.

»Sie hat mich angerufen.«

Was darauf sagen?

»Ist doch gut, oder?«

»Ich habe fast sechs Jahre nichts von ihr gehört.«

»Lange Zeit.«

»Sie wohnt in den Staaten.«

Minkin erinnerte sich. Wim war etliche Jahre in den Staaten gewesen. War eine richtig große Nummer an einer Uni. Hatte geheiratet, sich offensichtlich fortgepflanzt.

»Ist jetzt siebzehn. Eine junge Frau. Sechs Jahre lang habe ich nichts von ihr gehört.«

»Hast du dich nicht gemeldet bei ihr?«

»Nein. Meine Ehe ging, wie sagt man, in die Brüche. Und Chelsea, sie ist mir entglitten.«

»Entglitten?«

»Ja, dieses Alter, Minkin. Als Vater, ich meine, bis sie zehn sind, bist du der Größte. Lassen nichts auf dich kommen. Bist du der Held. Mit einem Mal reißt es ab. Vom einen auf den anderen Tag. Kein Wort mehr. Sind nur noch genervt von dir.«

Konnte Minkin wenig zu sagen. Kinder waren für ihn so weit weg wie die Erde vom Mars. Wie Becks Gold von einem ordentlichen Bier.

»Warum hat sie dich angerufen?«

Wim antwortete nicht sofort. Nicht weil er nicht wollte. Fiel ihm schwer.

»Ihre Mutter ist krank.«

»Deine Ex-Frau?«

»Helena, ja.«

»Was Ernstes?«

»Gehirntumor.«

»Kack.«

»Drei Monate, vielleicht sechs.«

Minkin hatte nichts zu erwidern. Was auch?

»War deine Ex-Frau, ich meine, hat sie wieder geheiratet?«

»Chelsea hat nichts erwähnt.«

»Was wirst du tun?«

Wim dachte nach.

»Weiß nicht. Was meinst du? Soll ich hinfliegen?«

»Woher soll ich das wissen?«

»Keine Ahnung, Minkin.«

Minkin schwieg eine ganze Weile. War kein unangenehmes Schweigen. War eines, bei dem man einfach die Klappe hielt, und den Steinkrug leerte.

»Denkst du noch oft an sie, an deine Ex-Frau?«
»Jeden Tag.«
»Das ist oft.«
»Eigentlich jede Stunde.« Wim machte eine Pause. »Im Grunde vergeht fast keine Minute, in der ich nicht an sie denke.«
Minkin hatte nichts drauf zu sagen.
»Sie hat mir die besten Jahre meines Lebens gegeben.«
War schwer wie Blei. Nicht einfach so dahergesagt.
»Wie sieht sie das?«
»Helena?«
»Ja.«
»Sie glaubt, ich hab ihr die besten Jahre genommen.«
Minkin hatte das Bedürfnis etwas zu sagen. Versuchte es damit.
»Du solltest hinfliegen.«
»Warum?«
»Was hast du zu verlieren?«
»Ich habe Schiss.«
»Du hast allen Grund dazu.«

Zorbas

Der Anwalt des Brauerbundes hatte sein Büro in der Hohenheimer Straße. Am unteren Ende der Hohenheimer Straße. Was scheißegal war, da die Hohenheimer Straße kein Gut und Böse kannte. Sie kannte nur Böse. Lärm, Staub, Verkehr. Die Heilige Dreifaltigkeit der Landeshauptstadt.

Die Hohepriester hatten ihr Zucker gegeben. Brachten ihre Opfer. Der neue Oberbürgermeister Kuhn? Minkin hatte ihn gewählt. Inzwischen fragte er sich, was dieser Kerl eigentlich beruflich machte, außer einen verkackten Turm zu schließen, um sich zwei Jahre später Cro-gleich von der hiesigen Presse, dem Funk, dem Fernsehen dafür abfeiern zu lassen, dass er den Betonpfeiler wieder eröffnete. Seit Jahrzehnten litten die Anwohner unter dem Verkehr, seinen Folgen. Was fiel der Verwaltung dazu ein? Man könne die Grenzwerte nach oben setzen. Und nicht im Winter messen. Das Streusalz würde das Messergebnis verfälschen. Dafür hatten die also tatsächlich jahrelang in ihren Expertenkreisen beraten? Genau, was die Stadt braucht. Die Luft ist vergiftet bis zum Anschlag, und die Vollidioten schieben es auf das Streusalz. Bevor sie den Verkehr antasten werden, verlegen sie riesige Rohre bis in den Schwarzwald. Blasen von dort aus Frischluft in den Talkessel. Können sie ja die blauen Rohre vom Grundwassermanagement am Hauptbahnhof nehmen, wenn das Ding dann mal durch ist. 2025, 2030. Feiern die Stadt als erste Großstadt mit Schwarzwaldluft. Oder sie werden den Vorschlag eines stadtbekannten Kabarettisten aufgreifen. Das Messgerät weg von der Neckarstraße, hinauf auf den Fernsehturm verlegen. Messungen nur am Sonntag. Gegen sechs Uhr morgens. So gesehen machte das ganze Theater um den Turm Sinn.

Der Anwalt des Brauerbundes hatte seine Kanzlei in der Hohenheimer Straße 25. Unten drin befand sich seit Kurzem eine neue Eckkneipe. Der Anwalt hatte das Zorbas als Treffpunkt vorgeschlagen. War nach Minkins Geschmack. Die Hohenheimer Straße gehört gastronomisch zu den 3C-Lagen. Von dem Eckobjekt in der Hohenheimer Straße 25 rät der Dehoga-Fachberater grundsätzlich ab. Nachdem vor rund zehn Jahren das Lisboa dichtgemacht hat, rollt alle paar Monate ein anderer Sisyphos die Bierfässer die Weinsteige hoch. Völlig überraschend versuchte sich diesmal ein griechischer Zorbas an dem Objekt. Mit einem Kaffeehaus nach hellenischem Vorbild. Das heißt Ouzo, Tsipouro, Harzwein und Livemusik. Eigentlich war das ein Grund für Skepsis, die depressive Schwester der Vorsicht. Bis Minkin den Inhaber an der Theke bei der Arbeit sah. Zwei junge Frauen aus der Nachbarschaft wurden eben mal Opfer der griechischen Marketingoffensive. »Euch kenn ich. Wart ihr schon mal hier oder kenn ich euch aus dem Fernsehen?« Ganz die altgriechische Rhetorikschule. Hinterher noch den Anisschnaps aufs Haus. Fertig ist der Stammgast. Kann man sich dran gewöhnen? Minkin hatte schon weitaus uncharmantere Versuche beobachtet.

Als männlicher Gast wird man Feinstens von einem rumänisch-griechischen Damendoppel am Tresen mit Getränken verwöhnt. Einzige Achillesferse: das Problem mit der angedrohten Livemusik am Freitag und Samstag. Das muss Zorbas noch in den Griff bekommen. Dann kann der Partygrieche Cavos seine Sirtakispieße einpacken. War mal wieder Zeit für eine ordentliche Götterdämmerung.

Der Anwalt hatte fast eine halbe Stunde Verspätung.

»Sorry, hatte gerade noch ein wichtiges Telefonat.«

»Hier.«

Minkin schob dem Anwalt einen Ouzo rüber. Das Getränk ging aufs Haus. Mit Sicherheit Qualitätsware.

»Zur Strafe.«

Schluckte das Zeug runter wie Wasser. Juristen sind nicht eben zimperlich im Umgang mit dem Geistigen. Sofern es liquide daherkommt. Minkin erzählte dem Anwalt von seinem Besuch bei Hopfenheiner, davon, dass jemand versucht hatte, Hopfenheiner zu töten.

»So weit sind wir schon.«

»Was hatten Sie gedacht?«

»Na ja, wir wissen, dass die Brauindustrie sich anschickt, die kleinen und mittleren Brauer aus dem Markt zu drängen. Wachstum geht nur noch über Verdrängung. Die sind auf allen Ebenen aktiv. Beschäftigen Anwälte, Detektive. Sitzen in Wirtschaftsverbänden, steuern die Presse.«

Minkin hatte immer ein offenes Ohr für jede Art von Verschwörungstheorie.

»Bisschen weit hergeholt.«

»Minkin, hier geht es nicht um Leben und Tod.«

Soviel war klar.

»Sondern?«

»Hier geht es um Wichtigeres.«

Kam Minkin bekannt vor. Hätte von ihm stammen können.

»Die machen alle Fronten auf, die sie kriegen können. Nutzen jede Lücke, um die Konkurrenz anzugreifen. Überziehen die Brauer mit Prozessen. Die haben oft nicht die Mittel für jahrelange Auseinandersetzungen. In den USA hat der Saatguthersteller Monsanto mit solchen Methoden das Monopol über den Mais erlangt. Scheint, als ob sich nun jemand anschickt, das Monopol über das Bier zu bekommen?«

»Das Kartellamt.«

»Wer?«

Minkin verstand. Hakte nach.

»Tut nichts.«

»InBev stößt formal ein paar Beteiligungen ab. Gerade so viel, wie erforderlich ist, damit die Kartellbehörden ruhiggestellt sind. Wenn Gras über die Sache gewachsen ist, holen sie sich die Anteile wieder über verschleierte Beteiligungen.«

»Wer sind die?«

»Sagen wir mal so, der liebe Gott ist es nicht, der sich da anschleicht.«

»Geht's genauer, Herr Anwalt.«

»Ein globales Bierkartell, eigentlich ein Finanzinvestor.«

»Und der macht kleine Brauer platt?« Kam Minkin unwahrscheinlich vor.

»Haben Sie von dem Brauer aus Oberschwaben gehört? Härle? Hat damit geworben, dass sein Bier bekömmlich sei.«

Welcher Bierfreund hatte nicht vom alten Härle gehört. Und geweint.

»Darf er nicht?«

»Health-Claims-Verordnung, Minkin. Gebe den Idioten in Brüssel noch ein paar Jahre, dann werden die Leute denen in den Arsch treten. Sie vom Hof jagen. Aus dem gemachten Nest. Werden die Parlamentarier wieder arbeiten gehen müssen. Wird hart werden, wenn man kein Geld mehr bekommt für das Verabschieden von sinnlosen Richtlinien.«

Minkin war beim Zappen an einer dieser inflationären Talksendungen hängen geblieben. Hart aber fair. Ging um irgendwas mit Flüchtlingen. Wie immer im letzten halben Jahr. Auch wenn man es nicht recht glaubte, hatte man irgendwann beim Zuschauen den Eindruck, wir hätten ein Flüchtlingsproblem. Haben die gut hingekriegt. In der Talkrunde saß ein vollgefressener Politiker. Seit über dreißig Jahren hockte dieser Kerl im Parlament. Wird vom europäischen Volk alimentiert. Das Flüchtlingsproblem müsse man auf europäischer Ebene lösen. Großartiger Einwurf, Vollidiot. Du hockst seit den Achtzigerjahren dort drin. Habt ihr irgendwas gemacht? Einen Dreck habt ihr. Fraktionen, Staaten, die sich mehr blockieren als weiterbringen. Die Europäische Union in ihrer jetzigen Form war tot. Sie hielt sich wie ihr eigener Parasit selbst am Leben. Würde vorbeigehen, war sich Minkin sicher. Die Pest hatte sich auch irgendwann erledigt.

Gerade hatte sich England verabschiedet. Brexit. Kiss my Ass. Was hatten die Gegner des Austritts lamentiert. Das Pfund stürzt ab, die Börsen brechen ein. Unübersehbare Folgen für die britische Wirtschaft, zig Arbeitsplätze würden wegfallen. Na, in erster Linie müssten sich ein paar Parlamentarier, Lobbyisten und andere Konsorten neue Jobs suchen. Gut, ein paar Tausend Typen, die bei internationalen Großbanken in London ihre Finanzprodukte auflegten, müssen nach Luxemburg umziehen. Dort ihren systemrelevanten Dreck verkaufen. Ihr Juncker hat das Nest ordentlich vorbereitet. Ansonsten? Wird man sehen. Logik hat beim Wähler noch nie richtig gegriffen. Sag den Leuten, was gut für sie ist und sie werden das Gegenteil tun. Die Briten hatten gegen den Rat der Ökonomen, der Politiker, der Wissenschaftler für den Ausstieg aus der EU votiert. Hinterher schien es so, als sei die Mehrheit darüber entsetzt. Trotz allem war es eine demokratische Entscheidung. Motiviert von Weltmüdigkeit, wir haben die Schnauze voll. Gegen jede vermeintliche Vernunft. Die Menschen waren wie die Aale. Kamen in der Saragossasee zur Welt. Wandern Tausende von Kilometer nach Europa, Afrika. Leben dort in Flüssen, Seen. Verbringen dort den Großteil ihres Lebens. Werden schwanger. Anstatt einen Gang runterzuschalten, kehren sie Tausende von Kilometern an ihren

Geburtsort in die Saragossasee zurück. Kein Mensch weiß, wie sie das genau machen ohne GPS-Gerät. Dann legen sie dort ihre Eier und sterben. Hat das irgendwas mit Logik zu tun? Genauso war der Mensch. Wenn es darauf ankam, schiss er auf gut gemeinte Ratschläge, machte, wonach ihm der Sinn stand. Logik wird überbewertet. Die Briten vertrauten dem britischen Egozentriker Boris Johnson. Einem Unberechenbaren. Zerknitterter Anzug, schief hängende Krawatte. Sieht immer aus, als ob er die Nacht gerade im Pub durchgezecht hätte. Konnte dem Grunde nach also nicht komplett verkehrt sein.

Was werden die Brüsseler Bürokraten tun? Gang raus nehmen? Akzeptieren, dass die Leute sagen, bis hierher und nicht weiter. Sich mit dem Erreichten zufriedengeben? Siebzig Jahre keinen Krieg gehabt zwischen Deutschland und Frankreich, Frankreich und England, Österreich und Italien. Gute Sache, das. Werden sie nicht. Stattdessen werden Martin Schulz und Jean-Claude Juncker weiter am großen Rad drehen wollen. Nichts gegen die beiden. Minkin hatte gelesen, dass sich Juncker zum Mittagessen gerne schon mal zwei, drei Gin Tonic reinpfeift. Spricht für ihn. Martin Schulz, Rheinländer, Düsseldorf, längste Theke der Welt. Nicht verkehrt die beiden. Privat. Nur an der falschen Stelle. Jungs, macht mal langsam. Den Leuten reichte das Erreichte. Bestellt euch noch ein Pils, zur Not belgische Industrieplörre. Aber lasst die Europäer in Ruhe mit euren Ideen. Mehr Averna statt mehr Europa. Das alles ging Minkin durch den Brummschädel, als er die Nachricht vom Brexit hörte.

Das Urteil der Kammer für Handelssachen am Landgericht Ravensburg hat der Leutkircher Brauerei Härle untersagt, Biersorten mit dem Wort »bekömmlich« zu bewerben. Die Werbung würde gegen eine EU-Verordnung verstoßen, die gesundheitsbezogene Angaben verbiete. War es ein Wunder, das antieuropäische Parteien Zulauf hatten? Wer wollte dieses Recht? Aus ganz Deutschland hat Härle Sympathiebekundungen erhalten, Zustimmung. Nützt es etwas, was der Biertrinker denkt? Härle hatte eine Menge Presse. Zahlreiche Medien haben den Streit um das Wort »bekömmlich« bekannt gemacht. Hat ihm nichts genützt.

Humorlos hatte der Ravensburger Richter der Leutkircher Brauerei untersagt, mit dem Begriff »bekömmlich« zu werben. Bei Zuwiderhandlung droht eine Geldstrafe von zweihundertfünfzigtausend Euro. Notfalls Ordnungshaft. Das wäre erst mal was! Ein Brauer, der für sein Bier in Gefängnis geht. Härle muss dem Berliner Abmahnverein 178,50 Euro plus Zinsen zahlen. Davon lebt der Verband. Vor allem von den Vertragsstrafen, die der Abmahnverein kassiert, wenn die Abgemahnten gegen eine Verpflichtung, die sie eingegangen sind, verstoßen. Der Verein verdient schnelles Geld, wenn Gewerbetreibende Wettbewerbsverstöße begehen. An derartigen Verfahren hat er üblicherweise gar kein Interesse. Verdient er zu wenig dran. Bis auf die paar Kröten an Abmahnpauschale. Das Ordnungsgeld kommt der Staatskasse zugute.

Härle kostet das Verfahren mal schnell an die zehntausend Euro. Anwaltskosten, Gerichtskosten. Geld, das einem Kleinbrauer fehlt. Wurde Zeit für einen Solidaritätstrunk. Ein Prozesskostenfonds. Finanziert durch Bierverzehr. Minkin nahm sich vor, in Zukunft vermehrt nach Härle Ausschau zu halten. Gibt es im Biosupermarkt Organix in Feuerbach. In Minkins Nachbarschaft. Hatte Minkin Feuerbach nicht von jeher etwas abgewinnen können, wäre das ein Grund mehr gewesen.

Die EU-Verordnung aus dem Jahr 2006 verbietet gesundheitsbezogene Angaben zu Getränken mit einem Alkoholgehalt von mehr als 1,2 Volumenprozent. So stand es dort.

Ist das Wort »bekömmlich« eine gesundheitsbezogene Aussage? Kann man so oder so sehen. Die einen sagen so, die anderen so. Minkin hakte nach beim Anwalt des Brauerbundes.

»Was glauben Sie?«

Was sagt der Anwalt? »Es kommt darauf an.«

Was wollte man anderes erwarten von diesem Berufsstand?

»Der mit der Bezeichnung ›bekömmlich‹ suggerierten Aussage, dass der menschliche Körper und seine Funktionen selbst bei einem Bierkonsum in größeren Mengen keine oder im Vergleich zu anderen Bieren geringere Nachteile zeige, könne gerade auch für einen Biertrinker eine für seine Entscheidung maßgebliche und damit sein Konsumverhalten insgesamt negativ beeinflussende Lenkungswirkung zukommen.«

»Ihr Ernst jetzt?«

»So hat es der Richter formuliert.«

»Im Klartext?«

»Der einfache Biertrinker könne durch den Hinweis auf das bekömmliche ›Härle Gold‹ zum Saufen verführt werden.«

»Was für ein Unsinn. Kein ernsthafter Biertrinker säuft wegen des Zusatzes ›bekömmlich‹. Er säuft, weil er säuft.«

»Na ja, dann war der Richter noch der Ansicht, das Wort ›bekömmlich‹ werde als Synonym für das Wort ›gesund‹ verwandt.«

»Von einem Ravensburger Richter hätte ich mehr erwartet.«

Minkin hatte in seinem früheren Leben regelmäßig dort zu tun. Minkin reiste gern dorthin. Gab dort die Humpisstube. Ein Wirtshaus aus dem Mittelalter. Voll mit schwerem, dunklem Holz. Hätte als Kulisse für Herr der Ringe herhalten können. Bringen dort ein Naturtrübes aus dem Hause Farny zum Funkeln. Backen Dinnete, oberschwäbische Teigfladen. Gab sie noch, die schlicht gewandeten Schätze. Dort beherrschten sie das. Kein Wunder, dass Minkin damals jede Gelegenheit wahrnahm dort einzureisen.

Cop Schneider

Cop Schneiders Mobiltelefon klingelte.

»Ja?«

»Sind Sie es, Schneider?«

»Cop Schneider.«

»Hatten wir das nicht schon, Schneider? Wir bezahlen, Sie laufen, Schneider.«

Schneider war schizo. Geldaffin? Kaum. Sein Penthouse in der Freiberger Betonstelzenburg war abbezahlt. Geld war keine Währung, mit der man Cop Schneider ernsthaft erreichen konnte.

»Hopfenheiner ist uns entwischt.«

»Haben Sie wieder Ihre Profis darauf angesetzt?«

Das Gegenüber war angepisst.

»Finden Sie ihn. Finden Sie Hopfenheiner, finden Sie Minkin und die Formel.«

»Eine Idee?«

»Er ist Brauer, wo sollte er wohl am besten Unterschlupf finden?«

»Klappern sie die Braustätten ab. Achten Sie darauf, wo sich etwas Neues tut. Der Typ ist am Ende, aber anscheinend hat er für diese eine Sache Talent. Eine Beleidigung des Schöpfers, Schneider.«

Der Kerl hatte aufgelegt.

Was wusste ein Finanzinvestor von Schöpfung?, dachte Cop Schneider. »Vernichtung ist sein Werk.«

Jetzt Schneider war am Zug.

Hasenheim

Gabriella hatte sich in seiner Nähe festgesetzt. Wo, wollte er nicht so genau wissen. Minkin hatte sich mit ihr im Hasenheim verabredet. Minkins Sommerresidenz. Ging er einmal die Woche hin. In Kaltental. Das Thermometer stieg auch im Sommer selten über zwanzig Grad Celsius. Nicht zuletzt deshalb gab es hier kaum Ungeziefer. Dafür gab es Pamela. Minkins unangefochtene Lieblingsbedienung. Wenig älter als er. Aus dem Voralpenraum eingewandert. Bäuerlich herbe. Plus Schönheit. Spielte in einer eigenen Liga. Minkin hatte ihr geholfen bei der Suche nach dem Kater ihrer Tante. Einer Diakonisse. Seither hatte er was gut bei ihr. Ein Abendessen. Ein Date. Kino, Minigolf, was Frauen eben gerne so machen. Zeit, das Thema anzugehen.

»Minkin, hab dich Monate nicht gesehen. Wie geht es dir?«

»Alles senkrecht.«

Sollte cool klingen. Klang es nicht.

»Bei dir?«

»Frag nicht.«

Minkin fragte nicht. Konnte sich denken, was los war. Pamela war wieder mal an den falschen Kerl geraten. War ihm ein Rätsel, wie eine klasse Frau wie sie, sich zielstrebig immer die größten Idioten aussuchte.

»Willst du mich nicht vorstellen?«

Pamela blickte in Richtung Gabriella.

»Sorry, das ist Gabriella.«

Die Antwort reichte ihr nicht.

»Und?«

Pamela sagte das in einem Tonfall, der Folgendes transportierte:

LÄUFT ZWISCHEN EUCH WAS? NICHT IM ERNST?

»Wir arbeiten zusammen an einer Sache.«

»Bist immer noch am Ermitteln?«

»Nenn es, wie du willst.« Klang einigermaßen wehleidig.

»So war das nicht gemeint. Das mit Kater Horst hast du toll hingekriegt.«

Hatte er. Definitiv. Einen entlaufenen Kater in einer Pilsbar ausfindig machen. Ganz hohe Schule. Drei Fragezeichen war das, mindestens.

»Was darf ich euch beiden Hübschen bringen?«

Gab nur eine, auf die das Attribut hübsch passte. War Pamela. Sie konnte es nicht lassen. Oder war das schon Eifersucht? Sollte Minkin recht sein. Kam selten genug vor. Wäre das erste Mal überhaupt bei Minkin. Weshalb er Eifersucht nicht von Spott unterscheiden konnte.

»Zwei Helle.«

»Alles klar.«

Pamela verschwand.

»Hätte nicht gedacht, dass du solche Frauen kennst.«

Kennen wäre zu viel gesagt. Minkin ließ das so stehen.

»Willst du was von ihr?«

Ja. Mindestens. Das wäre die passende Antwort gewesen.

»Keine Ahnung.«

Wie lahm war das denn?

»Wenn du es nicht weißt, ist es auch nicht so.«

»Du kennst dich mit so was aus, ja?«

Minkin legte Bösartigkeit in den Satz.

»Eventuell einen Tick mehr als du, Minkin.«

Was nicht schwer war. Minkin hatte genug von dem Gequatsche über das Zwischenmenschliche. Kam zur Sache.

»Gabriella, kannst du was für mich tun?«

»Warum?«

»Meine, du hängst da jetzt mit drin in der Sache, weißt schon, die Formel und so.«

»Was soll ich tun?«

»Gibt da einen Typen, bei dem anscheinend alles zusammenläuft?«

»Wer?«

»Ein Brasilianer in der Schweiz.«

»Was erwartest du?«

»Rausfinden, wo er steckt.«

»Warum machst du es nicht selber?«

»Kann hier schlecht weg. Hopfenheiner – ich muss ein Auge auf ihn haben. Auf ihn aufpassen.«

War natürlich kompletter Nonsens. Minkin hasste die Schweiz. Bis auf Heidi, die war okay. Hatten die Serie neu aufgelegt. Animiert, digital, keine Ahnung, Minkin kannte sich nicht aus mit so was. Zeigten die im KiKa. Ein Kack war das. Nichts gegen die alten Zeichentrickfilme seiner Kindheit. War nicht alles schlecht früher. Den Rest der

Schweiz, wer brauchte den? 7,50 Franken für ein kleines Bier. Geht's noch? Hatten ihm zwei Freunde berichtet, die vor Kurzem in Basel weilten. 7,50 Franken für ein Calanda Bräu? Ein Grund weniger hinzufahren.

»Wer ist der Mann?«

»Er schenkt jedes dritte Bier aus.«

»Wo?«

»Auf dem Planeten.«

»Cool.«

War es sicher nicht. War das Gegenteil von cool.

»Was willst du von ihm?«

»Ausbremsen.«

»Ausbremsen?«

»Entschleunigen. Er soll einfach ein wenig langsam machen. Die kleinen Craftjungs machen lassen.«

»Craftjungs?«

»Kleinbrauer. Machen ein paar Sude im Jahr. Wollen nur spielen.«

»Klingt wie Daniel gegen Goliath.«

»Es heißt nicht Daniel gegen Goliath, Gabriella.«

Der Atheismus war weit fortgeschritten. Dass Gabriella die Klassiker nicht kannte, war erschütternd.

»David gegen Godzilla?«

Verarscht sie mich? Minkin war sich nicht sicher. Gabriella war eine dieser Frauen, da konnte man sich nie sicher sein. Gab keinen abendländischen Bildungskanon mehr, auf den man sich einigen konnte. Aber David gegen Godzilla? Nicht ihr Ernst. Minkin hatte keinen Bock, ernsthaft mit Gabriella zu diskutieren.

»Gegen Godzilla, genau.«

»Wer hat gewonnen? Hab den Film nicht zu Ende gesehen.«

Sie verarscht mich, ganz sicher, dachte Minkin.

Pamela brachte die Hellen.

»Kann ich noch was für euch tun?«

Minkin fehlte die Erfahrung in mancherlei Hinsicht. Andernfalls hätte er auf Gedanken kommen können.

»Danke, Pamela.«

»Ihr meldet euch.«

Pamela machte kehrt. Kaum verschwunden legte Gabriella nach.

»Hübscher Arsch.«

»Bitte?« Minkin glaubte das nicht.

»Hat einen hübschen Hintern, deine Pamela.«

Minkin schwankte zwischen Entsetzen und Belustigung. Wollte das weder bestreiten noch kommentieren.

»Wie heißt der Kerl, den ich für dich finden soll?«

»Melan. Don Melan.«

»Adresse?«

»Schweiz.«

»Geht es genauer.«

»Leider nein.«

»Sollte nicht zu viel erwarten von dir.«

»Das wäre verkehrt.«

»Ich werde den Kerl finden. Werde nach Zürich fahren. Hab dort jemanden, der uns helfen kann.«

Das Mädchen war voller Überraschungen.

»Hast du mir einen Vorschuss?«

»Vorschuss?«

Geld. Daran hatte Minkin nicht gedacht. Spielte in seinem Kosmos eine dezentrale Rolle. Griff in seine Börse.

»Warte, habe hier sechzig Euro, die kann ich dir geben.«

»Sechzig Euro, hm, kann ich mir die halbe Schweiz für kaufen. Lass mal, Minkin.«

Ironie sollte das wohl sein. Konnte Minkin schlecht mit umgehen. Ähnlich wie Sheldon Cooper aus der Big Bang Theory.

»Die zwei Hellen gehen auf mich, Gabriella.«

»Auf die Schweiz.«

Gabriella stürzte ihr Getränk hinunter, machte sich davon. Minkin saß noch eine Weile, dachte darüber nach, was Gabriella über Pamelas Hintern gesagt hatte. War das Sexismus, obwohl es von einer Frau kam? So hatte er seine Lieblingsservicekraft noch nie betrachtet. Minkin hoffte noch einmal einen Blick zu erhaschen. Zum Zwecke der Verifikation. Sollte nicht mehr sein heute.

Dävil & the Businesspunks

Gabriella stieg am Züricher Hauptbahnhof aus. Nahm Kurs auf eine Gruppe dunkelgewandeter Punker. Waren Schweizer Punker. Trugen lässig eine Patek Philippe am Handgelenk. Vermutlich waren die sogar echt, die Uhren. Nicht die Punker.

»Gabriella, die schwarze Madonna, küss dich.«

Aus der Gruppe löste sich ein spindeldürrer schwarzer Kaftan. Etwas in der Art. Oben blitzte ein kahler Schädel heraus. Geradezu mönchisch, könnte man sagen. Am Ärmel die sündhaft teure Uhr. Businesspunk. War wohl der passende Ausdruck für diese Erscheinung.

Der Kaftan küsste Gabriella auf die Stirn. Gabriella ließ es zu.

»Schön dich zu sehen, Madonna.«

»Ebenso.« Kam nicht von Herzen.

»Hängt immer noch hier rum?«

»Wo sollten wir hin?«

Auch wahr.

»Was führt dich hierher?«

»Suche einen Kerl.«

»Seit wann suchst du einen Kerl?«

»Hör auf, du weißt, was ich meine.«

»Sag an?«

»Brasilianer. Um die Siebzig. Wohnt seit ein paar Jahren hier. Chef eines Finanzinvestors. Bastelt sich gerade den weltgrößten Braukonzern zusammen.«

»Don Melan.«

»Du kennst ihn?«

»Madonna, das ist die Schweiz.«

»Kannst du mich zu ihm bringen?«

»Zu Don Melan. Du scherzt?«

»Glaubst du?«

Glaubte er nicht.

»Was willst du von ihm?«

Das war mal eine richtig gute Frage. Gabriella sollte ihn finden. Um was zu tun? Ihn mit was konfrontieren? Würde gerade mal null bringen.

»Ihn stoppen.«

»Bei was?«

»Dävil, das führt jetzt echt zu weit. Sagen wir mal so, geht um die Weltherrschaft des Bieres. Er ist gerade dabei, sie an sich zu reißen. Geht im Wesentlichen darum, ihn daran zu hindern.«

»Alkohol?«

»Genau gesagt geht es um Bier.«

»Madonna, ich hatte vergessen, du bist eine Märtyrerin des Geistigen. Wie du weißt, ich verabscheue den Alkohol. Führt zu Kontrollverlust.«

Das tat Dävil. Er trank nicht. Dafür hatte er sämtliche anderen bekannten und unbekannten Substanzen in Gebrauch. Clean war er das letzte Mal mit dreizehn gewesen. Das war lange her. Gabriella und Dävil verband eine lange, krude Geschichte. Von Beziehungsgeschichte zu reden wäre verkehrt. Dävil hieß mit richtigem Namen Daniel. Hatte ihm nie gefallen. Nannte sich Dävil. Eine Wortschöpfung aus Dämon und Devil. Wie krank war das denn? So krank wie der Typ selbst. Dävil hatte anfangs ernsthaft Interesse an Okkultismus und so was. Teilte er mit Gabriella. Ließ relativ schnell nach. Was blieb, war die Lust an der Manipulation. Rekrutierte seine Jünger aus der Schweizer Punkerszene. Falls das nicht ein Widerspruch in sich war. Sie waren ernsthafte Schweizer Businesspunks mit einem Hang zum Okkulten. Dävil hatte Aura. Und er hatte Geld. Seinem Vater gehörte praktisch das Tessin. Oder heißt das der Tessin?

»Don Melan, wollen sehen. Ich denke, ich kann dich zu ihm bringen, Liebes.«

Die Anrede verhieß nichts Gutes.

»Was willst du dafür?«

Dävil tat nichts ohne Gegenleistung.

»Du weißt es, Magdalena.«

Immer diese Kack-Metaphern. Magdalena, hatte die nicht was mit dem Zimmermann? Der Kirche hat das nicht recht in den Kram gepasst. Hat das Thema aus der Welt geschafft. Gibt da diesen großartigen Film mit Tom Hanks. Oder Jean Reno? Hauptsache Amerikaner. Mailand oder Madrid. Hauptsache Italien. Das Mastermind der deutschen Sportlyrik war immer noch unerreicht. Andi Möller. Geht um eine lebende Nachfahrin des Zimmermanns. Großartiger Film. Keine detaillierte Ahnung mehr vom Inhalt. Aber großartig.

Gabriella wusste, was Dävil als Gegenleistung vorschwebte. Hatte sie Bock drauf? Aber so was von nicht.

»Leck mich am Arsch.«

»Einverstanden, Liebes.«

Der Deal stand.

Verschwörung der Idioten

»Das hier ist es.«

»Dävil zeigte auf ein Hochhaus am Rande der Züricher Innenstadt. Hier hat er sein Büro. Wir werden warten müssen. Es gibt eine Lobby.«

»Mit deinem Aufzug nicht gerade unauffällig.«

»Wer sagt, dass es das sein muss?«

»Instinkt?«

»Darin warst du noch nie gut, Gabriella.«

Das stimmte. Andernfalls hätte sie sich kaum darauf eingelassen, Minkin bei der Formel zu helfen.

Gabriella und Dävil nahmen in der Lobby des Bürohochhauses Platz. Dävil grüßte den Mann vom Sicherheitsdienst. Er grüßte zurück. In der Lobby standen schwarze Ledergarnituren. Echtes Leder. Die Wände mit Granit verkleidet. Roch nach Geld und Geschmack, zumindest das, was Geldleute für Geschmack hielten. Wirkung erzielte es in jedem Fall.

Vic und Alexeij waren mit dem Smart nach Zürich gefahren. Dauerte knappe drei Stunden.

Guter Schnitt, wenn man die Baustellen auf der Autobahn 81 bedenkt.

Als die beiden das Bürogebäude in der Züricher Innenstadt betraten, sahen sie das verwahrlost aussehende Gruftipärchen.

Vic schüttelte den Kopf.

»Schweiz ist im Arsch.«

Als sie den obersten Stock erreicht hatten, ließ man sie warten. Halbe Stunde Minimum. Sollte die beiden einschüchtern. Funktionierte.

Don Melan erschien ohne Gruß.

»Ihr lasst eure Finger davon.«

»Aber …«

»Halt den Mund.«

»Ihr und dieser Schneider. Eine Verschwörung der Idioten.«

Vic und Alexeij wollten nicht widersprechen.

Der Brasilianer hatte nicht den Ruf eines Menschenfreundes.

»Was ist aus eurer Nation geworden? Ein Haufen Schlappschwänze. Habt einen Bundestrainer, der die Hemden eine halbe Nummer zu klein trägt und eine Kanzlerin der nichts steht, egal was sie trägt.«

Wie gesagt, besser die Klappe halten.

»Vor den Gringos hatte man mal Respekt. Aber das ist lange her.«

Gringos? Wer soll das denn sein?

»Jetzt übernehmen wir.«

Zwei Südamerikaner hatten den Raum betreten. In Anzügen. Nicht groß, nicht breitschultrig. Aber entschlossen.

Alexeij und Vic waren raus. Wollten sie das auf sich sitzen lassen? Wollten sie nicht. Würden sie nicht. Eine knappe Stunde später verließen Vic und Alexeij das Bürogebäude durch den Haupteingang. Dävil wechselte ein paar Worte mit dem Sicherheitsmann. »Don Melan ist weg.«

»Wohin?«

»Zu dir.«

»Zu mir?«

»Nach Stuttgart. Hat dort ein paar Dinge zu erledigen.«

»Dinge?«

»Sagt dir Hopfenheiner was?«

»Wenig.«

»Minkin?«

»Schon eher.«

»Ein Freund?«

Gabriella musste nachdenken.

Freund, sicher nicht. Streitgenosse allenfalls.

»Ich kenne ihn.«

»Solltest dich auf den Weg machen.«

»Warum?«

»Vielleicht willst du ihn noch mal sehen.«

»Wie ernst?«

»Auf einer Skala von eins bis zehn?«

»Ja.«

»Elf.«

»Danke.«

»Das allein wird nicht reichen, meine Schöne.«

Schönheit? Immer eine Frage des Betrachters. Zwei Stunden später machte sich Gabriella auf den Heimweg. Welche Gewürzmischung hatte sie im Gepäck? Abklingende Erregung und zunehmende Abscheu. Etwas in der Art. Kräuter der Postcoitance.

Monsanto

Gabriella war von ihrer Schweizausfahrt zurückgekehrt. Traf Minkin im Prag. Wollte ihm berichten, was sie über den brasilianischen Finanzinvestor Melan herausgefunden hatte. Hatte Minkin erst mal keinen Sinn für.

»Hatte ich diese Idioten nicht gewarnt?«

»Von was sprichst du Minkin?«

»Lesen diese Penner keine Regiokrimis? Goldbergs Liste? Da steht es doch schwarz auf weiß, Finger weg vom Bier. Glauben die, das ist irgendeine humorige Scheiße? Ernsthaft jetzt?«

Verstehen musste Gabriella das nicht auf Anhieb.

»Sieht so aus, ja?«

»Was?«

»Dass sie Minkins ersten Zufall nicht kennen.«

»Unkrautvernichtungsmittel im Bier. Wollen die uns umbringen?«

»Sterben werden wir alle.«

»Aber woran, Gabriella, das macht den Unterschied.«

»Macht es das tatsächlich?«

»Ich will nicht an einem verkackten Pflanzenschutzmittel eines amerikanischen Chemiekonzerns verrecken.«

»Ernsthaft, Minkin. In Deutschland sterben die meisten Männer an einer Herz-Kreislauf-Erkrankung. Sorgen die sich um ihr Herz? Vermutlich nicht. Ne Menge Leute haben Angst vorm Fliegen. Vorm Fliegen, lachhaft. Im Auto gehen jährlich knapp viertausend Menschen drauf. Vorm Fliegen haben die Leute Angst, aber nicht vorm Autofahren.«

»Angst macht, was wir nicht unter Kontrolle haben. Glyphosat haben wir nicht im Griff, das Bier schon.«

Raffael, der Koch war inzwischen an ihren Tisch getreten. Hatte den letzten Satz mitbekommen.

»Minkin, glaubst du tatsächlich, dass wir das Bier im Griff haben?«

Minkin glaubte es nicht. War mehr rhetorisch.

»War mehr rhetorisch.«

»Wie schreibt man das?«

»Wie man es spricht. Darum geht es nicht, Gabriella. Das Pestizid lässt sich in deutschem Bier nachweisen. Das Umweltinstitut München hat die vierzehn Biermarken mit dem höchsten Absatz in Deutschland untersucht. In jeder Fernsehplörre haben sie Glyphosat gefunden. Vorne ist Hasseröder mit 29,74 Mikrogramm Glyphosat pro Liter.«

»Wer einen Liter Hasseröder trinkt, ich meine, Minkin, der ist doch schon krank.«

Hatte Raffael vermutlich nicht unrecht. Steckte das Wort Hass drin. Sagte doch alles. Gespannt war Minkin, wann diese Fabrik auch mit einer Bierspezialität auf den Markt kam. Veltins hatte es gerade eben versucht.

Minkin stellte Gabriella und Raffael einander vor. Liebe auf den ersten Blick geht anders.

»Euch was bringen?«

»Ernst gemeint?«

»Rhetorisch, Minkin. Mach euch zwei Halbe.«

Vor Kurzem hatte Minkin Hopfenheiner hier abgestellt. Nichts zu sehen von ihm. So war es auch gedacht gewesen.

»Selbst im Augustiner, Gabriella, da waren es 0,46 Mikrogramm.«

Minkin nahm den Faden wieder auf.

»Augustiner. Das ist bitter.«

Wie hatte Dävil sie genannt? Eine Märtyrerin des Geistigen. War übertrieben. Noch lebte sie. Auch wenn es optisch heftig in die Richtung Gruft ging. Jedenfalls wusste sie ein ordentliches Getränk zu schätzen.

»Du weißt, wer den Wirkstoff herstellt?«

»Sag du es mir?«

»Der US-Konzern Monsanto. Die Weltgesundheitsorganisation hat den Dreck als krebserregend eingestuft. Anders als die schlaue Truppe von der EU. Die EU-Lebensmittelbehörde EFSA kam zum Schluss, dass es unwahrscheinlich sei, dass Glyphosat eine krebserregende Gefahr für den Menschen darstellt.«

Die Zulassung für das Gift in der EU lief im Sommer aus. Die EU-Kommission musste über eine neue Genehmigung des Unkrautvernichters entscheiden. Die Lobbymaschine arbeitete auf Hochtouren. Das Bundesinstitut für Risikobewertung sah schon mal überhaupt keine Gefahr für die Gesundheit der Verbraucher. Glyphosatrückstände in Bier seien aus wissenschaftlicher Sicht plausibel und grundsätzlich erwartbar. Glyphosat ist ein zugelassener Pflanzenschutzmittelwirkstoff. Der Chef des Amtes verbreitete seine Botschaften in Interviews. Alles easy. Schickten ihren Oberlobbyisten in die Glotze. Der erklärt, warum das Pestizid in jedem Fall ungefährlich sei.«

»Mit welchem Argument?«

O-Ton:

»Einige potenzielle Selbstmörder hätten versucht, sich damit umzubringen. Es habe aber nicht geklappt. Ergo. Das Zeug kann man trinken. Bedenkenlos.«

Gabriella sagte mal nichts drauf. Minkin besser nicht unterbrechen. Verlängerte die Sache nur.

»Erwarten wir Gift in Lebensmitteln von vorneherein, Gabriella?«

»Eher nicht.«

»Komplett ungefährlich sagen die geschmierten Beamten. Um gesundheitlich bedenkliche Mengen von Glyphosat aufzunehmen, müsste ein Erwachsener an einem Tag rund tausend Liter Bier trinken.«

»Tausend Liter? Okay, das ist ’ne Menge.«

»Will ich meinen, Gabriella. Habe mal einen Kerl getroffen in Forchheim auf dem Annafest. Der hatte siebzehn Halbe. Ich meine, das sind fast zehn Liter. Ziemliche Leistung. Aber tausend Liter. Ist eine andere Hausnummer.«

»Dann scheint es ja nicht so wild zu sein.«

»Mann, das ist deren Methode. Die verharmlosen das, setzen es in Relationen, die das Ganze lächerlich erscheinen lassen. Machen die immer so. Bringen Gutachten, die das Gegenteil behaupten. Im Bundesamt für Risikobewertung hocken Mitarbeiter, die bei der chemischen Industrie auf der Gehaltsliste stehen. Dabei geht es beim Brauen um ein paar einfache Sachen. Wasser, Malz, Hopfen und Hefe. Mehr ist nicht drin. Ein Pestizid gehört da einfach nicht rein, wir wollen den Dreck nicht im Bier. Ist das so schwer zu kapieren? Wir wollen nicht unsere Gesundheit riskieren, wenn wir Bier trinken.«

»Was ist mit dem Alkohol im Bier?«

»Überbewertet.«

»Sagen wir mal so, Glyphosat ist vermutlich krebserregend …«

»Sag ich doch.«

»… der Alkohol ist es sicher.«

Minkin dachte nach. Kurz.

»Umso wichtiger, das Gesundheitsrisiko beim Biertrinken nicht noch zusätzlich durch eine Pestizidbeigabe zu erhöhen.«

Minkin ließ den Satz wirken. Hakte nach.

»Klingt das schlüssig?«

»Nicht unschlüssiger als sonst.«

Trinkerdialektik war das. Die Logik des Widerspruches. Kierkegaard. Alter Schwede. Däne, um genau zu sein. Siehst den Splitter im Auge des anderen, aber nicht den Balken im eigenen Auge. Gab diesen unaufhebbaren Gegensatz zwischen Gott und Mensch, Zeit und Ewigkeit, Hasseröder und dem, was die Craftbierburschen ansetzten. Die Dialektik würde irgendwann verschwinden. Das Trinken, da war sich Minkin sicher, würde bleiben.

»Was hast du vor?«

»Einer muss es richten?«

»Minkin?«

»Ja.«

»Du wiederholst dich.«

»Mein Leben besteht im Wesentlichen aus Wiederholungen.«

»Seit wann?«

»Seit ungefähr zwanzig Jahren.«

»Ist das gut?«

Minkin dachte nach. Mit folgendem Ergebnis:

»Es wird nicht schlimmer.«

»Im Ernst, was willst du tun?«

»Nichts. Man sucht sich die Sachen nicht aus. Die Sachen suchen sich uns aus.«

»Wo hast du das denn her?«

»Hat mir Goldberg mitgegeben.«

»Klingt tief.«

»Klingt besser als nichts.«

Das war es. Aber auch nicht mehr.

»Interessiert dich, wie es in der Schweiz war?«

»Wie war es in der Schweiz?«

»Arschloch.«

»Sorry, meine, danke, dass du das gemacht hast.«

Gabriella machte erst mal keine Anstalten.

»Ernsthaft jetzt, ohne dich, weißt schon.«

»Minkin, du solltest an deiner Fähigkeit zur Kommunikation arbeiten.«

Daran dachte Minkin als Letztes.

»Werde es versuchen.«

»Einen Scheiß wirst du.«

»Stimmt.«

»Ich habe Melan gefunden. Don Melan, wie man ihn offensichtlich nennt.«

»Hast du?«

Minkin war einigermaßen erstaunt.

»Wie hast du das gemacht?«

Gabriella dachte an Dävil mit Schauder. In den Schauder mischte sich eine Prise Wollust. »Du willst es nicht wissen.«

»Melan ist dein Mann.«

»Das ist alles?«

»Ja.«

»Er selber macht sich die Finger nicht schmutzig. Er hat seine Hunde nach dir ausgeschickt. Sie werden kommen, dich zu holen.«

»Falco.«

»Wer?«

»Musiker aus den 80er-Jahren des letzten Jahrhunderts.«

»Hab ich von gehört.«

Dieser Wendung begegnete Minkin immer häufiger. Lag daran, dass die Menschen, denen er begegnete, immer jünger wurden.

»Minkin, er will die Formel. Er weiß, dass du sie hast. Er ist kein Menschenfreund.«

»Hast du einen Plan?«

»Bin ich der Wächter?«

War sie nicht.

»Werde mir was einfallen lassen.«

»Wirst du nicht, du wirst nicht mal ernsthaft versuchen nachzudenken. Dir ist das alles im Grunde scheißegal, hab ich recht?«

Immer wenn er so etwas wie Nähe aufbaute zu Gabriella, schlug sie mit voller Wucht zu. Werde einer schlau aus der Frau. Recht? Nein, das hatte sie nicht.

»Kannst du mal damit aufhören?«

»Nein, nicht bei dir.«

Gabriella kippte ihr Getränk.

»Ich bin weg.«

Minkin war nach Bösartigkeit zumute. Versuchte es damit.

»Noch nen Date, die Lady?«

»Ja.«

Minkin war annähernd neugierig.

»Wer ist es?«

»Wirst es erfahren.«

Gabriella stand an der Tür. Drehte sich um.

»Mach verdammt noch mal das, was Goldberg dir gesagt hat.«

»Welchen Teil genau?«

»Geh raus, mach deinen Job.«

Minkin zeigte Gabriella den Mittelfinger. Deutete es zumindest an. Ganz schön lahm, oder?

»Leck mich.«

»Dich ganz sicher nicht.«

Gabriella war verschwunden.

Raffael hatte den kleinen Disput mit angehört.

»Feuer hat sie, traut man der Moorleiche gar nicht zu. Hat sie einen Freund?«

»Ich hoffe es nicht für den Freund.«

»Noch eins bringen, Minkin? Geht aufs Haus?«

»Lass mal, Raffael, keinen Durst mehr.«

Tage, an denen Minkin ein Freigetränk ablehnte, waren selten. Mit Gabriella hatte er es ordentlich verbockt. Ging ihm näher, als er dachte.

»Geh dann mal. Muss an die frische Luft.«

»Wie du meinst.«

Minkin nahm den Weg durch den Kräherwald nach Kaltental. Ins Hasenheim. Heute war Donnerstag. Pamela hatte Dienst auf der Terrasse. Könnte ein Hoffnungsschimmer sein.

Als Minkin das Prag verließ, betraten zwei Südamerikaner das Prag. Schienen sich verirrt zu haben. Nicht die Art Südamerikaner aus den Anden. Mit Panflöte. Eher die Sorte, die brasilianische Fußballfunktionäre bei der Schmiergeldübergabe begleiten. War Minkin egal. Was kein kluger Gedanke war.

Frauenfußball

Eine Stunde später hatte Minkin das Hasenheim erreicht. Pamela strahlte, als sie ihn sah. Sie strahlte fast immer. Nicht nur, wenn sie ihn sah. Heute war es noch gelungener.

»Minkin, du bist ein Schatz.«

War er das? Mal so stehen lassen.

Minkin hatte noch ein Date gut bei Pamela. Zeit, die Sache anzugehen.

»Pamela, wollte dich schon länger mal fragen, du weißt, vielleicht könnten wir beide mal was unternehmen, was meinst du?«

»Großartige Idee. Ich bin dir doppelt dankbar.«

»So?«

»Minkin, ja, ich bin verliebt.«

Gute Nachrichten, an und für sich. War nur nicht klar für wen.

Minkin hatte Pamelas Tante geholfen. Einen Kater gefunden. Keine große Sache war das. Spielte in Minkins erstem Zufall eine untergeordnete Rolle. Tatsächlich ist dieser kleine Handlungsstrang dem einen oder anderen Leser nicht mal aufgefallen. Schmerzhaft für den Autor. Steckt so viel Mühe drin. Nicht erst seit dieser Geschichte hegte Minkin etwas in der Art von Zuneigung. Sollte Pamela ähnlich empfinden? Hoffnung keimte.

»Das ist schön.«

»Ja, Minkin, du hast mich mit Gabriella bekannt gemacht.«

Und Hoffnung wurde noch im Keim erstickt. Ist ein Traum, der platzt, eine Lüge? Um es mit dem anderen Bruce zu fragen. Springsteen. Chronist des amerikanischen Verfalls. The River. Geht um seine erste Liebe. Gingen immer runter zum Fluss. Sie wurde schwanger. Mit siebzehn. Er gerade mal Neunzehn. Schnelle Heirat, danach geht alles den Bach runter. Am Ende trocknet sogar der Fluss aus. Was für eine Metapher. Die Erinnerung war schmerzhaft für Bruce. Minkin hatte keine solchen Erinnerungen. Was noch schmerzhafter war. Schwere See mein Herz.

»Du und Gabriella, ich wusste nicht, dass du, du weißt schon.«

»Was?«

Wie sollte Minkin das jetzt sagen. Doch heikel das Thema. Würden auch der Bildungsplan der vergangenen grün-roten Landesregierung und die mannigfachen Begrifflichkeiten für die unterschiedlichen sexuellen Orientierungen nichts dran ändern. Minkin hatte einen alten Freund. Hatte sich irgendwann geoutet. War nach Köln gezogen. Nicht wegen des Kölschs. Ganz sicher nicht. Alle zwei, drei Jahre traf man sich. Minkin konnte nie direkt fragen: »Und, wie läuft es? Bist du noch schwul? Hast du einen Partner?« Man muss das einordnen. Minkin kam aus einer Vergangenheit, in der man Homosexualität für heilbar hielt. Durch Gebete. Und Hand auflegen. Letzteres hätte sicher was bewirkt. Zwar das glatte Gegenteil. Krude, das. Jedenfalls musste man bei diesem Thema Umwege nehmen. Über Homosexualität im Profifußball sprechen. Sich annähern. Es bei einem Halbsatz bewenden lassen. Den Rest dazu denken. So ähnlich ging es Minkin jetzt bei Pamela.

»Dass du dich für Frauenfußball interessierst.«

Pamela schwankte. Wusste nicht, ob sie entsetzt sein sollte über Minkins Borniertheit. Oder entzückt, über die Stilistik. Stilistik, die gespeist wurde aus Klischees. Nichts gegen ein Vorurteil, das zutraf. Entschied sich für die Offensive.

»Ja, tue ich. Für Fußball weniger als für Frauen.«

»Ja, äh, das wusste ich nicht.«

»Ich auch nicht. Mein erstes Mal, Minkin.«

»Aha.«

»Es ist toll. Gabriella ist komplett anders, als die Partner, die ich seither hatte. Sie kapiert, was bei mir abgeht.«

Minkin wollte was erwidern.

»Nun ja, sie reitet den Drachen ja schon ein paar Jahre.«

»Was willst du damit sagen?«

»Ich meine ihr Aussehen, okay. Aber sie ist eine Frau. Kann vielleicht ein paar Sachen ganz gut einordnen.«

»Kein Nachteil, Minkin.«

»Was Dauerhaftes?«

»Weiß ich es? Im Moment ist es einfach nur schön.«

Wieder einer dieser Ultraleichtbausätze aus der femininen Beziehungsgrammatik, den Minkin nicht im Ansatz nachvollziehen konnte.

»Warum fragst du?«

»Nur so.«

»Freust du dich nicht für mich?«

Minkin suchte nach einer passenden Plattitüde. Fand keine.

»Mehr als das.«

Minkin war nicht der Typ, um eine Träne wegzudrücken. Außer bei Armageddon. Gibt es die Szene. Bruce auf dem Meteoriten, den er gleich mit einer Atombombe in die Luft jagen wird, um die Welt zu retten. Eine letzte Schalte nach Houston. Zu seiner Tochter. Liv Tylor. Gott, sah die gut aus. Liv Tylor. Arwen, die Elbenfürstin aus dem Bruchtal. Herr der Ringe. Die Gefährtin von Aragorn. Alles klar? Bruce erklärt ihr, dass er diesmal sein Versprechen nicht einhalten kann. Nicht zurückkommen wird. Ich meine, keine Ahnung, aber wer dabei nicht nah am Wasser gebaut ist, der hat kein Herz. Minkin drückte eine Träne weg. Jedes Mal, wenn er daran dachte.

Minkin beließ es an diesem Tag bei einem Schnellen bei den Hasenzüchtern. Glück brachte es ihm keins.

Slawische Grillküche

Die Gauchos hatten ordentlich zugelangt. Mochten die slawische Grillküche. Kam ihrem Verständnis von Essen offensichtlich nahe. Näher als die Asia-Gourmet-Imbisse, die ihre Reispampe in viereckige Würfelkartons pappten. Waren seit ein paar Jahren unvermeidbar. Minkin hatte keine Ahnung, ob das schon Essen war? Danach aus sah es jedenfalls nicht.

Die Südamerikaner waren begeistert vom Prag. Hatten die komplette Grillpalette durch. Inklusive der Krautabteilung. Plus die Abrundung mit Becherovka aus Karlsbad. War fast schon Medizin, was der Apotheker Jan Becher in Böhmen damals anrührte.

Ließen sich nicht lumpen beim Trinkgeld. Gaben der Kellnerin einen Zehner obendrauf.

»Gruß an die Küche. Großartiger Koch.«

»Werde es ausrichten.«

Ein Zehner Trinkgeld. Selten genug. Allenfalls gab es das mal bei Beerdigungen. Je nachdem, wie sehr das Ableben gefeiert wurde.

»Wo kommt er her?«

»Sind zwei Köche. Raffael kommt aus Böhmen. Heiner, der Krautkoch, kommt aus dem Kraichgau.«

Mehr wollten die Südamerikaner gar nicht wissen.

Football is not a wish concert

Jürgen Klopp

Der Rest war es auch nicht. Minkin ging zum Briefkasten. Post war selten. Minkin hatte keinen Briefkasten, praktisch. Post lag auf dem Treppenabsatz hinter der Eingangstür. Hatte einen Brief bekommen von einem kleinen Puck mit Hornbrille. Im Kern ging es wohl darum, ihn zu wählen. Tat so, als ob er das mit der Zukunft Baden-Württembergs tatsächlich ernst meinte. In diesen Momenten liebte Minkin den schieren Wahnsinn dieses Landes. Der Mann mit der Hornbrille hatte es am Ende nicht geschafft. Seine Partei musste ihn abfinden. Mit einem Ministeramt, in dem er keinen Schaden anrichten kann. Was nehmen? Minister für Hornbrillen und Mundartgedichte? Am Ende wurde es das Ministerium für Justiz. War ihm offensichtlich nicht genug als Belohnung. Legte man noch das Ministerium für Tourismus drauf. Justiz und Tourismus? Wo die Schnittmenge ist? Beim Hafturlaub. Ach ja, die Europazuständigkeit gab es noch dazu. Wo sie schon dabei waren. Die ehemalige grüne Protestpartei machte bei dem ganzen Geschacher mit. Komplett assimiliert im Gefüge der Altparteien. War das ernsthaft ein Wunder, dass sich das Volk Alternativen wünschte? Was sagte das aus über den Stellenwert, den die Landesregierung der Justiz beimaß? Sicher, Gerechtigkeit war der Ort, an dem die Justiz selten hingelangte. Aber man konnte ihr kaum absprechen, dass sie es nicht versuchte. Nicht zuletzt garantierte die Justiz so etwas wie Rechtsstaatlichkeit, den Schutz gewisser Grundrechte. Sachen, die gerade überall den Bach runter gingen. Werden sehen, ob der Minister mit der Hornbrille neben der Inthronisierung der Taubertäler Weinköniginnen und der Eröffnung von Tourismusmessen im Südschwarzwald noch Platz für den Rechtsstaat finden wird.

Neben der Wahlwerbung lag ein dicker brauner Umschlag. Vielleicht hundert Gramm schwer. Drauf sein Name. Handgeschrieben. Schienen sich ihrer Sache sicher zu sein. Minkin nahm den Umschlag, riss ihn auf. Drin ein Plastikbeutel. Er ahnte nichts Gutes. Nahm den Beutel heraus. Bevor Minkin sich in den Hausflur erbrach, erkannte er einen blutigen kleinen Finger.

»Gehört zu deiner kleinen Gruftischlampe. Den Rest bekommst du heute Nacht am Nordbahnhof. Um Mitternacht. Bring mit, was wir haben wollen.«

Wenn der Finger zu Gabriella gehörte, wären gute Ausreden rar. Nicht mal im Ansatz erkennbar. Er hatte sie da hineingezogen. Die dümmste Idee seit Langem.

Tatsächlich hatte sich Gabriella aufgedrängt. Spielte keine Rolle jetzt. War sein Bier, seine Formel. Gabriella war am falschen Ort. Im Nürnberger Hauptbahnhof. Dönergrill. Zirndorfer Landbier im Angebot. Minkin lehnte am Hausflur. Sein Erbrochenes nahm geruchsmäßig Fahrt auf.

»So a Sauerei. Des putzet Sie aber weg.«

Seit Minkin das Rad des verstorbenen Mannes seiner Vermieterin im Feuerbach zu Schrott gefahren hatte, war er maximal geduldet. Ein vollgekotzter Hausflur? Würde der seinem Stand zum Besseren gereichen? Kaum.

»Gestern wieder zu viel gsoffe, der Herr Minkin.«

War keine besorgte Frage der Vermieterin. Kam als Vorwurf. Häufig traf das zu. Diesmal nicht. Half es sich zu verteidigen? Verlängerte die Tirade der alten Frau nur.

»Selbstverständlich.«

»Selbstverständlich was? Putzet Sie des weg oder hän Sie zu viel gsoffe?«

»Mach das gleich sauber.«

Die Vermieterin schüttelte den Kopf.

»Herr Minkin, werdet Sie endlich erwachsen, sonst nimmt das noch ein böses Ende mit Ihnen. Sie sind kein Student mehr.«

Wie gesagt, Minkin verzichtete auf eine Replik. Obschon es hierauf die eine oder andere Erwiderung gegeben hätte.

Minkin wischte sein Erbrochenes auf. Notdürftig. Würde so oder so nicht den Anforderungen der Vermieterin gerecht werden. Versuchte Gabriella auf ihrem Handy zu erreichen. Keine Verbindung. Schlechtes Zeichen.

Minkin war nervös. Ernsthaft nervös. Wer wäre das nicht. Er musste mit allem rechnen. Dass er Gabriella wieder sah mit einem kleinen Finger weniger. Wäre noch eine der besseren Alternativen. Zeit für eine schlaue Idee. Die gab es nicht im Sortiment. Um sich ernsthaft vorzubereiten, hätte Minkin mehr Zeit gebraucht. Was nichts genutzt hätte. Minkin machte sich am Abend auf zum Nordbahnhof. Das gastronomische Angebot am Nordbahnhof: Groß für seinesgleichen. Trotz kultureller Ertüchtigung durch die Wagenhallen und den UFA-Programmkinopalast war das Areal sich an manchen Stellen treu geblieben. Es war noch leidlich am Arsch.

Minkin hatte einen alten Freund. Bildhauer, Künstler, Musiker. Hatte sein Atelier schon etliche Jahre in den Wagenhallen: Lange bevor die Kommunalpolitik das Areal als Vorzeigeprojekt entdeckt hatte. Millionen reinpumpte. Die FDP und die IHK dort ihre Jahresempfänge abhielten.

Der Künstler hatte ihm von der Kleinen Kneipe in den Wagenhallen erzählt. Hatte nur unregelmäßig auf. Heute war unregelmäßig. Minkin orderte eine Halbe. Ergenzinger Ochsenbräu. Der Herr hatte viele Gesichter. Minkin versuchte langsam einzusteigen. Würde ihm wie immer nicht gelingen bei so einem Getränk. Dazu Buletten, Kartoffelsalat. Die einfachen Sachen. Nicht zu toppen.

Minkin zählte an die sieben Gläser. Genauer gesagt, hörte er bei sieben auf zu zählen. Waren kleine Gläser. Es war jetzt halb zwölf Uhr. Zeit sich auf den Weg zu machen. Der Nordbahnhof war kein Bahnhof im eigentlichen Sinne mehr. Welcher Bahnhof war das noch? Durchgangsstationen. Allesamt. In Stuttgart bald sogar unterirdisch. Zehn Jahre würde es gut und gerne noch gehen. Der Bauherr hatte eben bekannt geben, dass die Kohle für den Bau mehr oder weniger verbraten sei. Die hatten gerade mal die Baugrube ausgehoben. Ach ja, bei der Gelegenheit, länger würde das Ganze auch dauern. Zwei Jahre könne man schon mal draufhauen. So war das mit den gut geplanten Infrastrukturprojekten. Überraschung. Der Nordbahnhof bestand aus ein paar Gleisen, ein paar Bahnsteigen. Um die Uhrzeit verwaist. Wenn er sie nicht kommen sah, würden sie ihn riechen. Minkin hatte ordentlich Fahne.

War jetzt kurz vor zwölf Uhr. Minkins Handy klingelte. Um die Uhrzeit?

»Hallo?«

»Minkin, ich bin es, Gabriella.«

»Scheiße.«

»Danke für die Begrüßung.«

»Wie geht es dir?«

»Erstes Mal, dass du mich fragst. Was los mit dir? Bist du besoffen?«

»Nein.«

»Sicher?«

»Nein.«

Minkin war sich nicht sicher.

»Gabriella, hast du noch alle Finger an der Hand?«

»Minkin, ernsthaft. Hast du noch alle Tassen im Schrank.«

Minkin hatte keine Tassen. Paar Becher ohne Henkel allenfalls.

»Antworte mir, Gabriella. Erkläre ich dir später.«

»Ja, fünf an jeder Hand.«

»Großartig.«

»Wenn du meinst.«

»Wo bist du?«

»Geht dich nichts an. Privatleben.«

»Bei Pamela?«

»Privatsache, wie gesagt.«

Sei's drum.

»Die haben mich verarscht.«

»Wer?«

»Ich muss auflegen.«

Minkin erkannte am anderen Ende des Bahnsteiges zwei Umrisse, die sich auf ihn zubewegten. Rasch wäre das passende Adjektiv. Minkin rannte los in Richtung Wagenhallen. Hatte nach fünfzig Metern Seitenstechen. Müsste es bis zur Kleinen Kneipe schaffen. Dann wäre er nicht sicher, aber in Gesellschaft. Die zwei Umrisse kamen mit mächtig Speed näher. Tempo, das Minkin nicht mitgehen konnte. Minkin, von Grund auf unfit, noch dazu angetrunken, rannte den Bahndamm hinunter. Tatsächlich fiel er mehr, als dass er rannte. Unten angekommen, schlug er auf dem Gehweg auf. Wollte aufstehen. Ging nicht. Konnte nicht auftreten. Tat höllisch weh. Von oben hörte er die Stimmen. Waren noch zwanzig Meter. Allerhöchstens.

»Nimm die Pistole runter. Der Typ ist fertig, den kriegen wir auch so.«

Am Ende, ein bisschen hart, oder? Es waren noch wenige Schritte zwischen ihm und seinen Verfolgern. Dann sah er ihre Köpfe über sich.

»Das war es, Minkin. Du bist so schlecht, Mann. Wie hast du es bis hierher geschafft? Mir ein Rätsel.«

Minkin nahm das Scheinwerferlicht als Erstes war. Ein Polizeifahrzeug. Ein schnurrender Benz. Gott ist groß. Save the trees. Oder so ähnlich.

»Die Bullen.«

»Wo kommen die her?«

»Keine Ahnung.«

»Was sollen wir tun?«

»Warte.«

Der Streifenwagen näherte sich im Schritttempo und blieb vor Minkin stehen. Der Fahrer stieg aus. Er war allein auf Streife. Ungewöhnlich. Was hatte sich nicht alles geändert im Vergleich zu der Zeit, als es noch den guten alten Schutzmann an der Ecke gab? So ziemlich alles hatte sich geändert.

Die beiden Verfolger blieben stehen. Wussten, dass sie nichts zu befürchten hatten. Aus dem Auto stieg ein großer Kerl mit kahlem Schädel. Kam Minkin bekannt vor. Wusste nicht woher. Und wozu. Das »wozu« würde sich noch ergeben.

»Schneider, was tust du hier. Wir hatten dir doch gesagt, wir erledigen den Rest. Kassierst einen Haufen Kohle und erschreckst uns hier.«

Cop Schneider. Minkin hatte von ihm gehört. Begegnet war er ihm nicht. Bis dato. Bewusst noch nicht. Die beiden Kerle standen nun direkt bei Minkin. Einer der beiden trat Minkin gegen den Kopf. Er verlor das Bewusstsein. Dauerte ein paar Sekunden. Minkin verstand die Frage.

»Minkin, du wirst uns doch nicht verrecken? Noch nicht.«

Sorge klang anders. Auch wenn Minkin sich damit nicht auskannte, dass sich jemand Sorgen machte um ihn. Selbst wenn, er hätte es nicht erkannt.

Minkin dämmerte. Schlug die Augen auf.

»Wäre noch zu früh, um abzukratzen.«

Wahre Worte.

»Hast du, was wir wollen?«

Warum Minkin sagte, was er sagte, war ihm ein komplettes Rätsel. Zu viele Bruce-Willis-Filme gesehen. Keine schlüssigere Erklärung parat.

»Ihr könnt mich am Arsch lecken.«

Bevor der Kerl zum nächsten Tritt ausholen konnte, schlug Cop Schneider dem Kerl mit der Pistole eins über den Schädel. Der Kerl krachte neben Minkin auf den Boden. Der Zweite zog seine Pistole. Cop Schneider feuerte ihm auf die Hand. Er schrie erbärmlich.

Jammerlappen, dachte Minkin. Obwohl das sicher ordentlich wehtat. Cop Schneider griff sich die blutverschmierte Pistole. Beugte sich zu dem winselnden Gegner.

»Sag deinem Chef Grüße von Cop Schneider. Hörst du, Cop Schneider.«

»Schneider, du weißt nicht, mit wem … Arrrgh.«

Cop Schneider trat dem Kerl auf die zerschossene Hand.

»Den ›Cop‹ nicht vergessen. So viel Zeit muss sein. Sag deinem Chef, hier sorgt die Polizei für Recht und Ordnung. Und denk an den ›Cop‹.«

Dann trat er dem Kerl noch mal auf die Hand. Der Kerl verlor das Bewusstsein.

»Musste das sein?« Minkin hatte kein Mitleid, war jedoch prinzipiell gegen Gewalt.

Interessierte es Cop Schneider?

»Nein, musste es nicht.«

Sag was drauf. Minkin war verwirrt genug.

»Dachte, du gehörst zu den Bösen, Cop Schneider?«

»Spontane Deradikalisierung.«

»Was?«

»Hab ich in einem Schorlau-Krimi gelesen.«

»Du liest?«

»Nicht mehr als nötig.«

»Kannst du laufen, Minkin?«

»Kaum.«

»Dann werde ich dich tragen müssen.«

Cop Schneider packte Minkin, zog ihn hoch, schulterte ihn. Wie einen Sack Kohle. Schleppte ihn die zwei Meter zum Auto. Ums Auto herum. Setzte ihn auf den Beifahrersitz. Hilfe kam von der falschen Seite. Fühlte sich seltsam an. Kann ein Mensch wie ich wählerisch sein, dachte Minkin? Schon die Frage war eine Zumutung.

»Minkin?«

»Ja?«

»Bisschen weniger fressen, bisschen weniger saufen.«

»Warum?«

»Gut fürs Gewicht.«

Am Fressen lag es nicht. Minkin war nicht eben der Gourmet. Kam mitunter tagelang ohne Essen aus. Wenn man mal davon absieht, dass sieben Bier auch eine Mahlzeit waren.

»Und jetzt, Cop Schneider?«

»Was meinst du, Minkin?«

»Zum Arzt?«

»Überbewertet.«

»Wo fährst du hin?«

»In die Waldklause.«

Ein Mann nach meinem Herzen, dachte Minkin. Fragte nach.

»Hast du jetzt für immer die Seiten getauscht?«

Cop Schneider musste nicht lange überlegen.

»Nichts ist für immer, Minkin.«

Musste vorerst reichen.

»Ich hab dir Zeit verschafft. Die Gauchos aus dem Spiel genommen. Wenn der Don auftaucht, Minkin, dann musst du dir selber was einfallen lassen.«

»Werde ich.«

»Das bezweifle ich.«

»Ich habe etwas, das er haben will. Um jeden Preis.«

»Macht es nicht einfacher.«

»Vielleicht habe ich noch was. Etwas, dass ihn mindestens genauso interessiert.«

»Was soll das sein?«

»Nichts für ungut, Cop Schneider, aber unsere Freundschaft, wie soll ich sagen, muss noch wachsen.«

»Soll mir recht sein.«

Minkin hatte eine grobe Idee. Bei seinem ersten Zufall war er auf etwas gestoßen, was ihm weiterhelfen könnte. Minkin musste nach Freiburg. Er hatte einen Vorsatz gefasst, wenn auch den falschen.

Freiburg

Ich weiß nicht, wieso ich euch so hasse,
Fahrradfahrer dieser Stadt.
Tocotronic

Doktor Hupe

Gibt ein Lied über diese Stadt. Von Tocotronic. Eher despektierlich. War nicht alles falsch in diesem Song. Gab auch andere Seiten der Stadt. Minkin traf den Doyen der deutschen Dopingkultur im Schlappen. Eine der alten Studentenkneipen, die sich gehalten hatte. Dr. Hupe hatte ihm den Tipp gegeben. Dr. Hupe war als Frauenarzt gestartet und als Schönheitschirurg gelandet. Praktizierte in Freiburg. Mit ihm verband Minkin eine grenzwertige Freundschaft, die jederzeit in Verachtung umschlagen konnte. Beidseitig.

Dr. Hupe holte Minkin am Freiburger Hauptbahnhof ab. Stand mit einem dunklen Cabrio aus Zuffenhausen auf einem Taxistellplatz vorm Haupteingang des Bahnhofes. Auf dem Beifahrersitz etwas Blondes. Hupe stieg aus dem Wagen. Kam ihm entgegen. Deutete eine Art Umarmung an.

»Minkin, alt bist du geworden.«

»Du eher das Gegenteil.«

»Danke.«

Hupe nahm es als Kompliment. So war es nicht gedacht gewesen.

Hupe war in Minkins Alter. Ungefähr. Sein Äußeres sollte etwas anderes suggerieren. Tat es. Echt sah er nicht aus. Gab Männer in Minkins Alter, die ihre Jugendlichkeit mit Sport aufrechterhielten. Funktionskleidung trugen. Laufgruppen hatten. Mitgliedschaften in Studios. Ausdauer, Bauchmuskeln, kein Gramm Fett zu viel. Unwillkürlich kam Minkin ins Vergleichen bei deren Anblick. Neid kam selten auf. Meistens hatte Minkin Spott übrig. Wenn man ehrlich war, war Spott nichts anderes als Neid im hübschen Kleid. Hupe investierte eher nicht in Radlerhosen. Löste das auf seine Art. Hupe hatte sich darauf spezialisiert, altes Fleisch jünger aussehen zu lassen. Funktionierte manchmal. Für ein paar Jahre. Wenn der Zauber nachließ, war der Schaden größer als der Nutzen. Hupe kam jedenfalls nicht sportlich daher. Eher wie eine Wachsfigur, die Sportlichkeit nachahmte. Blondierte Haare. Undercut. Mit Anfang vierzig. Geht es noch berufsjugendlicher? Weißes Polo. Das mit dem Eichenlaub drauf. Weiße Leinenhose. Mokassins. Wildleder. Noch einer, der sich auf seine Art nicht verändert hatte. Als Student trug Hupe exakt dasselbe. Fuhr damals einen Golf GTI. Cabriolet. Dunkelblau. Hellbraune Ledersitze. Brachte die weiße Kleidung schön zum Schimmern. Hupe war damals ein Exot in Tübingen. Selbst für Mediziner. War der einzige Grund, der Minkin einfiel, um ihn zu mögen. Es entwickelte sich damals eine Art Komplizenschaft. Hielt bis heute. Halbwegs.

»Weißt ja, was ich beruflich mache. Muss ich mit gutem Beispiel vorangehen.«

Wenn Hupe das gute Beispiel war, wollte Minkin die schlechten Exemplare nicht kennenlernen.

»Neue Freundin?«

Minkin deutete auf das Blonde im Sportwagen.

»Ach Minkin, alter Romantiker. Das ist eine Arbeitsprobe. Kann sie dir später mal zeigen. Lass uns was trinken. Sie wartet hier.«

Hupe hatte schon zu Studienzeiten arschlochöse Tendenzen. Inzwischen hatte er offenbar keine anderen nennenswerten Charakterzüge entwickelt. Warum Minkin immer noch mit ihm befreundet war? Keine Riesenauswahl war ein Grund. Dann gab es noch diesen Song. Sunscreen. Baz Luhrmann hatte ihn produziert. In den Neunzigern. Waren ein paar Lebensweisheiten, die ein amerikanischer Lehrer seinen Schülern mit auf den Weg gab. Eine davon war, dass man ein paar alte Freundschaften pflegen sollte. Über Grenzen und sonstige Hindernisse hinweg. Kontakt halten zu Menschen, die man kannte, als man jung war. Sollte irgendwie wichtig sein. Nicht zuletzt wegen dieses Songs hielt Minkin an der Verbindung fest. Schwach genug, der Grund. Eine Wette auf die Zukunft. Dass es irgendwann mal was nützen möge. Bei Hupe? Nicht mal ausgeschlossen. Deshalb war er hier.

Hupe nahm Minkin mit in das Bahnhofsgebäude. An dessen oberem Ende war ein Feinkostladen mit Bistro. Allerbeste Ware. Mediterran, frankophil. Was hatte Minkin erwartet? Eine Bahnhofspinte? Dummkopf.

»Können hier eine Kleinigkeit essen. Schönes Glas Rotwein. Was trinkst du gerne. Einen trockenen Franzosen? Einen fruchtigen Italiener?«

Wie Minkin diesen Schwachsinn hasste. Immer, wenn etwas anfing gut zu werden, machte der Deutsche eine Regel daraus, ein Gesetz. Je langweiliger das eigene Leben war, umso teurer musste der Rotwein sein. Wenn die Craftbeerjungs nicht aufpassten, würden sie die gleiche Borniertheit entwickeln. Wollen sehen, wo das hinführt.

»Ein Bier.«

»Ach Minkin, hängst du immer noch in der Zeitschleife?«

Hing er. Wo war der Fehler?

Am Tisch stand inzwischen eine Bedienung. Sah aus, wie wenn sie gerade aus Heidis Modelstadl entlaufen wäre.

»Herr Doktor Hupe, wie schön, dass Sie mal wieder bei uns sind.«

Gab ihm einen Kuss auf den Mund. Dass sie sich nicht bückte, war alles.

»Danke, mein Liebes. Wie geht's den Brüsten?«

»Alles senkrecht.«

Ungewöhnliche Dialoge waren Minkin nicht eben fremd in der Schräggastro. Der Dialog hier war es schon.

»Bringst du mir den 12er-Barolo und für meinen Freund hier ein Peroni.«

Das Ding machte sich davon. Minkin schaute ihr hinterher.

»Eine Studentin von mir. Hab sie ein wenig optimiert. Die jungen Dinger sind ja dankbar, wenn man ihnen ein wenig unter die Arme greift.«

Hupe war noch kaputter, als Minkin dachte.

»Aber jetzt erzähl, Minkin. Ich war überrascht von dir zu hören, wie lange ist es jetzt her. Drei, vier Jahre bestimmt, oder? Was macht der Staat, was machen die bösen Jungs?«

»Müssen ohne mich klarkommen.«

»Was heißt das?«

»Bin raus. Ermittle jetzt eher privat.«

»Du bist ein Detektiv?«

»Nein, so würde ich es nicht nennen.«

»Sondern?«

»Ich suche hin und wieder Sachen. Sachen, die jemand verloren hat. Verlegt hat.«

»Das lohnt?«

Immer die gleiche Frage. Von wegen Postmaterialismus. Ging immer noch um Kohle. Einkommen. Status.

»Nein.«

»Aha.«

Die Bedienung brachte den Barolo und das Peroni.

»Zum Wohl, Minkin.«

»Hupe.«

Minkin prostete Hupe zu.

»Gar nicht mal so übel für italienisches Industriebier.«

Mehr war es nicht. Gehörte inzwischen auch zu dem weltgrößten Braukonzern.

Minkin waren die verschlissenen Studentenkneipen in Freiburg lieber. Gab nicht mehr viele davon. Zumindest nicht in seiner Heimat. Minkin und Hupe plauderten ein wenig über die alten Zeiten. Dauerte weniger als fünf Minuten. Ungefragt brachte die optimierte Studentin den Vorspeisenteller. Hatten ordentlich rohen Schinken drauf gepackt. Grobe Salami mit Fenchel drin. Carpaccio. Parmesan drüber gehobelt. Hupe mochte ein Arsch sein. Auf gutes Essen verstand er sich.

»Greif zu, geht aufs Haus.«

»Danke.«

»Man tut, was man kann.«

»Vielleicht kannst du noch was für mich tun.«

»Wusste ich. Minkin, ohne Anlass würdest du kaum nach Freiburg kommen, oder?«

»Sag das nicht.«

»Was willst du?«

»Würde gerne einen Sportmediziner treffen. Einen, der mir was erzählen kann über Doping im Spitzensport. Dachte, das ist deine Fakultät.«

»Sportmedizin, Minkin, ernsthaft, was hat das noch mit Medizin zu tun? Das sind keine Ärzte.«

Sagte einer, der Frauen die Lippen aufspritzt.

»Klar, kein Vergleich mit dem, was du machst.«

»Das soll Sarkasmus sein, oder?«

Ironie war etwas, das Hupe immer schon abging.

»Ernsthaft, irgendwie kann ich mir schon vorstellen, dass du deinen Patientinnen weiterhilfst.«

Reichte, um Hupe wieder einzufangen.

»Wen willst du treffen?«

»Den Doyen. Kannst du mir helfen?«

»Minkin, den Doyen. Ist nicht die größte Herausforderung, ihn zu finden. Dazu brauchst du keinen Mediziner.«

»Sondern?«

»Klapper die Kneipen ab, die Kaschemmen, wo die Studenten sich herumtreiben.«

Endlich wieder Terrain, auf dem Minkin sicheren Tritt hatte.

»Danke, Hupe.«

»Das war es?«

»Willst du nicht bei mir übernachten?«

Daran hatte Minkin nicht gedacht. Eine Option. Geldbeutel schonen.

»Ginge das?«

»Nein.«

Minkin fiel darauf nichts ein. Er stand auf und ging Richtung Ausgang.

»Danke für das Essen.«

»Sagtest du bereits.«

Was soll man darauf antworten.

»Noch was, Minkin.«

»Ja?«

»Vielleicht sollten wir unsere Freundschaft überdenken.«

Brauchte Minkin nicht lange für.

»Welche Freundschaft?«

Schlappen

Paar Pinten abklappern. Müsste Minkin hinbekommen. Falls Starbucks, die Veganer und der Bachelor noch welche davon übrig gelassen hatten. Nummer vier war ein Volltreffer. Der Schlappen war intakt. War möglicherweise nicht mehr ganz dasselbe wie vor zwanzig, dreißig Jahren. Den Geist hatten sie herübergerettet. Mehr als man erwarten durfte. Der Doyen saß allein an einem Zweiertisch. Traurig genug. Wie alt mochte er sein? Die Siebzig hatte er weit hinter sich gelassen.

»Hier noch frei?«

»Warum?«

War nicht eben milde gestimmt, der Doyen.

»Einen ausgeben?«

»Wieso?«

»Ich will mit Ihnen reden. Minkin, mein Name.«

»Über?«

»Leistungssteigerung im Spitzensport.«

Der Doyen hörte dieses Thema nicht zum ersten Mal.

»Sind Sie von der Polizei?«

»Sehe ich so aus?«

Der Doyen dachte kurz nach. Nein, Minkin sah nicht so aus.

»Holen Sie uns zwei Bier.«

Minkin brachte zwei frisch Gezapfte aus dem Schwarzwald. Machten die in der Staatsbrauerei. Wenn er wollte, konnte er doch, der Staat. Schade, dass die Landespolitik, den Staatsbetrieb regelmäßig als Versorgungsstelle für gediente Parteipolitiker sah und damit nicht gerade zur Imageverbesserung beitrug. Minkin fing an zu erzählen. Kurze Einleitung. Ließ das Wesentliche weg.

»Wieso hört man so wenig von Leistungssteigerung im Fußball?«

»Wenig, finden Sie?«

»Nun ja, im Verhältnis wenig, meine ich. Das Fernsehen berichtet spektakulär, wenn man in Apotheken in Nairobi afrikanische Langstreckenläufer beim Dopen erwischt, aber was ist mit Fußball? Fußball ist weitestgehend sauber. Und wenn, dann sind es Einzelfälle. Medial geht das unter.«

»Das wundert Sie?«

»Ein wenig.«

»Geht um sehr viel Geld, Minkin.«

»Und wo Geld im Spiel ist, wird betrogen.«

Um mal eine weitere Floskel fürs Phrasenschwein rauszuhauen.

»Mit was kommen die Repräsentanten des Ballsports dann daher?«

Minkin hatte Robin Dutt vor Augen. Den Ex-Manager des VfB. Als im letzten Jahr aufflog, dass der VfB in den Siebziger- und Achtzigerjahren nachgeholfen hatte, war die Antwort wie immer. Doping bringt im Fußball nix. Teamgeist, Taktik, Technik seien entscheidend. So ein Mittel schießt keinen Freistoß, um Franz Beckenbauer zu zitieren. Wenn man den VfB des Dopings bezichtigte, konnte man tatsächlich den Eindruck haben, dass Doping nichts brachte. Möglicherweise sogar kontraproduktiv war. Andererseits hatte Minkin einige Spiele der letzten WM in Brasilien verfolgt. Die Entscheidung war in vielen Spielen erst am Ende und in der Verlängerung gefallen. Kondition, Ausdauer, Kraft und Erholungsfähigkeit. All das spielte eine Rolle.

»Beim Radsport gab es die Omertà, die Schweigepflicht, Minkin. Einige haben sich nicht daran gehalten.«

»War das nicht gut so? Kamen einige Sachen ans Licht.«

»Unsinn war das, diese Menschen haben dem Sport damit großen Schaden zugefügt.«

So kann man das sehen, dachte Minkin. Möglicherweise kam der Schaden aber auch aus einer anderen Ecke.«

»Der Fußball, Minkin, der Fußball hat noch Prinzipien.«

Im Fußball war das Thema immer noch tabu. Fußball war und ist Opium für das Volk. Den Helden verzeiht man. Pep Guardiola wurde 2001 zweimal dabei erwischt, wie er mit Nandrolon dopte. In der italienischen Liga. Bei Brescia. Gab eine kurze Sperre. Ein paar Monate, das war es. Seine Erklärung? Verunreinigte Nahrungsmittel.

Erinnerte an Dieter Baumann. Den weißen Kenianer, der schwarze Tübinger. Hatte Nandrolon in der Zahnpasta. Ein Sabotageakt. Der Wahnsinn lag darin, dass Dieter Baumann den Scheiß am Ende selber glaubte.

»Schon mal aufgefallen, wie viele Meter die Fußballer heutzutage laufen, Minkin?«

»Ja.«

War es. Abgesehen von Mario Gomez vielleicht. Scholl hatte fast dessen Karriere ruiniert mit seinem Unsinn. Würde sich wund liegen an der Mittellinie. Sprach immerhin dafür, dass er sauber war, der Mario.

»Glauben Sie, ohne medizinische Hilfe haut das einfach

so hin? Nehmen wir Thomas Müller. Bei der WM in Brasilien ist der 84 Kilometer gelaufen. Entspricht zweimal einer Marathonstrecke. Und dann immer noch höchste Konzentration beim Passspiel, beim Torschuss. Vierundachtzig Kilometer im Verlauf des Turniers. Bei tropischen Bedingungen. Hohe Temperaturen, hohe Luftfeuchtigkeit. Nach einer langen Saison mit über fünfzig Pflichtspielen, Verletzungen.«

Minkin hatte sich gewundert über Arjen Robben. In der Verlängerung eines Spieles gegen eine südamerikanische Mannschaft lief er wie ein junger Gott. Von der einen Ecke des Feldes bis zur anderen. Dann immer noch die Konzentration für eine vollendete Schwalbe. Die Gegner konnten kaum mehr laufen.

»Die Laufleistung der Spieler hat sich seit den Siebzigern verdoppelt.«

Nun ja, ein Netzer oder auch ein Basler – heute kaum mehr denkbar.

»Es heißt immer wieder mal, die deutsche Nationalmannschaft von 1954 hätte mit Pervitin nachgeholfen.«

Hatte Minkin aufgeschnappt. Randwissen. Haute er jetzt mal raus.

»Ein Aufputschmittel. Stand auf keiner Dopingliste.«

»Gab es überhaupt eine?«

»Eben. Gab keine.«

»In den Sechziger- und Siebzigerjahren? Was war da?«

»Unsere besten Jahre, Minkin. Wir waren Weltstars. Unsere Forschung einzigartig. Zumindest für den westlichen Teil der Welt. 1976 hätten wir es fast geschafft. Auf einem Kongress in Freiburg forderten wir die Freigabe von Anabolika im Leistungssport. Wäre eine Frage der Ehrlichkeit gewesen. Die Helfer waren ohnehin weltweit im Einsatz.

Wir wollten das Ganze in vernünftige Bahnen lenken. Wir hatten die Wirkung der Anabolika damals schon an Gewichthebern erforscht. Finanziert mit Mitteln des Bundesinnenministeriums.«

»Gewichtheben. Nun ja, nix für ungut, doch eher Randsport.«

»Minkin, es wurde alles gespritzt, was nicht bei drei auf den Bäumen war. Leichtathleten, Radfahrer, Ringer, Fußballer. Der VfB Stuttgart und der SC Freiburg.«

»Der heutige Bundestrainer Joachim Löw spielte damals bei beiden Vereinen.« Soviel wusste Minkin.

»Mit Doping habe er nichts zu tun gehabt. Ärztliche Hilfe habe er nur in Anspruch genommen, wenn er verletzt war.«

»Verletzt, ja. Das ist eine schöne Beschreibung. Verletzt waren viele. Landesminister, allen voran der Landeskultusminister und Präsident des VfB Stuttgart Gerhard Mayer-Vorfelder, Staatsanwälte, Richter, alle verletzt. Nahmen gerne unsere Hilfe in Anspruch. Bis die Stimmung kippte. Dann waren wir plötzlich die Sündenböcke.«

»Gab es keine Verfahren?«

»Die meisten wurden abgebogen, eingestellt.«

Wäre ein Skandal gewesen. Wir handelten in staatlichem Interesse. Warum sollte uns der Staat dafür belangen.«

»Wolfgang Schäuble, der Name sagt Ihnen was, nehme ich an?«

»Sein Bruder war mal Chef bei Rothaus, oder?« Daher kannte Minkin den Namen Schäuble in erster Linie.

»Ja.«

»Wolfgang Schäuble empfahl bei einer Anhörung im Bundestag 1977 als sportpolitischer Sprecher der CDU/CSU-Fraktion, den Einsatz von Medikamenten, wenn sie denn im Leistungssport unverzichtbar seien, fürsorglich von Sportmedizinern steuern zu lassen. Nichts anderes taten wir. Hinter den Kulissen. Es war nicht opportun in der öffentlichen Meinung. Der Deutsche Sportbund und das Nationale Olympische Komitee verboten in ihrer Doppelmoral den Einsatz von Medikamenten. Offiziell war der westdeutsche Sport nun sauber.«

»Und das kaufte man Ihnen ab?«

»Bis auf ein paar Spinner aus Heidelberg. Gab einen unglücklichen Zwischenfall, den Tod der Siebenkämpferin Birgit Dressel. Sehr unglücklich für unsere Arbeit. Hat uns kurz zurückgeworfen. Bis zur Wiedervereinigung betreuten wir bis zu neunzig Prozent der westdeutschen Leistungssportler. Der Staat ließ uns machen. Zu wichtig. Nationale Aufgabe.«

Minkins Gegenüber kramte in seiner Hosentasche.

»Sehen Sie das hier?«

»Ist es das, was ich glaube?«

»Ein Bundesverdienstkreuz Erster Klasse. Lothar Späth hat mich vorgeschlagen, Mayer-Vorfelder hat es mir überreicht.«

»Geben die sicher nicht einfach so raus.«

Minkin versuchte es mit Ironie. Kam nicht an. Das Gegenüber nahm ihn zu ernst.

»Eben. Es war angemessen. Das Beste kam noch. Das Team Telekom/T-Mobile. Auf dem Höhepunkt unseres Schaffens.«

»Jan Ullrich haben wir Ihnen zu verdanken?«

»Seine Siege, die ja. Für seine privaten Eskapaden, ich bitte sie, da ist jeder selbst verantwortlich.«

»Sie haben die Radfahrer gedopt. Ohne Wissen des damals staatlichen Sponsors Telekom?«

»Das Unternehmen behauptet das, ja, ich habe davon gehört.«

»Was sagen Sie dazu.«

»Nichts.« Minkin hatte wohl an einer Schraube gedreht, die er nicht weiter drehen sollte.

»Und heute? Wer hätte heute die Möglichkeit, den Spielern zu helfen?«

»Wissen Sie Minkin, ich bin alt. Raus.«

»Keine Frage. Aber ein Mann Ihrer Reputation, so ganz ist man doch nie raus, oder?«

Ließ der Doyen auf sich wirken. Bisschen Schmeichelei. Nie verkehrt.

»Nun, man hört dies und das. In London soll es einen sehr talentierten Gynäkologen geben. Der Frauenarzt in London sagt, er habe Kontakt mit den ganz Großen. Liefert Epo, Testosteron und Wachstumshormone.«

»Glauben Sie ihm?«

»Es ist keine Glaubensfrage.«

»Sondern?«

»Minkin, denken Sie nach, die älteren Spieler, die über Dreißig. Meinen Sie, die hätten ernsthaft eine Chance gegen die achtzehn-, neunzehnjährigen Burschen?«

Musste man nicht antworten darauf.

»Aber London, die Premier League. Weit weg.«

»Gute Stunde Flug nennen Sie weit weg?«

Für einen Mann mit Flugangst, der die jugendliche Unbekümmertheit eingebüßt hatte, war London weit weg.

»Sonst noch wer? London. Gut, nicht jeder kann mal schnell nach London.«

»Warum nicht?«

»Weil es auffällt? Ich meine, manche Sachen macht man doch gerne auch vor Ort. Bei uns. In Deutschland.«

»Wie gesagt, ich bin raus.«

Viel mehr war offensichtlich nicht drin.

»Ich hol uns noch zwei Halbe. Schnaps dazu?«

»Badische Haselnuss.«

Differenzierter Trinker, der Doyen.

Dauerte sicher an die zehn Minuten, bis Minkin mit den Getränken zurück war.

»Kälberblut.«

»Haselnuss, sie sagten Haselnuss.«

»Was?«

»Sie wollten ein Destillat aus der Badischen Haselnuss.«

Wieder eine der Pointen aus dem Minkinschen Humorkosmos, die nicht explodierte.

Versuchte es weg zu moderieren.

»Was meinen Sie mit Kälberblut?«

»Kälberblut. Gibt ein Präparat, das daraus gewonnen wird. Hilft beim Muskelaufbau, bei der Regeneration. Entwickelt für Schlaganfallpatienten.«

Schlaganfallpatienten okay, nicht gerade die Hauptklientel im Profisport.

»Die Nationalmannschaft macht damit gute Erfahrungen.«

»Mit wem?«

»Der Doc aus München.«

»Kälberblut, ernsthaft. Was soll das bringen?«

»Fragen Sie Usain Bolt.«

Den Namen hatte Minkin schon mal gehört.

»Usain Bolt, der schnellste Mann der Welt?«

»Mindestens.«

»Auch Patient beim Doc aus München?«

»Er versteht seine Kunst.«

»Ihn lieben die Sportler.« Davon hatte Minkin gehört.

»Sie verehren ihn. Uns haben sie gesteinigt. Eine Kommission unter Vorsitz einer Italienerin ermittelt seit Jahren gegen uns. Eine Italienerin. Noch dazu eine Frau. Wie erniedrigend, Minkin! Als ob wir Kriminelle wären.«

Minkins Gegenüber war ernsthaft eingeschnappt. Vielleicht seine Chance.

»Wie wäre es mit Wiedergutmachung?«

»Wiedergutmachung? Unsere Reputation ist zerstört.«

»Ist der Ruf erst ruiniert, lebt sich's gänzlich ungeniert.«

Minkin, wie billig war das denn?

»Das Gegenteil ist der Fall. Man kommt nie wieder auf die Beine.«

»Ihre Nachfolger verehrt man. Der Doc aus München ist ein Gott.«

Minkin wartete ab, ob das Gift schon wirkte. Tat es nicht.

»Dem wohnt eine gewisse Ungerechtigkeit inne.«

Minkin drehte weiter an der großen Pathosschraube.

»Auch Götter kommen dann und wann zu Fall.«

Der Doyen dachte nach.

»Sie wollen die Ungerechtigkeit beseitigen?«

»Werde ich nicht schaffen.«

»Davon gehe ich auch aus.«

»Allenfalls könnte man die Wahrnehmung ein wenig zurechtrücken.«

»Warum sollte ich das tun?«

»Ihr Ruf ist futsch. Ihre schlauen Nachfolger sind die Könige. Was haben Sie zu verlieren?«

Der Doyen dachte nach. Was hatte er zu verlieren? Aber so was von nichts.

»Gibt ein paar Sachen.«

»Bin gespannt.«

»Für ein wenig Schmutz sollte es reichen.«

Der Doyen legte los. Es war krasser als Minkin erwartet hatte. Der Profisport, wie wir ihn kennen, war eine einzige Lüge. Die Russen stellte man an den Pranger. Sperrte ein paar Sportler für die Olympischen Spiele in Rio. Klar, der Russe. Böse, böse. Die deutschen Profiligen hatten eben erst einen Vertrag mit den Sendern abgeschlossen, der ihnen über eine Milliarde garantierte. Eine Milliarde für den Zirkus. Die Römer wollten Teilhabe, man gab ihnen Spiele. Uns gab man die perfekte Illusion davon. Inszenierte immer größer und bunter. Eröffnungsgala. Zusatzdienste für die Smartphones. Gab nach dem Spiel Analysen. Von Fußballexperten. Analysierten das Spiel. Danach gab es Experten, die die Experten analysierten. Anhand von Grafiken. Führten neue Begriffe ein. Damit es nicht langweilig wurde. Thomas Schneider, der Co-Trainer von Joachim Löw, sprach davon, dass Hummels wieder multidirektional trainieren könne. Wurde anschließend von der Expertenrunde multimedial darüber diskutiert. Nun gut, für eine Milliarde musste man liefern. Der Fußball hatte inzwischen eine Bedeutung eingenommen, an die nichts mehr heranreichte. Keine Religion. War nur konsequent, wenn man versuchte, mit allen Mitteln vorne dabei zu sein. Der Doyen wusste immer noch, wie es ging. Kannte die Methoden, die Mittel, die Protagonisten. Am Ende war er weniger erschöpft denn erleichtert.

Minkin schaltete das Aufnahmegerät ab.

Pause. Wenn Minkin sich jemals ernsthaft für Fußball hatte begeistern können, dann war es jetzt vorbei.

»Tun Sie, was Sie für richtig halten, Minkin.«

»Verlassen Sie sich besser nicht drauf.«

Raffael, der Koch

Minkins Siemens klingelte. Altes Mobilfunkgerät. Funktionierte immer noch. Bauten die heute nicht mehr. Können die nicht mehr. Wollen die auch nicht.

»Ja.«

»Minkin, bist du es?«

»Ja. Was ist?«

»Hopfenheiner ist verschwunden.«

Hopfenheiner, den gab es auch noch. Hatte ihn für einen Moment aus den Augen verloren.

»Seit wann?«

»Seit gestern. Er hat gesagt, er braucht einen Tag frei. Muss zu Hause was ordnen. Wollte heute wieder auf der Matte stehen?«

»Hast du versucht, ihn zu erreichen?«

»Wie denn? Der Kerl hat kein Handy.«

»Ich fahre hin.«

»Wo bist du?«

»Freiburg.«

»Freiburg? Was ist mit dir passiert?«

Freiburg war bei einem Großteil der Bevölkerung sehr beliebt. Für einen kleinen Teil war es zu wahr, um schön zu sein. Minkin gehörte zu diesem Teil.

»Dienstlich, sozusagen.«

»Musst du wissen.«

Minkin wollte auflegen.

»Ach ja, Minkin noch was. Da waren zwei Typen da. Südamerikaner. Haben die Bedienung nach dem Koch gefragt. Wo der herkommt. Das Essen gelobt.«

»Nach dem Koch gefragt? Nach dir, Raffael?«

»Das Essen gelobt, Minkin. Kam mir komisch vor. Wäre das erste Mal, dass jemand mein Essen lobt.«

Raffael pflegte das böhmische Understatement. War keine Sterneküche, abgesehen davon war die Küche tadellos.

»Wie sahen sie aus?«

»Ich hab sie nicht gesehen.«

»Was sagt die Bedienung?«

»Werde sie fragen. Sie ist heute Nachmittag wieder da.«

»Tu das. Und ruf mich gleich danach an. Okay?«

»Ist das ein Befehl?«

»Eine Bitte.«

»Schon besser.«

Hopfenheiner verschwunden, zwei Südamerikaner fragen nach dem Koch im Prag. Zufall war keine Option.

Hopfenheiner hatte seine Schwester in Kraichtal aufgesucht. Kein guter Anlass. Hopfenheiner kam selten. Noch seltener kam er gelegen. Seine Schwester war zehn Jahre jünger. Hatten eine Zeit lang keinen Kontakt. Hopfenheiner hatte es dabei belassen. Nicht nachgefragt. Dann war ihr neuer Freund ums Leben gekommen. Hatte sich das Leben genommen. Hatte ihn angerufen. Hatte Schiss. War ziemlich durch. Im Eimer. In der Region kannte Hopfenheiner sich ganz gut aus.

Die Geschichte war kompliziert. Höllisch kompliziert. Ihr Freund hatte Vergangenheit. Er war verlobt mit einer Frau, die an einer Lungenembolie verstorben war. Hatte wohl einen Sportunfall. Hopfenheiner hatte mitbekommen, dass sie was mit der NSU-Sache zu tun hatte. War wenige Wochen zuvor von einem Untersuchungsausschuss im Landtag zu dem Thema befragt worden. Vier Wochen später war Ende Gelände. Lungenembolie. Gerade mal zwanzig Jahre alt. Bevor sie mit dem Ex seiner Schwester zusammenkam, war die Frau mit einem Neonazi verlobt. Man kann sich das nicht immer aussuchen. Der wiederum hatte sich auch umgebracht. Er sollte ebenfalls im NSU-Zusammenhang vor dem LKA vernommen werden. Hat nicht mehr hingehauen. Kurz vorher hat er sich das Licht ausgeknipst. Alles ein wenig kompliziert. Deshalb steigt da ja auch keiner durch. Bräuchte man ein Organigramm oder so was. Eine Matrix, falls das das richtige Wort dafür ist. Wer macht sich schon die Mühe. Jedenfalls war der eben erst verstorbene Ex seiner Schwester auch wieder verstrickt in die ganze Sache.

Er wurde am Montag vor drei Wochen gefunden. Weil keine natürliche Todesursache festgestellt wurde, ordnete die Staatsanwaltschaft eine Obduktion an. Fand keine Anhaltspunkte für Fremdverschulden. Man ging von einem Suizid aus. Gab eine Abschiedsnachricht. Elektronisch verschickt.

Mehr wusste Hopfenheiner nicht. Der Typ war okay, soweit Hopfenheiner das beurteilen konnte. Soff zu viel. Kam dazu aus einer Ecke, in der man Craftbeer nicht eben zu schätzen wusste. Hauptsache viel, Hauptsache es knallte. Ach ja, viel kosten sollte es auch nicht.

Obwohl er mit seiner Schwester zusammen war, erzählte er Hopfenheiner bei einem ordentlichen Besäufnis wiederum von seiner Ex. Wie er sie zu Hause gefunden hat. Mit krampfartigen Anfällen. Ihr Tod war bis heute nicht restlos geklärt. Lungenembolie, so die Rechtsmedizin. Durch mehrere Blutgerinnsel verursacht.

Wie diese Gerinnsel zustande kamen oder wo sie herkamen, ist allerdings nicht gesichert. Sie war eine Woche zuvor beim Joggen gestürzt und hatte eine kleine Verletzung über dem Knie. Die Blutgerinnsel in der Lunge seien »höchstwahrscheinlich« durch den Sturz auf das Knie zustandegekommen.

Hopfenheiner stieg bei dieser Sache nicht mehr durch. Wollte es auch nicht wirklich. Jeder hatte inzwischen seine eigene Verschwörungstheorie. Die tote Polizistin Kiesewetter sollte da mit reinspielen, Mundlos, Bönhardt. Das Ding war doch klar. Die hatten die Leute umgelegt und sich dann selber plattgemacht. So hatten es die Behörden kommuniziert. Auf irgendwas musste man sich ja verlassen können. Wie gesagt, Hopfenheiner hatte seine eigene Verschwörungsnummer. InBev. Hatte genug damit zu tun, die am Laufen zu halten.

Am Ende hatte der Ex seiner Schwester Muffe. Dachte, die wollen ihm an den Kragen. Paranoia. Endgradig. Beim letzten Besäufnis brachte er ihm ein Notebook mit. Ein Notizbuch. Er solle es aufbewahren für ihn. Seine Schwester sei nicht sicher, solange die Sachen bei ihr seien. Hopfenheiner stopfte die Sachen in die unterste Schublade seines Verkaufstisches. Dort waren sie noch immer. Nachdem er seine Schwester getroffen hatte, fuhr er nach Eppingen. In die Raiffeisenstraße. In seine ehemalige Braustätte. Er wollte das Zeug holen. Vernichten. Dann konnte es keinem mehr schaden. Wollte mit der Scheiße nichts zu tun haben. Hopfenheiner durchsuchte den Schreibtisch. Die Sachen waren weg. Er hatte sie in die Schublade gelegt. Den Mann, der den Raum hinter seinem Rücken betreten hatte, nahm Hopfenheiner nicht wahr.

Never change a winning team? Was ein Unsinn.

Vic war ordentlich nervös. Hatte allen Grund dazu. Don Melan hatte Quartier bezogen im Europaviertel. War ein Argument mehr Don Melan nicht zu mögen. Im City Plaza Inn. Zeitgenössischer Architektendreck aus Glas und Stahl. Warben mit der Zukunft, schafften es nicht einmal die Vergangenheit zu konservieren. Gab inzwischen sogar einen Führer über das neue Viertel. Wie es inzwischen über jeden Straßenzug Führer gab. Oder Regionalkrimis. Hatte Minkin im Bahnhofskiosk am Stuttgarter Hauptbahnhof liegen sehen. Die schönsten Seiten des neuen Europaviertels. Bestand aus einer Seite. Keine Ahnung, wie die so viel zusammenbekommen hatten.

»Schneider hat die Seiten gewechselt.«

»Was ist los?«

»Wir hatten ihn. Am Nordbahnhof. Dann ist dieser Schneider aufgetaucht. Hat uns aus dem Spiel genommen. Mich niedergeschlagen, Vic die Hand zerschossen.«

»Schneider?«

»Ja.«

»Was hat er gesagt?«

»Cop Schneider, er will Cop Schneider genannt werden.«

»Cop Schneider?«

»Ja, Cop, so viel Zeit müsste sein.«

»Dass der Kerl schizo ist, wussten wir, oder?«

»Ja.«

»Dass er wahnsinnig ist, wussten wir das auch?«

»Nein, wir hatten es nur vermutet.«

»Hatte ich euch nicht gesagt, ihr sollt euch raushalten?«

»Dachten ...«

»Das ist euer Problem, fangt nicht an zu denken. Ihr scheitert.«

Don Melan wandte sich an seine beiden südamerikanischen Mitarbeiter.

»Ihr holt euch Hopfenheiner.«

Die beiden Anzugträger schwirrten ab.

»Und ihr zwei.«

Don Melan wandte sich an Vic und Alexej.

»Ihr habt eine letzte Chance, sollte es schiefgehen, könnt ihr euch die Kugel selber in den Kopf jagen.«

Das war keine Bitte.

»Ihr kriegt raus, wo Minkin sich gerade rumtreibt.«

Tod durch Ertrinken

Minkin nahm den nächsten Zug von Freiburg nach Karlsruhe. Die Rheinebene hoch. Rechts der Schwarzwald. Links das Elsass, die Vogesen. Jahrhunderte hatten sich die Deutschen und die Franzosen wegen der Ecke die Köpfe weggeschossen. War es das wert? Ernsthaft jetzt? Der Bruder seines Großvaters mütterlicherseits lag in einem der ungezählten Massengräber des Ersten Weltkrieges. Wie viel komplett unsinniges Leid hatten die Kaiser und Kanzler schon über die Familien gebracht? Und was würde noch kommen? Kaum vorstellbar, dass dies in einem angemessenen Verhältnis stehen würde zu irgendetwas. Von Karlsruhe ging es weiter mit der Stadtbahn nach Eppingen. Minkin ging direkt zu

Hopfenheiners Braustätte in der Raiffeisenstraße. Hopfenheiner war verschwunden. Er blieb es zwei Tage lang.

Dann erhielt Minkin einen Anruf vom Anwalt des Brauerbundes.

»Hopfenheiner ist tot.«

Hopfenheiner war kaum ein Freund. Trotzdem, er mochte den Kerl. Hatte diese Verliereraura. Wenig Bedrohliches.

»Mochte ihn.«

»Nützt ihm jetzt nichts mehr.«

»Wie ist er gestorben?«

»Selbstmord.«

»Wer sagt das?«

»Presseerklärung der Staatsanwaltschaft. Wurde untersucht in der Gerichtsmedizin in Heidelberg. Keine Anzeichen, die gegen einen Selbstmord sprechen.«

»Wie genau?«

»Tod durch Ertrinken. Spielende Kinder fanden Hopfenheiner tot in der Elsenz. In einem Flussabschnitt zwischen Eppingen und dem Ortsteil Richen. Bevor Minkin zu trauern anfing, notierte er zwei Fragen auf einem Bierdeckel. Wie schafft es ein erwachsener Mann, in der Elsenz zu ertrinken? Die Elsenz war mehr ein Rinnsal. Was noch kruder war? Kinder, die an einem Bach spielten. Wie unwahrscheinlich war das denn? Wenn, wäre das ein Trost. Immerhin. Ernst nehmen konnte man das kaum. Woran Minkin am meisten merkte, dass er alt wurde? Er glaubte ernsthaft, früher sei alles besser gewesen. War es nicht. Unkomplizierter war es. Kein Smartphone störte beim Essen. Minkin sah die Kinder, die Heranwachsenden. Überquerten Straßenkreuzungen, Bahnübergänge. Wischten dabei über ihre mobilen Endgeräte. Spielten täglich mit ihrer

Gesundheit, mit Leib und Leben. Wer noch mal machte sich Sorgen über den Bildungsplan im Land? Ob die Kinder sexuell zu wenig oder zu viel mitbekamen? Nehmt ihnen lieber mal diesen Dreck aus der Hand. Tut ihr mehr für das Wohl und gegen das Wehe.

Hopfenheiner sollte sich das Leben genommen haben. Wurde immer absurder. Gab keine Anzeichen von Fremdverschulden. Ließ der Sprecher der Staatsanwaltschaft verlauten. Gab einen Abschiedsbrief von Hopfenheiner. Elektronisch. Drin stand etwas von Selbstmord. Aufgrund suizidaler Tendenzen. Und ökonomischer Perspektivlosigkeit. Mehr war nicht in Erfahrung zu bringen. War mal original seine Sprache. Minkin war sich sicher, dass Hopfenheiner keinen Rechner besaß. Für Verschwörungstheorien blieb aber mal so was von null Raum. Nachdem Minkin all das bedacht hatte, begann er mit der Trauerarbeit. Bestand aus Vorwürfen, Selbstmitleid, Leonard Cohen und Palmbräu. Über der ganzen Trauerarbeit verpasste Minkin die Beerdigung. Hopfenheiner würde es ihm nachsehen. Er hatte adäquat Abschied genommen. Dauerte ein paar Tage, bis Minkin wieder in der Senkrechten war. Hatte sich tagelang im Wesentlichen von Hopfenkaltschalen ernährt. Gerstensüppchen dazwischen. Packung Chips. Wegen der Elektrolyte. Hatte Karl, der Kumpel von Herrn Lehmann schon vor Jahren drauf hingewiesen.

Das Telefon klingelte. Dran war Gabriella.

»Wo steckst du?«, bellte sie ins Telefon.

»Schöne Begrüßung.«

Ignorierte sie.

»Seit Tagen gehst du nicht ans Telefon.«

»War in Trauer.«

»Du hast gesoffen.«

»Sag ich doch.«

Gibt ja etliche Theorien, warum die Menschen saufen. Das mit der Verarbeitung von Schicksalsschlägen war immerhin ein halbwegs akzeptabler Ansatz.

»Hopfenheiner haben sie inzwischen verbuddelt.«

Gefiel Minkin nicht.

»Sprich nicht so von ihm. Er war ein Freund.«

»Kein sonderlich Guter, hast es nicht mal zu seiner Beerdigung geschafft.«

Immer wenn so etwas wie Nähe hätte entstehen können, trat Gabriella ihm in die Eier. Mit Stahlkappenschuhen.

»Der Typ?«

»Welcher Typ?«

»Hast du dir deine letzten Hirnzellen weggesoffen?«

»Manchmal hoffe ich das.«

Musste sie verdauen.«

»Minkin, du hast so negative Wellen, wie hältst du es mit dir aus?«

»Wer sagt, dass ich das tue?«

Wir erwähnten bereits beiläufig den Zusammenhang zwischen Trauerarbeit und Trunkenheit. Der zweite Ansatz für das Saufen hat was mit Mut zu tun. Mut antrinken. Glauben, dass man ein Großer ist. Bei Heranwachsenden ein probates Mittel. Die Erwachsenen haben ihre eigenen Drogen. Blöd ist, wenn nichts mehr wirkt.

Egal wofür man die Helfer brauchte, wenn man davon runter war, kamen die Ungeheuer. Mit Hauern im Maul, groß wie Elefantenzähne. Die Sorte Ungeheuer, der man nicht begegnen möchte. Falls man Ungeheuern überhaupt begegnen wollte. Außer man ist drei Jahre alt und glaubt, es gibt gar keine Ungeheuer. In echt. Das Gegenteil war der Fall. Es gab zu viele von ihnen.

Gabriella hat genug.
»Der Typ, den ich für dich ausfindig machen sollte.«
Minkin zögerte.
»Du hast es vergessen?«
»Nein. Verlegt.«
Wenig lustig.
»Der Brasilianer, Don Melan.«
Richtig, den gab es noch.
»Er ist in der Stadt.«
»Er ist hier?«
»Was genau kann man an der Aussage, dass er in der Stadt ist, nicht verstehen?«
Gabriella wartete die Antwort nicht ab. Legte auf. Melan war hier. Hopfenheiner war tot. Gab es noch Fragen? Eine Menge.

Gott vs. Suizid

Das dunkle Königreich wird nicht mehr aufzuhalten sein. Denk an die Sache mit dem Bein stellen, Minkin. Ist einen Versuch wert!
Minkin nahm eine heiße Dusche. Kochend heiß. Verbrühte sich. Sollte diesen katholischen Effekt haben. Wie war das noch mal? Exerzitien, Kasteiung. Verfehlte seine Wirkung. So lief das nicht. Zog sich an und suchte Roland, den Pfarrer, in dessen Sandsteinkirche auf. Roland war ihm geblieben. Caesar war tot. Roland hielt der Kirche die Treue. Etwas in der Art. Er kam nicht los davon. Ein

Maniac. War selber nicht mehr davon überzeugt. Sagte, die Kirche habe mit dem Glauben nichts zu tun. Ging um Immobilienverwaltung, Dienstleistungen im sozialdiakonischen Bereich. Machten Veranstaltungen. Um der Veranstaltung willen. Das Spirituelle? Ausverkauft!

»Roland.«

»Minkin.«

Minkin wollte über den Tod von Hopfenheiner reden.

»Glaubst du, Gott weiß alles?«

»Sonst wäre er wohl nicht Gott, oder?«

Das war immer die gleiche Antwort. In unterschiedlichen Variationen. Wurde langsam langweilig.

»Lässt er gelegentlich was raus? Meine, du und er, ihr seid doch in Kontakt.«

»Mir gegenüber, wie soll ich sagen. Es herrscht seit Längerem Sendepause.«

»Warum?«

»Anscheinend stelle ich nicht die richtigen Fragen.«

»So war das nicht gedacht. Ich meine, dass die Fragen gefiltert werden.«

»Weiß ich, was sich die Gründer gedacht haben?«

»Wie steht Gott zu Suizid?«

»Früher hatte ich gesagt, er weint.«

»Heute?«

»Fragt er sich vermutlich, wie man es nur so lange auf dem Planeten aushalten kann.«

Mann, Trost sah anders aus.

»Nicht das, was du hören wolltest?«

»Für einen Geistlichen, wie soll ich sagen, ganz schön düster.«

Der Pfarrer hantierte an einer noch verschlossenen Flasche Barolo herum.

»Teufel, wo hat die Haushälterin wieder den Korkenzieher hin.«

Roland, der Pfarrer, ruhte meistens in sich selbst. Das mit dem Barolo brachte in offensichtlich aus der Fassung.

»Das Dilemma begann mit der Aufklärung.

Minkin hatte den Faden verloren.

»Was?«

»Die Aufklärung. Kant, Voltaire. Die autonome menschliche Vernunft ist die einzige und letzte Instanz. Das heißt, übernimmt die Rolle, die vorher Gott gespielt hat.«

»Ne Weile her, oder?«

»Taugt immer noch als Ansatz. Seit damals hat der Mensch eine Ahnung davon, was es mit der Freiheit auf sich haben kann.«

»Freiheit, Roland. Im Grunde nichts Verkehrtes, oder?«

Faselte der scheidende Bundespräsident immer von. Sangen Hymnen auf ihn, jetzt wo klar war, dass er nicht mehr weitermachte. Moralische Instanz. Großer Präsident. Teilte Minkin nicht. Minkin war inzwischen der Ansicht, dass sein Vorgänger Christian Wulff gar nicht so fehl am Platz war. Passte besser zu uns. Immer auf Schnäppchenjagd, drauf aus, die Schäfchen ins Trockene bringen. Aushalten lassen, wo es geht. Würde er eine Mehrheit dafür finden. Seine Ex ist erst mal weg, nachdem der Mann den Posten abgeben musste. Kommt wieder, nachdem sie merkt, dass die anderen Typen auch nicht mehr aufm Ei haben. Mann, wie viel näher dran an der Alltäglichkeit war das, was die beiden abzogen. Näher als das Gefasel von der Freiheit.

»Freiheit heißt auch, dass nicht Gott uns führt, sondern wir uns selbst. Der Mensch will die Freiheit und ist gleichzeitig überfordert von ihr.«

»Und bringt sich deshalb um?«

»Eine Möglichkeit. Warum willst du das wissen?«

»Hopfenheiner ist tot.«

»Hopfenheiner?«

»Kleinbrauer aus dem Kraichgau.«

»Ein Freund?«

»War kurz davor.«

»Tut mir leid.«

»Er soll sich das Leben genommen haben.«

»War er verzweifelt?«

»Na ja, er war am Ende. Pleite. Hab ihm nen Job verschafft im Prag als Küchenhilfe. Ihm ein wenig unter die Arme gegriffen.«

»Hat offenbar gut geklappt.«

Der Sarkasmus wurde beim Pfarrer nicht weniger.

»Danke.«

»Tut mir leid.«

»Schon gut, was sollte man von der Kirche noch erwarten?«

Jetzt war Minkin dran mit Bosheit.

Minkin verließ die Sandsteinkirche. Besser ging es ihm nicht.

Scheitern. Aufstehen. Besser scheitern.
Samuel Beckett

Minkin saß in der Bahn von Bad Cannstatt Richtung Hauptbahnhof. War Frühlingsfest. Kein guter Zeitpunkt für eine U-Bahn-Fahrt in Bad Cannstatt. Immerhin, Minkin fuhr antizyklisch. Aus einer gewissen Entfernung heraus sahen die Fahrgeschäfte tatsächlich einladend aus. Nicht ums Verrecken wollte Minkin in eines der Bierzelte. Zehn Euro und mehr für eine Maß Bier. Sicher noch mal einen Zehner für ein Hähnchen aus Massenaufzucht. Dazu Musik von Antonia aus Tirol. Wie wahnsinnig müsste man dafür sein? Minkin würde es nicht mehr werden. War wie mit dem Rauchen. Entweder du fingst früh damit an, oder du warst für die Tabakindustrie verloren.

Höhe Mineralbäder klingelte sein Siemens-Mobiltelefon.

»Ja.«

»Minkin?«

»Ja.«

»Tabea.«

Sagte Minkin nichts.

»Sagt mir nichts.«

»Die Schwester von Heiner.«

»Oh, das tut mir leid.«

»Was? Das ich seine Schwester bin?«

»Nein, das mit seinem, äh, Ableben.«

»Mir auch.«

Was darauf erwidern. Minkin, nicht eben geschickt in solchen Sachen. Besser die Klappe halten.

»Er hat mir Ihre Nummer gegeben. Für den Fall, dass ihm was zustößt.«

Wer hatte eigentlich nicht seine Mobilnummer? Fing an lästig zu werden.

»Ja, gut.«

»Was?«

»Nichts.«

Gespräch verlief jetzt mal nicht optimal.

»Sie glauben, ihm ist was zugestoßen?«

»Ich weiß es.«

Ziemliche Ansage.

»Sie wissen es?«

»Kannst mich duzen, Tabea.«

»Minkin.«

»Sagtest du bereits.«

»Du weißt es, Tabea?«

»Wissen, ja. Bin mir ziemlich sicher.«

»Warum.«

»Heiner ist nicht der Typ für ...«

Sie brachte es nicht zu Ende.

»Ja, sicher. Aber ich meine, das klingt nicht komplett weit hergeholt. Du kennst den Abschiedsbrief. Er hatte Schwierigkeiten, war am Ende.«

»Abschiedsbrief. Schwachsinn. Mein Bruder und schreiben. Er kommt aus dem Kraichgau.«

Was denn das für eine Erklärung? Eine gute jedenfalls.

»Überzeugt mich nicht restlos.«

»Minkin, Heiner war am Ende. Da magst du recht haben. Aber es war nicht das erste Mal. Er hat das nicht als Endstation begriffen.«

»Weißt du das so genau?«

»Kennst du Beckett?«

»Zu wenig.«

»Ein Fehler.«

Mochte sie diesmal recht haben.

»Warum?«

»Scheitern. Aufstehen. Besser Scheitern.«

War ein Ansatz.

»Das war mein Bruder. Na ja. Und die Sache beim Tschechen, fing ihm an Spaß zu machen.«

»Glaub ich. Raffael ist okay.«

Pause.

»Was erwartest du von mir?«

»Heiner meinte, du würdest Sachen finden. Findest du auch Täter?«

Nicht Minkins Spezialgebiet.

»Weniger.«

»Fang damit an.«

Erwartungsdruck war schnell aufgebaut.

»Hör zu, Tabea. Kann nichts versprechen.«

»Wärst der Erste.«

Minkin hatte ihre jüngere Geschichte einigermaßen parat. Zwei Typen verloren. An wen auch immer. Nicht eben Happy Family. Eher das Gegenteil.

»Werde sehen, was ich tun kann.«

Minkin hatte Vermutungen. Mehr war es nicht. Hopfenheiner tot in der Elsenz. Gefunden von spielenden Kindern. Ging es noch absurder?

Erklärungen haben sie immer, Lösungen? Vergiss es!

Jan Schmid könnte eine Idee haben. Von was? Jan Schmid, war immer noch bei der Staatsanwaltschaft. In Tübingen. Ein toter Brauer im Kraichgau war nicht eben sein Sprengel. Eine bessere Idee hatte Minkin nicht.

Minkin nahm den Regionalexpress nach Tübingen. Bis Plochingen kein Spaß. Vorbei an Gewerbe, Industrie, Moscheen. Nach Plochingen? Fing es an hässlich zu werden.

Hässliches, du hast so was Verlässliches. Robert Gernhardts Poem über Metzingen. Immer noch so wahr wie zu Zeiten von Goldbergs Liste. Die Bahn tuckerte an den Neckararmen vorbei. Braune Gewässer, die damit drohten überzuschnappen. Überzuschwappen. »This is the coastal town, that they forgot to close down.« Kannte Morrissey die Strecke nach Tübingen? Hatte seit Wochen geregnet. Britischer Sommer. Wollten aus der Union aussteigen, die Engländer. Macht hinne, dachte Minkin. Nehmt euren Regen mit. Der Sommer? Ein schöner Tag. Bisher. War Ende Juni. Sollte man nicht zu viel erwarten. Andererseits, die Wespen, die Schnaken. Blieben in ihren Löchern. Etwas Gutes hatte es an sich. Der Regen wurde unterbrochen von kurzen Intervallen. Minkin, Jahrzehnte Erfahrung in Sachen Regen, ließ sich immer noch täuschen von den Intervallen. Am späten Vormittag machte der Himmel Versprechungen.

»T-Shirt reicht« – oder so. Als Minkin die Kirche in Bad Cannstatt verließ, öffnete der Himmel mal eben die Ventile. Minkin saß ordentlich feucht im Regionalexpress. Klimaanlage voll aufgedreht. Minkin erwischte eine Zugbegleiterin.

»Tschuldigung, die Klima, könnten Sie die etwas runterdrehen. Es zieht.«

Konnte sie nicht. Aber sie hatte eine Erklärung.

»Nur bei Ihnen zieht es. Zwei Reihen weiter ist normal. Muss an der Hitze liegen, die sie ausstrahlen. Die Klimaanlage reagiert da drauf.«

Was darauf sagen? Rhetorisch brillant. Erklärungen haben sie immer, Lösungen nie.

Eine Kinderstimme sagte über Lautsprecher die Ausstiege an. Sollte das denn sein? Kinderarbeit. Bahn wollte offenbar ihr Image aufpolieren. Misslang. Kinderstimmen? Per se unnütz im Zug. Durchnässt und unterkühlt im Regionalexpress? Noch weniger Verwendung dafür.

Mit im Wagen eine Reisegruppe. Rheinländer. Früh pensioniert. Paar Frauen, paar Männer. Großartige Idiomatik. Holländisch für Arme. Spielten Karten, tranken Bitburger. Bereiteten die EM nach. Erzählten sich gegenseitig Witze. Der Zug hörte mit. Den Besten konnte sich Minkin merken. Ob er wollte oder nicht. Ging so:

Vier Fußballfans planen eine Auswärtsfahrt. Einer kann nicht mit. Hat Geburtstag. Seine Frau will mit ihm alleine feiern. Die vier Fans fahren los. Als sie im Stadion ankommen, steht ihr Freund schon mit einem Bier in der Hand im Fanblock. Die Freunde sind überrascht. Was ist denn jetzt los? »Hast doch gesagt, kannst nicht mit, deine Frau will mit dir feiern?« »Als ich heute Morgen aufgestanden bin, hat mich meine Frau mit Handschellen begrüßt mit den Worten, du darfst mich ans Bett fesseln und machen, was du willst. Jetzt bin ich hier.«

Okay, den kannte Minkin nicht. Die Bahn hat etliche Nachteile. Aber die Unterhaltung ist immer groß.

Minkin erreichte die Staatsanwaltschaft in Tübingen am frühen Nachmittag. Ließ den Wachhabenden bei Jan Schmid durchklingeln. Paar Minuten später stand Jan Schmid am Eingang.

»Minkin.«

»Jan.«

»Machst du hier?«

»Dich mal wiedersehen.«

Kaufte er nicht ab.

»Was willst du?«

»Deine Einschätzung. Hast du ein paar Minuten?«

»Ich arbeite.«

»Ich weiß. Ein Schnelles im Neckarmüller?«

»Es ist kurz nach zwei.«

»Eben darum.«

»Warte, ich hole einen Schirm. Könnte regnen.«

Keine allzu gewagte Prognose heuer. Der Neckarmüller war die ordentliche Variante eines Biergartens. Inzwischen konnte man auch das Bier schlucken. Die Bedienung brachte ungefragt zwei Weizen an den Tisch.

»Öfters hier?«

»Kaum.«

»Wie geht es der Bachmann?«

»Wohnt noch bei mir.«

»Ist doch gut.«

Jan Schmid bedachte es. Schüttelte den Kopf. War keine Zustimmung.

Minkin hatte die Bachmann mit Jan Schmid bekannt gemacht. Eine linkische, groß gewachsene Damenperson mit Heilbronner Dialekt. Jan Schmid hatte sie im Suff nach dem Hoffest der Staatsanwaltschaft mit nach Hause genommen. Sie war geblieben.

»Ist es nicht. Was willst du?«

»Was weißt du von den NSU-Sachen?«

»Lies den letzten Schorlau, steht alles drin.«

Man sollte mehr Krimis lesen.

»Mich interessieren weniger die beiden, die sich im Wohnmobil erschossen haben.«

»Sondern?«

»Na ja, gibt da nen toten Brauer aus dem Kraichgau. Hopfenheiner. Soll sich ertränkt haben, in einem Bach. Seine Schwester glaubt nicht daran.«

»Ist schwer für die Angehörigen.«

»Sicher, aber irgendwie passt es nicht. Er hat einen elektronischen Abschiedsbrief hinterlassen.«

»Und?«

»Er hatte keinen Rechner.«

»Und was hat NSU damit zu tun?«

»Seine Schwester hatte einen Ex. Der wiederum hatte eine Ex, die einen Ex hatte, der angeblich was über den Tod von Michèle Kiesewetter wusste. Hat sich kurz, bevor er aussagen sollte, umgebracht. Seine Ex starb an einer Lungenembolie. Nach deren Tod fing er was mit der Schwester von Hopfenheiner an. Na ja, und vor Kurzem hat er sich im Kraichgau umgebracht. Mein Brauer kannte ihn, jetzt ist er tot. Selbstmord. Sind sehr viele Zufälle.«

»Zufälle sind selten. Ein Zufall meinetwegen. Zwei wären sehr ungewöhnlich.«

»Das hier, Jan?«

»Du meinst, wie wahrscheinlich es ist, dass es sich um einen Zufall handelt?«

Minkin nickte.

»Eher gewinnt der VfB in den nächsten fünf Jahren die Champions League.«

Doch so unwahrscheinlich.

»Was tun, Jan?«

»Nichts, Minkin.«

»Nichts?«

»Minkin, die Justiz, was kann die? Bringt ältere Damen vor den Strafrichter, die beim Ausparken ein fremdes Auto streifen. Können uns nicht um alles kümmern.«

»Sicher.«

»Was wirst du tun?«

»Nichts. Im Moment rette ich das Bier.«

»Nicht schon mal gemacht?«

»Jeden Tag steht ein neuer Gegner aufm Platz.«

Jan Schmid hatte Minkin nicht unwesentlich bei seinem ersten Zufall unterstützt. Dabei geholfen, die Liste mit den gepanschten Brauereien zu finden.

»Haust du ihn weg?«

Bedachte Minkin.

»Stelle ihm ein Bein. Maximal.«

»Wenn es das ist, was du tun kannst, tue es.«

Hatte er schon mal gehört.

»Werde ich. Vorher muss ich noch was auf den Weg bringen.«

»Ich bin müde Boss.

Müde immer unterwegs zu sein, einsam und verlassen.

Müde niemals einen Freund zu haben, der mir sagt, wohin wir gehen,

woher wir kommen und warum.

Am meisten müde bin ich, Menschen zu sehen, die hässlich zueinander sind.

Der Schmerz auf der Welt, das viele Leid, das macht mich sehr müde.

Es gibt zu viel davon.

Es ist als wären in meinem Kopf lauter Glasscherben.«

John Coffey, aus: The Green Mile

Bahnhofsvorplatz Reutlingen

Minkin nahm am Nachmittag die Bahn nach Stuttgart zurück. Aus Gründen, die er nicht verstand, musste er in Reutlingen umsteigen. Reutlingen kam Minkin immer ein wenig wie die zurückgesetzte Schwester Tübingens vor. Wenn die beiden Schwestern die Straße entlangliefen, drehten sich die Jungs immer nur nach Tübingen um. Mag sein, dass Stadtplaner in Reutlingen mal was versucht hatten. Waren dabei ordentlich gescheitert. Wer die Stadt mit dem Zug besuchte, dem blieben lediglich die Gitterkacheln der Außenfassade der Galeria Kaufhof in Erinnerung. Hingen sicher schon einige Jahrzehnte dran.

Minkin hatte Aufenthalt in Reutlingen. Setzte sich auf eine Bank aus Drahtgitter in dem kleinen Park vor dem Bahnhofsgebäude mit Blick auf die Fassade der Galeria. Ein paar Meter von hier hatte vor wenigen Tagen ein junger Mann eine Frau mit einem Messer erstochen. Zwei weitere Menschen verletzt. München, Ansbach, Würzburg, Nizza. Irgendwann hatten wir angefangen, die Katastrophen nach Städten zu ordnen. Es half nichts. Die Welt war wahnsinnig geworden. Und sie war hier.

Minkin bemerkte die Frau, die neben ihm saß. Sie hatte einen Globus in der Hand. Streichelte ihn. Gab irgendwas von sich. Redet mit sich, dachte Minkin. Nichts Ungewöhnliches. Tatsächlich sprach die Frau mit dem Globus.

»Was reden Sie mit dem Globus?«

Die Frau sah Minkin an. Streichelte den Globus weiter.

»Ich hab ihn gefragt, wo es wehtut.«

Minkin wollte die Antwort nicht wissen. Fragte trotzdem.

»Was sagt er?«

»Überall, sagt er.«

Scheiße, wie traurig war das denn.

In dem kleinen Park spielten Kindergartenkinder Verstecken unter den großen Kastanienbäumen. Minkin, nicht eben ein Freund der kleinen Sauger, schaute ihnen beim Spielen zu. Konnte nicht genug davon bekommen. Trugen Warnwesten. Lachten. Drei, vier Betreuer hatten ein Auge auf die Kinder. Keine Ahnung, ob das, was er da sah, als Trost ausreichte.

Mehr gab es derzeit nicht.

Leaving on a jet plane John Denver

Minkin stand am Flughafen. Hatte die S-Bahn über Vaihingen genommen. Stand vor einem Zeitungsstand. Print schien noch am Leben. Minkin las die Überschriften. Die EU-Kommission hatte die Laufzeit für das Unkrautvernichtungsmittel Glyphosat um achtzehn Monate verlängert. War nur der Anfang. Ernsthaft, die Parlamentarier in Brüssel fragten sich, warum die Leute keinen Bock mehr auf sie hatten? Untersagten einem Brauer in Oberschwaben, dass er auf sein Bier das Adjektiv »bekömmlich« draufschreibt. Lassen andererseits zu, dass Tausende von Tonnen eines krebserregenden Unkrautvernichtungsmittels auf die europäischen Felder ausgebracht werden. Wie schizo war das denn?

Minkin hasste das Fliegen. Allein die Umgebung bereitete ihm ordentlich Unwohlsein. Heute ging der Kelch an ihm vorüber. Der Kelch war heute für Wim reserviert. Wim kam durch die Drehtür.

»Minkin?«

»Wim.«

»Du bist hier?«

»Hatte eh nichts anderes vor.«

»Hättest du nicht tun müssen.«

»Wann geht dein Flug?«

»In einer Stunde.«

»Sollte noch für ein Schnelles reichen.«

»Geht auf mich.«

»Darauf habe ich spekuliert.«

Flughäfen waren nicht eben die Orte für einen gemütlichen Umtrunk. Gab den Red Baron, immerhin. Konnte man durchgehen lassen.

Wim orderte zwei Bier.

Dauerte. Minkin griff in seine Jutetasche.

»Hab was für dich.«

Minkin holte ein Glas hervor. Eingewickelt in eine Papiertüte.

»Hier.«

»Was ist das?«

»Erdbeermarmelade.«

»Erdbeermarmelade?«

»Selbst gemacht. Für deine Ex-Frau.«

»Selbst gemachte Marmelade, Minkin, ernsthaft?«

»Ja. Der Ami kann eine Menge Sachen ganz gut. Was er nicht kann, ist Marmelade. Glaube nicht, dass sich das geändert hat in den letzten zwanzig, fünfundzwanzig Jahren.«

»Du kochst Marmelade ein?«

Cooler Gedanke. Minkin und Marmelade einkochen.

»Bist du verrückt. Ich habe eine Vermieterin. Ein Teufel. Aber Marmelade kann sie wie eine griechische Feldgöttin.«

Musste Wim erst mal schlucken.

»Danke, Minkin.«

War das denn? Hatte Wim feuchte Augen?

»Hey, es ist nur ein Glas Marmelade.«

Dauerte einen Moment, bis sich Wim wieder gefangen hatte.

»Mach es nicht kleiner, als es ist.«

Minkin hatte nur eine Ahnung, was Wim meinen könnte. Hatte diesen Kerl Jahrzehnte aus den Augen verloren. Dann war er wieder aufgetaucht. Brachte bei Minkin eine Saite zum Klingen. Was da draufstand? Sentimentalität. Wim meinte es gut. Besaß die praktisch ausgestorbene Gabe der Freundlichkeit. Selten genug. Gab eine Menge Leute, die an mir rummäkeln, dachte Minkin. Wissen immer, was ich wann wo falsch gemacht habe. Können meine Fehler beim Vornamen nennen. Quatschen mich ungefragt damit voll. Paar wenige meinten es gut. Wim gehörte dazu. Muss mich an die halten, dachte Minkin. Die anderen Arschlöcher vergessen.

Wie man das macht?

Wenn ich das herausfinde, sag ich Bescheid.

Wim verschwand nach dem dritten Glas im Gate. Drehte sich nicht um. Sollte Unglück bringen.

Carls Brauhaus

Minkin saß in Carls Brauhaus. War überrascht. Die Stadt veränderte sich. Eine Bank wurde durch ein Brauhaus ersetzt. Lief nicht alles in die falsche Richtung. Ging nicht alles den Bach runter. Man nahm den Biertrinker ernst im Brauhaus. Begnügte sich nicht mit den üblichen Zapfereien. Ab siebzehn Uhr schenkten sie dort Wulle aus dem Holzfass aus. Fast schon Craft. Allein das ein Grund, sich nicht allzu spät im Brauhaus zu platzieren. Den Schnitt hatte man ebenfalls auf der Karte. Kannte Minkin aus dem Fränkischen. Der Mann am Zapfhahn goss zum Abschluss noch mal was ins Glas. Mengenmäßig etwas zwischen 0,2 und 0,4 Liter. Hatte ordentlich Lotteriecharakter. Würde die EU sicher bald verbieten. Verstoß gegen Auszeichnungspflichten, Verbraucherirreführung. All dieser Rotz. Sollte man mitnehmen, solange es das noch gab. Sprach für eine gewisse Passion der Betreiber.

Minkin war beim zweiten Bier aus dem Holzfass. Musste man sich reintrinken. Plötzlich stand er vor ihm, der Brasilianer. Don Melan. Siebzig sollte er sein. Sah aus wie fünfundfünfzig, wie ein junger Sky Dumont. Wissen schon, der Schauspieler. Melans Eltern stammten aus der Schweiz, sein Vater war Landwirt. Wanderte irgendwann Anfang des letzten Jahrhunderts nach Brasilien aus. Machte das, was anscheinend jeder Schweizer in der DNA hat. Machte was mit Banken. Arbeitete sich in dem Gewerbe hoch. Gründete eine eigene Investmentbank und kaufte Firma um Firma auf. Brauerei um Brauerei. Erst InBev. Paar Jahre später war Anheuser-Busch fällig. Jetzt war er die Nummer eins. Der weltgrößte Bierbrauer war ein brasilianischer Banker, der keinen Alkohol trank. Wie ungeil war das denn?

»Du bist Minkin?«

»Ja.«

Melan deutete etwas in der Art von Überraschung an. Falls er den Zustand kannte.

»Was anderes erwartet?«

Frage mit einer Gegenfrage beantworten. Brachte erst mal Zeit.

»Ich habe nichts erwartet. Nichts ist gekommen.«

Sollte das sein? Erniedrigung? Wollte er ihn ernsthaft dissen?

Minkin ersparte sich die billige Retourkutsche. Vor allem, weil ihm keine einfiel. Sagte nichts. Überließ den Fortgang seinem Widerpart.

»Warum hier?«

»Hier war mal eine Bank untergebracht. Das Brauhaus hat sie abgelöst. Guter Tausch. Macht Hoffnung.«

»Hoffnung?«

»Ja.«

»Das ist das, woran man sich klammert, wenn man sonst nichts hat, oder?«

Was war der Unterschied zwischen gespielter Arroganz und echter? Das hier.

»Es ist mehr als nichts.«

Minkin fiel die Songzeile des amerikanischen Sängers Kris Kristofferson ein. »Freedom is just another word for nothing left to lose.«

»Das reicht dir?«

»Schankbier aus dem Holzfass? Auch ein Argument.«

»Holzfass?«

»Ein Fass, aus Holz gemacht.«

»In Brasilien haben wir damit aufgehört. War kurz nachdem Kolumbus unseren Kontinent entdeckt hat.«

Mit einem Finanzinvestor über Bier reden! Wie sinnlos war das denn? Vergiss es, Minkin. Talking with the taxman about poetry. Um gleich noch mal einen Musiker zu zitieren. Billy Bragg. Kommt vermutlich sogar mehr rüber beim Taxman.

»Was hast du mir anzubieten, Minkin?«

»Anbieten, hm, das wäre zu viel gesagt.«

»Was dann?«

»Die Formel, die Sie haben wollen?«

»Was ist damit?«

»Sie ist sicher.«

»Das ist dein Angebot?«

Ein Einstieg, immerhin, dachte Minkin.

»Wir lassen die Formel in Ruhe. Keiner macht was mit ihr. Setzt sie ein. Wir haben ein Gleichgewicht der Kräfte. Wie im Kalten Krieg damals, Sie wissen schon.«

»Sicher, sagst du?«

»Argus hat ein Auge drauf.«

Okay, es war nicht Argus, der seine hundert Augen drauf warf. Es war der griechische Wirt der Waldklause. Maximal so zuverlässig.

Don Melan schien ernsthaft ungläubig.

»Du meinst, ich lasse dich gehen?«

Das war es, was Minkin dachte.

»Was spricht dagegen. Reicht euch Hopfenheiner nicht als Opfer?«

Der Brasilianer schüttelte den Kopf.

»Bei deinem Freund aus dem Kraichgau ist uns jemand zuvorgekommen.«

Dass Hopfenheiner sich nicht selbst auf dem Gewissen hatte, war mal eben nicht die entscheidende Neuigkeit.

»Keine natürliche Todesursache?«

»So natürlich wie die anderen Todesfälle in dem Zusammenhang.«

»Wer, wenn nicht Sie?«

»Minkin, es ist nicht meine Aufgabe, euren maroden Staat zu reparieren.«

Minkin verstand kein Wort, ließ es vorerst dabei bewenden.

»Was bist du für ein Vogel, Minkin?«

Vogel, was war das für ein Bild.

»Eine Krähe, ein Emporkömmling. Glaubst du ernsthaft, du kannst es mit mir aufnehmen? Du weißt, wer ich bin, oder?«

Minkin versuchte unbeeindruckt zu sein. Gelang ihm, weil er nicht beeindruckt war. Keine Ahnung, wann das war, irgendwann hatte er es aufgeben, beeindruckt zu sein von Menschen in Positionen.

»Geht so. Machen in Geld hab ich gehört.«

Der Brasilianer lachte. Kein Lachen, das von Herzen kam.

»Geld, Minkin, Geld ist eine Hure, ein Drachme, flüchtig.«

Warum immer die Griechen? Die Drachme? Der Schweizer Franken war allemal näher an der geldmäßigen Prostitution als die Drachme.

»Ich schaffe Werte. Wenn ich etwas haben will, bekomme ich es. Früher oder später.«

»Die Formel ist nichts, was man mit Geld kaufen kann.«

»Gibt nichts, das man nicht kaufen kann.«

»Geben Sie sich damit zufrieden. Die Formel ist sicher. Keiner rührt sie an.«

»Du amüsierst mich, Minkin, zugegeben. Aber dein Angebot steht in keinem Verhältnis zum Wert der Formel.«

Er suchte ein passendes Verhältnis? Minkin hatte was dabei. Zufällig.

»Ich hätte ein angemessenes Verhältnis.«

Ein Funke von Neugier beim Brasilianer.

»Welches?«

»Ein 7:1.«

Der Brasilianer zuckte. Seine Mundwinkel verzogen sich nach unten. Sah aus wie Merkel auf Ecstasy. Gab bei jedem diesen Knopf. Der Brasilianer war vor der Bankennummer Profisportler gewesen. Irgendwann in den Sechziger-, Siebzigerjahren des vorigen Jahrhunderts. Muss ihn nur drücken, den richtigen Knopf.

»Wäre das okay. Ein 7:1?«

Gab zwei Daten, die der Brasilianer nicht mochte. Ihn zerstörten. Kollektives Trauma. Eines davon war der 8. Juli 2014. Halbfinale der WM im eigenen Land. Der Schock von Mineirão. Das andere Datum? Hatte Minkin vergessen. Irgendwas mit Uruguay. War vor seiner Zeit.

»Was soll das?«

Minkin hatte ihn an der Angel.

»Unschön war das. Um nicht zu sagen unsportlich.«

Der Brasilianer bedachte das.

»Was weißt du darüber?«

Minkin war bei seinem ersten Zufall auf der Suche nach den gedopten Brauereien darauf gestoßen, dass die Spanier beim WM-Titel 2010 bis unter die schütteren schwarzen Nasenhaarspitzen gedopt waren. Sie hatten das System dazu. Das allein war es nicht, was Minkin herausgefunden hatte. Es war alles viel schlimmer. »The trouble with normal is it always gets worse.« Bruce Cockburn. So war das.

Alles wurde schlimmer. Vier Jahre später in Brasilien war es keinen Deut besser. Gab Gerüchte, damals schon. Glaubte ernsthaft jemand, dass man diese Leistungen in dem Klima auf die Distanz allein mit einem hübschen Trainingslager unter Palmen hinbekommen konnte? Indem man die Spieler in Wohngemeinschaften steckte? Sollte uns recht sein. Brot und Spiele. Funktionierte. Einwandfrei. Gerade wieder hatte eine Umweltministerin in Berlin, deren Namen sich Minkin nicht merken konnte, weil er ihn noch nie zuvor gehört hatte, gerade hatte diese Frau ohne Frisur ein paar Tage nach den Terroranschlägen in Brüssel und den Wahlsiegen der AFD bei drei Landtagswahlen biblisch verkündet, dass das Public Viewing wieder zugelassen werden würde. Sei Teil der deutschen Kultur. Läuft. Kriegen es immer wieder hin, das Volk ordentlich zu sedieren. Fanden immer wieder nützliche Narren. Beckenbauer hatte die WM 2006 nach Deutschland geholt. War nicht unlauter, war nur gekauft. Mal sehen, wann sie ihn fallen lassen. Niersbach musste seinen Hut nehmen als DFB-Präsident. Weil er von der Sache wusste. Vertritt den DFB aber immer noch als Außenminister in der FIFA und der UEFA. Für die Mitgliedschaft im FIFA-Exekutivkomitee kassiert Niersbach circa zweihundertsechzigtausend Euro als Aufwandsentschädigung pro Jahr. Von der UEFA kommen noch mal fünfzigtausend Euro dazu pro Jahr. Das System lässt seine Stützen nicht fallen. Besser als Brot und Spiele waren nur noch Brot und Siege. Das brachten sie auch wieder hin. Waren in den Siebziger- und Achtzigerjahren schon mal gut gewesen. In Freiburg am Sportmedizinischen Institut. Hatten die Ostblockmediziner fast eingeholt. Dann kam der Mauerfall. Konnten das Material einfach so aus der Konkursmasse der DDR übernehmen. War noch einfacher, als es komplett selbst zu entwickeln. Hatte ihm der Doyen der deutschen Sportmedizin bei seinem Besuch in Freiburg gesteckt. Die Moral von der Geschichte? Gab keine. Zurück zum Brasilianer.

»Ist das genug? Ein 7:1?«

Melan zögerte.

»Hast du Beweise?«

Minkin nickte.

»Einen Kronzeugen.«

»Wen hast du?«

»Glauben Sie mir, er weiß, wovon er spricht.«

Der Investor dachte nach.

»Ist er bereit zu sprechen?«

Minkin legte ein Canon-Diktiergerät auf den Tisch. Alte Schule. Ganz alte Schule.

»Hat er bereits. Hören Sie sich das an. Man kann verlieren. Danach wissen Sie zumindest warum.«

Der Doyen wusste immer noch, wie es ging. Wie sie es machten. Was der Doyen wusste und auf dem Band hinterlassen hatte, würde allemal ausreichen, um den WM-Ausgang 2014 zu korrigieren.

Minkin musste abwägen. Mit einem hübschen kleinen Hochverrat die Bierwelt retten? Dem Brasilianer die Beweise liefern, dass die Deutschen nachgeholfen hatten. Im Halbfinale. Bei der ganzen WM. Die Brasilianer zu Unrecht aus dem Turnier geflogen waren. Im Gegenzug würde Don Melan die Formel in Ruhe lassen. Das Gleichgewicht des Bieres bliebe erhalten. Das war der Deal. Nicht mehr, nicht weniger. Klang nach einer Mischung aus Jesus und Judas. Tendenz Schizo. Entweder der WM-Titel 2014 war futsch oder es würde auf der Welt bald nur noch belgische Industrieplörre geben. Ein Stella Artois in Rosis Pinte? Mal ehrlich, war das ernsthaft eine Frage für Minkin?

Nachwort

Beim ersten Zufall habe ich diverse Danksagungen unterlassen. Das möchte ich nachholen.

Danke:

An Frau Schäfer-Lehari, Frau Weiler und Frau Bohn vom Verlag Oertel & Spörer für die Unterstützung bei der Umsetzung von Minkins Zufällen.

An Frau Monique Cantré für das Lektorat.

Dem isländischen Gastroforscher Volkmar Ingmarsson für flüchtige Hinweise, grobe Details und Bier aus seiner Heimat.

Den vergessenen Wissenschaftlern von Uncyclopedia (»Nicht-Zyklopen mit Durchblick«), die mit ihren Überlegungen zur Alkoholischen Realitätstheorie wertvolle Grundlagenarbeit geleistet haben bei der Durchdringung der Materie der Welt-Bierformel.

Alex Hettich von der Heilbronner Stimme. Für wertvolle Hinweise aus der Region. Hat außerdem dafür gesorgt, dass die alte Heimat vom ersten Zufall Wind bekam.

Axel Grehl, der Bier-Blogger. www.bierinstuttgart.wordpress.com. Wie hast du es so treffend formuliert. »Dieses Buch macht Durst!« Mehr wollt ich nicht erreichen.

Danke an Thomas Putze. Er begleitet mich bei Lesungen auf seiner Blues-Gitarre. An Thorsten Majer. Er unterstützt die Veranstaltungen kabarettistisch und hat die »Formel«

kurzfristig gegengelesen. War sehr hilfreich. Ohne die beiden Jungs wären die Lesungen im Übrigen nur halb so lustig. Auch für die Zuschauer.

Meiner Frau Katharina für ihre Unterstützung und für ihr Verständnis.

Weitere Anmerkungen:

Habe einige Hinweise zu Goldbergs Liste bekommen. Ein Stern, der deinen Namen trägt ist tatsächlich nicht von Wolfgang Petry. Sondern von DJ Ötzi. Danke, Herr Lein. Sebastian Deisler hat nicht in Freiburg gespielt, sondern in Lörrach, danke Thorsten. Dass der Fahrplan nach Sevilla nicht korrekt wiedergegeben sei, muss ich zurückweisen. Hab den von der DB-Seite übernommen.

Ausblick:

Das Goldberg-Minkin-Ding ist jetzt auf dem Gleis. Der zweite Band ist im Laden. Goldbergs Formel. Der dritte Band ist in Arbeit. Arbeitstitel lautet »Goldberg und das heilige Fass«.

»Vom Feeling her, habe ich ein gutes Gefühl.«

Minkin
Stuttgart, im Juli 2016.